Trilogia da planície

2

Copyright © 1999 by Kent Haruf

TÍTULO ORIGINAL
Eventide

TRADUÇÃO
Alexandre Barbosa de Souza

PROJETO GRÁFICO
Rádio Londres

REVISÃO
Shirley Lima
Paula Souza

ILUSTRAÇÃO DE CAPA
Bianca Bagnarelli

Dados Internacionais de Catalogação na Publicação (CIP)
(Câmara Brasileira do Livro, SP, Brasil)

Haruf, Kent, 1943-2014
    No final da tarde: romance / Kent Haruf; tradução de Alexandre Barbosa de Souza.
Rio de Janeiro: Rádio Londres, 2019.

    Título original: Eventide.
    ISBN 978-85-67861-29-6

    1. Romance norte-americano I. Título.

18-17345   CDD-813

Índices para catálogo sistemático:
1. Romances : Literatura norte-americana 813

Todos os direitos desta edição reservados à
Editora Rádio Londres Ltda.
Rua Senador Dantas, 20 — Salas 1601/1602
20031-203 — Rio de Janeiro — RJ
www.radiolondres.com.br

Kent Haruf

No final da tarde

ROMANCE

Tradução de Alexandre Barbosa de Souza

Para Cathy
e em memória de meu sobrinho Mark Kelley Haruf

Fica comigo! Está chegando o final da tarde;
A escuridão se aprofunda; Senhor, fica comigo.
Quando a ajuda alheia faltar, e o conforto se esvanecer,
Ó, Socorredor dos fracos, fica comigo.

Henry F. Lyte

Eventide: crepúsculo; final da tarde

Parte Um

1

Voltaram do estábulo na luz oblíqua da madrugada. Os irmãos McPheron, Harold e Raymond. Homens velhos que se aproximam de uma casa velha no final do verão. Atravessaram o caminho de cascalhos, passaram pela caminhonete e o carro estacionados atrás da cerca de arame e entraram pelo portão, um atrás do outro. Esfregaram a sola das botas na lâmina de um serrote fincado no chão manchado de esterco, compacto e lustroso por toda parte por causa dos anos de pisoteio, e subiram os degraus de madeira até a varanda. Então, entraram na cozinha, onde a garota de dezenove anos, Victoria Roubideaux, sentada à mesa de pinho, estava dando mingau à sua filhinha.

Dentro de casa, eles tiraram os chapéus e os penduraram nos ganchos de uma placa ao lado da porta e logo foram até a pia para se lavar. Abaixo das testas brancas, seus rostos eram vermelhos e castigados pela vida ao ar livre, os cabelos desgrenhados nas cabeças redondas cresciam em um tom de cinza ferroso, duros e abaulados como os da crina de um cavalo. Depois de se lavar na pia, um de cada vez, eles se secaram com o pano de prato, mas, quando se aproximaram do fogão para encher seus pratos, a garota pediu que eles se sentassem.

Você não precisa ficar nos esperando, disse Raymond.

Eu quero, retrucou ela. A partir de amanhã não vou mais estar aqui.

Ela se levantou com a criança no colo e levou até a mesa duas xícaras de café, duas tigelas de mingau e um prato de torradas com manteiga. Em seguida, voltou a sentar.

Harold ficou sentado olhando para o mingau. Eu achei que pelo menos hoje ela fosse fazer bife com ovos, disse. Por ser uma ocasião especial. Mas, não, senhor, é sempre essa papinha. Que tem um gosto que parece de jornal molhado. E jornal de véspera, ainda por cima.

Depois que eu for embora, você pode comer o que quiser. Eu sei que você vai, de qualquer jeito.

Sim, senhora, provavelmente você tem razão. Então, ele olhou para ela. Mas eu não estou com pressa de que você vá embora. Só estou brincando com você um pouquinho.

Eu sei. Ela sorriu para ele. Os dentes brancos da jovem se destacavam em seu rosto moreno, e seu cabelo preto, grosso e brilhante era bem-cortado, em forma de capacete abaixo dos ombros. Estou quase pronta, disse ela. Só vou dar comida para a Katie e trocar a roupa dela, depois podemos começar.

Deixe que eu dou, ofereceu Raymond. Ela terminou de comer?

Não, ainda não, disse a garota. Quem sabe com você ela come mais um pouco? Comigo, ela só fica virando a cabeça.

Raymond se levantou e foi até o outro lado da mesa para pegar a menina, voltou ao seu lugar, sentou-a em seu colo, salpicou açúcar no mingau de sua tigela, derramou leite do jarro que estava sobre a mesa e começou a comer, com a menina de cabelos pretos e bochechas redondas olhando, como se estivesse fascinada pelo que ele estava fazendo. Segurando-a com desenvoltura, com o braço em volta dela, ele pegou uma pequena porção com a colher, soprou e ofereceu à criança. Ela comeu um pouco. Ele comeu mais. Depois soprou outra colherada e deu a ela. Harold serviu um copo de leite, e ela se inclinou sobre a mesa e deu um longo gole, usando as duas mãos, até precisar tomar fôlego.

O que eu vou fazer em Fort Collins quando ela não comer?, indagou Victoria.

Você liga pra gente, respondeu Harold. Nós vamos lá em dois minutos para ver o que se passa com essa menina. Não é mesmo, Katie?

A criança olhava do outro lado da mesa para ele, sem piscar. Seus olhos eram pretos como os da mãe, semelhantes a botões ou uvas-passas. Ela não disse nada, mas pegou a mão calejada de Raymond e a levou até a tigela de cereal. Quando ele estendeu a colher, ela a empurrou para a boca dele. Oh, disse ele. Está bem. Ele soprou com cuidado, inflando as bochechas e movendo seu rosto vermelho para frente e para trás, e então ela voltou a comer.

Quando terminaram, Victoria levou a filha até o banheiro contíguo à sala de jantar para limpar o rosto dela e, em seguida, a levou para o quarto, para trocá-la. Os irmãos McPheron subiram para seus quartos e vestiram roupas de sair, calças escuras e camisas claras com abotoaduras de pérola e os elegantes chapéus Bailey brancos feitos à mão. De volta à sala, levaram as malas de Victoria até o carro, arrumando-as no porta-malas. O banco de trás já estava lotado de caixas cheias de roupinhas e de cobertores, lençóis e brinquedos, além da cadeirinha acolchoada da menina. Atrás do carro, estava a caminhonete, e na caçamba, além do estepe, do macaco, de meia dúzia de latas de óleo vazias, algumas bolas de feno e de um pedaço enferrujado de arame farpado, estavam o cadeirão e o berço da garotinha, com o colchão embrulhado em uma lona nova, tudo bem amarrado com uma corda de sisal cor de laranja.

Voltaram até a casa e saíram com Victoria e a menina. Na varanda, Victoria parou por um instante, e seus olhos escuros, de repente, ficaram marejados de lágrimas.

O que foi?, perguntou Harold. Algo errado?

Ela negou com a cabeça.

Você sabe que sempre pode voltar para cá. Nós contamos com isso. Esperamos que você volte. Não se esquecer disso talvez ajude.

Não é isso, disse ela.

É porque você está um pouco assustada?, perguntou Raymond.

É porque eu vou sentir saudades de vocês, respondeu a jovem. Eu nunca fui embora antes, não desse jeito. Daquela outra vez, com o Dwayne, nem me lembro mais e é melhor assim. Ela passou a menina de um braço para outro e enxugou os olhos. Vou sentir saudades de vocês, é só isso.

Você pode ligar se precisar de alguma coisa, disse Harold. Sempre estaremos disponíveis do outro lado da linha.

Mas, mesmo assim, eu vou sentir saudades de vocês.

Sim, disse Raymond. Ele olhou para fora da varanda, na direção do celeiro e das pastagens acastanhadas ao longe. As colinas de areia baixas e azuladas a distância e no horizonte baixo, o céu tão limpo e vazio, o ar tão seco. Nós também vamos sentir saudades de vocês, disse ele. Depois que você for embora, vamos ficar vagando como velhos cavalos de carga exaustos. Ficaremos parados sozinhos, olhando para além daquela cerca. Ele se virou para examinar o rosto dela. Um rosto querido e familiar, eles três e a bebê morando naquele mesmo ermo, naquela mesma casa velha. Mas agora você não acha que é melhor nós irmos?, disse ele. De qualquer forma, precisamos ir.

Raymond foi dirigindo o carro de Victoria, que estava sentada no banco do passageiro e podia se esticar para trás e alcançar a cadeirinha de Katie. Harold foi atrás deles na caminhonete, pela estradinha de terra e depois na direção oeste, no caminho de cascalhos, e de lá na direção norte, nas duas pistas de asfalto, que levava a Holt. A paisagem de ambos os lados da estrada era plana e deserta, o terreno arenoso, os brotos de trigo nos campos planos ainda brilhantes e lustrosos desde a última colheita, em julho. Além das valas de drenagem, o milho irrigado se erguia a quase dois metros e meio de altura, pesado e verde-escuro. Ao longe, os silos de grãos se destacavam altos e brancos contra a cidade, junto aos trilhos da ferrovia. Era um dia claro e ameno e um vento quente soprava do sul.

Em Holt, eles dobraram na US 34 e pararam para abastecer no Gas and Go, onde a Main Street cruzava a rodovia. Os McPheron saíram e pararam perto das bombas para encher os tanques dos dois veículos, enquanto Victoria entrou para comprar café para eles, uma Coca para si mesma e um suco para a garotinha. Na fila do caixa, à sua frente, estavam um homem gordo de cabelo preto e a esposa dele, com uma garota e um menino. Ela já vira aquelas pessoas andando pelas ruas de Holt várias vezes e ficara sabendo de suas histórias. Ela pensou que, se não fosse pelos irmãos McPheron, ela também podia ter ficado como aquela gente. Observou a menina se aproximar da entrada da loja, pegar uma revista do mostruário na vitrine e folhear, dando as costas para as pessoas que estavam no balcão. Mas, depois que o homem pagou por um pacote de biscoitos de queijo e quatro latas de refrigerante com cupons de alimentação do governo, ela pôs a revista de volta e saiu com sua família.

Quando Victoria saiu, o homem e a mulher estavam parados no asfalto do estacionamento, decidindo alguma coisa entre si. Ela não avistou a menina, nem o irmão, mas depois se virou e os viu juntos, parados na esquina, embaixo do semáforo, olhando para a Main Street, em direção ao centro da cidade. Então, Victoria seguiu em frente até onde Raymond e Harold a esperavam, no carro.

Era pouco mais de meio-dia quando desceram pela alça da interestadual e chegaram à periferia de Fort Collins. Na direção oeste, as primeiras encostas se erguiam, formando uma linha azul irregular, obscurecida pela névoa amarelada trazida pelo vento sul, que soprava desde Denver. Na encosta de um morro, havia um A desenhado por pedras caiadas de branco, lembrança do tempo em que os times da universidade eram conhecidos como os Aggies, por causa da única faculdade disponível, a de Ciência Agrária. Eles seguiram pela Prospect Road e viraram na College Avenue, o *campus* ficava à esquerda, com seus edifícios de tijolos, o antigo ginásio, os gramados verdes e uniformes, e percorreram a rua ladeada pelos álamos e pelos altos pinheiros azulados típicos do Colorado. Depois, viraram na Mulberry, em seguida dobraram outra vez e, então, encontraram, recuado da rua, o prédio no qual a garota viveria com a filha agora.

Estacionaram o carro e a caminhonete no espaço atrás do prédio, e Victoria entrou com a menina para procurar o zelador. O zelador se revelou uma universitária não muito diferente dela, apenas um pouco mais velha, com um moletom de veterana e calça jeans, e cabelos loiros espetados com laquê. Ela veio até o corredor para se apresentar e logo começou a explicar que estava se formando em educação infantil. Disse que, enquanto isso, estava estagiando como professora assistente naquele semestre em uma cidadezinha a leste de Fort Collins. Ficou tagarelando enquanto conduzia Victoria ao apartamento no segundo andar. Ela abriu a porta, estendeu a chave junto com outra para a porta do prédio, depois parou abruptamente e olhou para Katie. Posso segurar um pouco a bebê?

Acho melhor não, respondeu Victoria. Ela não deixa que qualquer pessoa a segure.

Os McPheron trouxeram as malas e as caixas do carro, colocando-as no quartinho. Deram uma olhada no lugar, e voltaram para buscar o berço e o cadeirão.

Parada na porta, a zeladora ficou olhando para Victoria. Eles são seus avós ou algo assim?

Não.

O que eles são seus? Tios?

Não.

E o pai da bebê? Ele também vem morar aqui?

Victoria olhou para ela. Você sempre faz tantas perguntas?

Só estou tentando fazer amizade. Não quero me intrometer nem ser rude.

Não somos parentes, explicou Victoria. Eles me salvaram há dois anos, quando eu precisei desesperadamente de ajuda. É por isso que estão aqui.

São pastores, é isso que você quer dizer.

Não. Eles não são pastores. Mas eles me salvaram. Não sei o que seria de mim sem eles. E é melhor ninguém dizer nada contra eles.

Eu também fui salva, disse a garota. Agradeço a Jesus todos os dias da minha vida.

Não foi isso que eu quis dizer, comentou Victoria. De jeito nenhum, eu não estava falando disso.

Os irmãos McPheron ficaram com Victoria Roubideaux e a menina durante toda a tarde, ajudando-a a acomodar seus pertences no apartamento. À noite, levaram-nas para jantar fora e depois voltaram para o apartamento. Então, parados no estacionamento atrás do prédio, desceram do carro no ar fresco da noite para se despedir da garota. Ela chorou um pouco. Ergueu-se na ponta dos pés, beijou os rostos dos dois homens e os abraçou, agradecendo por tudo o que eles tinham feito por ela e pela filha. Em seguida, os dois a abraçaram e deram tapinhas desajeitados em suas costas. Beijaram a menina. Então recuaram, desajeitados, não suportando olhar para ela ou para a criança e não sabendo o que fazer para ir embora.

Não se esqueça de nos ligar, disse Raymond.

Vou ligar toda semana.

Espero que sim, disse Harold. Vamos querer notícias suas.

Então, voltaram de caminhonete para casa. Eles se afastaram das montanhas e da cidade em direção ao leste, rumo às altas planícies silenciosas que se estendiam na escuridão, sob o brilho de miríades de estrelas indiferentes. Já era tarde quando chegaram ao caminho de cascalhos e estacionaram na frente da fazenda. Mal haviam se falado durante aquelas duas horas. O poste de luz ao lado da garagem se acendera antes de eles voltarem, lançando sombras de um tom roxo-escuro sobre a garagem e o galpão e além dos três olmos baixos que ficavam dentro do cercado da casa de madeira cinzenta.

Na cozinha, Raymond pôs leite numa caçarola no fogão para esquentar e pegou do armário uma caixa de bolachas salgadas. Sentaram-se à mesa sob a luminária e beberam o leite quente sem dizer uma palavra. A casa estava em silêncio. Não dava para ouvir nem mesmo o som do vento.

Acho que vou para a cama, disse Harold. É inútil ficar aqui embaixo. Ele saiu da cozinha, foi até o banheiro e depois voltou. Pelo visto, você decidiu ficar sentado aí a noite inteira.

Eu já vou subir, disse Raymond.

Está bem, disse Harold. Tudo bem então. Olhou à sua volta. Para as paredes da cozinha e o velho fogão esmaltado e através da porta da sala, onde a luz do poste entrava pelas janelas sem cortina e iluminava a mesa de nogueira. A casa já parece vazia, não é?

Desgraçadamente vazia, concordou Raymond.
O que será que ela está fazendo agora? Será que ela está bem? Espero que esteja dormindo. Espero que ela e a menina já estejam dormindo. Isso seria a melhor coisa.

Sim, seria. Harold se inclinou para olhar, pela janela da cozinha, a escuridão ao norte da casa, depois se aprumou. Bem, eu vou subir, disse. Não consigo pensar em mais nada que possa fazer.

Também vou subir daqui a pouco. Quero ficar mais um pouco aqui sentado.

Não vá adormecer aqui embaixo. Caso contrário, amanhã vai se arrepender.

Eu sei. Eu não vou adormecer aqui. Pode ir. Eu não vou demorar.

Harold ia saindo da sala, mas parou na porta e se virou mais uma vez. Você acha que aquele apartamento dela é bem aquecido? Não paro de pensar nisso. Não me lembro de como estava a temperatura daquele lugar que ela alugou.

Eu achei bem quente a temperatura. Pelo menos quando a gente estava lá dentro. Se não estivesse, acho que a gente teria notado.

Você achou quente demais?

Acho que não. Acho que a gente teria percebido isso também.

Vou dormir. Está tudo terrivelmente quieto por aqui, é só o que tenho a dizer.

Eu vou subir daqui a pouco, disse Raymond.

2

O ônibus veio buscá-los na zona leste de Holt às sete e meia da manhã. A motorista esperou, inclinando-se no assento e olhando para a frente do trailer. Buzinou. Buzinou uma segunda vez, então a porta se abriu e uma garota de vestido azul atravessou o quintal abandonado, cheio de mato, caminhando, cabisbaixa, em direção ao ônibus. Então, subiu os degraus de metal e foi até o meio, onde havia lugares vazios. Os outros estudantes ficaram em silêncio, olhando a menina percorrer o corredor estreito até se sentar, e depois voltaram a conversar. Naquele momento a mãe saiu do trailer trazendo o irmãozinho pela mão. Era um garotinho vestido de jeans e uma camisa grande demais para ele abotoada até o pescoço.

Quando ele entrou no ônibus, a motorista disse: Não sou obrigada a ficar esperando todas as crianças desse jeito. Tenho um horário a cumprir, caso você não saiba.

A mãe desviou o olhar, procurando na fileira de janelas, até que avistou o menino sentado ao lado da irmã.

Não vou mais voltar a tocar nesse assunto, disse a motorista. Estou por aqui de vocês. Tenho dezoito crianças para buscar. Ela bateu a porta, soltou o freio e o ônibus seguiu pela Detroit Street.

A mulher continuou olhando para o ônibus até dobrar a esquina na Seventh e depois olhou à sua volta, como se alguém na rua pudesse vir ajudá-la e lhe dizer como reagir. Mas não havia ninguém na rua àquela hora da manhã, e ela voltou para o trailer.

Velho e decadente, o trailer outrora fora azul-turquesa brilhante, mas a cor desbotara até um amarelado encardido sob o

sol quente e o vento fustigante. Do lado de dentro, havia pilhas de roupas amontoadas nos cantos e um saco de lixo cheio de latas de refrigerante vazias apoiado à geladeira. Sentado à mesa da cozinha, o marido estava bebendo Pepsi em um copo grande cheio de gelo. À sua frente, no prato, havia restos de waffles congelados e ovos fritos. Era um homem alto e grande, de cabelos negros e calças de moletom grandes demais. Sua barriga enorme aparecia sob a camiseta marrom e seus braços imensos pendiam atrás do espaldar da cadeira. Ele estava encostado, descansando após o café da manhã. Quando a esposa entrou, ele perguntou: O que foi que ela fez? Você está de novo com aquela cara.
Bem, ela me deixa maluca. Ela não devia fazer isso.
O que ela disse?
Ela disse que já tinha de buscar dezoito crianças. Disse que não precisava esperar o Richie e a Joy Rae desse jeito.
Vou lhe dizer o que eu vou fazer: vou telefonar para o diretor. Ela não tem o direito de falar assim com a gente.
Ela não tem o direito de falar nada comigo em hipótese alguma, disse a mulher. Vou reclamar dela para a Rose Tyler.

No meio daquela manhã quente, eles saíram do trailer e foram caminhando até o centro da cidade. Atravessaram a Boston Street, seguiram pela calçada até os fundos do velho tribunal, uma construção de tijolos vermelhos, e entraram por uma porta que trazia a seguinte inscrição em letras pretas no vidro: ASSISTÊNCIA SOCIAL DO CONDADO DE HOLT.
Do lado de dentro, à direita, ficava a recepção. Havia uma janela larga na bancada e, recortado na madeira embaixo do vidro, havia um guichê de segurança com uma gaveta por onde as pessoas passavam papéis e informações. Atrás do guichê, havia duas mulheres sentadas diante de escrivaninhas, com pilhas de processos no chão, embaixo de suas cadeiras, com telefones e mais processos em cima das mesas. Pendurados nas paredes, havia grandes calendários e boletins oficiais emitidos pelo escritório estatal.
O homem e a mulher ficaram esperando em frente ao guichê,

enquanto a adolescente que estava na frente deles, escrevia algo em um bloco amarelo barato. Eles se inclinaram para ver o que ela estava escrevendo e, logo em seguida, a garota parou, lançou uma olhadela irritada para eles e se virou, para que eles não pudessem ver o que ela estava fazendo. Quando terminou, ela se inclinou e falou por uma fresta na parte de baixo do vidro: Agora vocês dão esse aviso para a senhora Stulson.

Uma das mulheres ergueu os olhos. Você falou comigo?

Terminei aqui.

A mulher se levantou lentamente da escrivaninha e veio até o balcão, enquanto a garota enfiava o papel por baixo do vidro. Tome sua caneta de volta, disse ela. Ela a deixou na gaveta do guichê.

Preciso dizer algo a ela?

Está tudo anotado aí, disse a garota.

Eu entrego quando ela chegar. Obrigada.

Assim que a garota se afastou, a mulher desdobrou o papel e leu.

O casal deu um passo à frente. Nós viemos falar com a Rose Tyler, disse o homem. Temos hora marcada com ela.

A mulher atrás do guichês ergueu os olhos. A senhora Tyler está ocupada com outra pessoa neste momento.

Ela marcou com a gente às dez e meia.

Se vocês puderem sentar, vou avisá-la de que vocês estão aqui.

Ele olhou para o relógio na parede atrás do vidro. Já se passaram dez minutos do horário combinado, disse ele.

Entendi. Vou avisar que vocês estão esperando.

O casal ficou olhando fixamente para a mulher, como se os dois esperassem que ela fosse dizer alguma outra coisa, e ela os encarou firmemente de volta.

Diga que Luther Wallace e Betty June Wallace estão aqui, pediu ele.

Eu sei quem vocês são, disse a mulher. Sentem-se, por favor.

Eles se afastaram do balcão e se sentaram nas cadeiras de plástico junto à parede sem dizer nada. Ao lado deles, havia caixas cheias de brinquedos de plástico, uma mesinha com livros e uma caixa aberta cheia de pedaços de giz e lápis sem ponta. Não havia mais ninguém na sala. Algum tempo depois, Luther Wallace tirou um canivete do bolso e começou a raspar uma verruga do dorso da mão, limpando a lâmina na sola do sapato. Respirava pesadamente e começava a suar na sala muito quente. Betty, sentada ao lado dele, olhava fixamente para a outra parede. Ela parecia estar mergulhada em algum pensamento que a deixava triste, algo que jamais poderia esquecer neste mundo, como se estivesse presa naquele pensamento, qualquer que fosse. Segurava uma pequena bolsa preta no colo. Era uma mulher grande, não completara nem quarenta anos. Tinha o rosto marcado pela varíola e cabelos castanhos ralos, e, com um gesto pudico, a cada minuto ou dois, puxava a barra do vestido folgado para cobrir os joelhos.

Um velho saiu por uma porta atrás deles e atravessou a sala cambaleando, com uma muleta de metal. Então, empurrou a porta e saiu para o corredor. Em seguida, Rose Tyler, a assistente social, apareceu na sala de espera. Era uma mulher baixa e atarracada, de cabelos castanhos, usando um vestido de cores chamativas. Betty, disse ela. Luther. Vocês podem entrar?

Foi por isso que ficamos aqui sentados, esperando, disse Luther. Só por isso.

Eu sei. Agora podemos conversar.

Eles se levantaram, seguiram pelo corredor atrás dela, entraram numa sala de entrevistas, pequena e sem janela, e se sentaram à mesa quadrada. Betty ajeitou o vestido, enquanto Rose Tyler fechava a porta e se sentava na frente deles. Ela pôs uma pasta de arquivo sobre a mesa, abriu e começou a folheá-lo, lendo rapidamente cada página. Por fim, ergueu os olhos. Pois então, disse ela. Como vocês passaram esse último mês? Está tudo conforme vocês queriam?

Oh, estamos passando muito bem, disse Luther. Acho que não temos do que reclamar. Não é, querida?

Eu ainda estou com essa dor no estômago. Betty pousou suavemente a mão sobre o vestido, como se houvesse algo muito frágil ali. Eu mal consigo dormir à noite, disse.

Você foi ao médico conforme combinamos? Nós tínhamos marcado uma consulta.

Sim, fui. Mas ele não me ajudou em nada.

Ele deu um remédio, disse Luther. Ela está tomando.

Betty olhou para ele. Mas não adiantou nada. Ainda estou sentindo dor o tempo todo.

Que remédio é esse?, indagou Rose.

Eu dei a receita do doutor ao moço da farmácia e ele me deu o frasco. Estão lá em casa na prateleira.

E você não lembra o nome do remédio?

Ela olhou para a sala apertada. Não estou lembrando agora, respondeu.

Bem, é um vidrinho marrom, disse Luther. Eu sempre lembro que ela tem que tomar um por dia.

Você precisa tomar regularmente. Não vai funcionar se você não fizer isso.

Eu estou tomando, disse ela.

Certo. Bem, vamos ver como você vai se sentir no mês que vem.

Tomara que comecem a fazer efeito logo, disse Betty. Não sei até quando vou suportar essa dor.

Espero que sim, disse Rose. Às vezes demora mesmo um pouquinho, sabe?

Ela pegou mais uma vez a pasta e olhou rapidamente o conteúdo. Mais alguma coisa que vocês gostariam de me dizer hoje?

Não, respondeu Luther. É como eu disse, acho que estamos bem.

E a motorista do ônibus?, perguntou Betty. Você esqueceu?

Oi?, disse Rose. Qual é o problema com a motorista do ônibus?

Bem, ela me deixa maluca. Ela me falou uma coisa que não devia.

É verdade, concordou Luther. Ele se inclinou para a frente e pôs as mãos pesadas sobre a mesa. Ela falou que não é obrigada a esperar o Richie e a Joy Rae. Disse que já é responsável por quinze crianças.

Dezoito, corrigiu Betty.

Ela não tem o direito de falar assim com a minha esposa. Eu estava pensando em ir falar com o diretor.

Espera, disse Rose. Devagar, contem o que foi que aconteceu. Vocês estavam com o Richie e a Joy Rae na calçada na hora certa? Nós já conversamos sobre isso.

Eles *tava* lá fora. Eles *tava prontinho*.

Vocês precisam sair na hora, já sabem. A motorista está fazendo o melhor que pode.

Eles *sai* na hora que ela buzina.

Como se chama a motorista? Vocês sabem?

Luther olhou para a esposa. A gente sabe o nome dela, amor? Betty negou com a cabeça.

A gente nunca ouviu o nome dela. Aquela com cabelo amarelo, só sei isso.

Tá bom. Vocês querem que eu ligue e descubra qual é o problema?

Liga para o diretor também. Conta o que ela está fazendo com a gente.

Vou telefonar. Mas vocês também precisam fazer a sua parte.

A gente já está fazendo a nossa parte.

Eu sei, mas vocês precisam se dar bem com ela, certo? O que você faria se não deixassem os seus filhos usar o ônibus?

Eles olharam para Rose e depois para o outro lado da sala, onde havia um cartaz pendurado com fita adesiva na parede, com a inscrição LEAP, em letras vermelhas, uma ajuda financeira para quem não tinha condições de contar com aquecimento na própria casa.

Então, vamos ver, disse Rose. Seus cupons de alimentação estão aqui. Ela tirou os cupons da pasta sobre a mesa, cartelas de um, cinco, dez e vinte dólares, cada qual de uma cor diferente. Ela empurrou os cupons sobre a mesa e Luther passou-os para Betty guardar na bolsa.

E os cheques da sua pensão de invalidez chegaram no prazo este mês?, perguntou Rose.

Ah, sim. Chegaram ontem pelo correio.

E você está descontando os cheques como nós combinamos e

guardando o dinheiro em envelopes separados para as diversas despesas?
  A Betty guarda. Mostra pra ela, querida.
  Betty tirou quatro envelopes da bolsa. ALUGUEL, MERCADO, CONTAS, EXTRAS. Os envelopes traziam a cuidadosa letra de forma de Rose Tyler.
  Muito bem. Então não há mais nada para hoje?
  Luther olhou de relance para Betty, depois se virou para Rose.
  Bem, a minha mulher continua falando sobre a Donna. Parece que ela está sempre pensando na Donna.
  Eu andei pensando nela, disse Betty. Não entendo por que não posso ligar para ela. Ela é minha filha, não é?
  É claro que é, concordou Rose. Mas o juiz decidiu que você não pode entrar em contato com ela. Você sabe disso.
  Eu só quero conversar com ela. Não quero nenhum tipo de contato. Só quero saber como ela está.
  Mas ligar seria considerado um contato, advertiu Rose.
  Os olhos de Betty se encheram de lágrimas e ela se recostou na cadeira com as mãos abertas sobre a mesa, com os cabelos caindo no rosto, alguns fios colados às faces úmidas. Rose ofereceu uma caixa de lenços de papel, e Betty pegou um e começou a enxugar o rosto. Eu não quero incomodar, disse. Só quero falar com ela.
  Você sofre com isso, não é?
  Você não sofreria se fosse com você?
  Sim. Sem dúvida.
  Você precisa tentar e fazer o melhor possível, querida, disse Luther. É a única coisa que você pode fazer. Ele acariciou o ombro da esposa.
  Ela não é sua filha.
  Eu sei disso, disse ele. Só estou dizendo que você precisa lidar com isso da melhor maneira possível. O que mais você pode fazer? Ele olhou para Rose.
  E o que está acontecendo com Joy Rae e Richie?, perguntou Rosie. Como eles estão?
  Bem, o Richie, ele anda brigando na escola, disse Luther. Outro dia chegou em casa com o nariz sujo de sangue.

É porque os outros meninos ficam provocando, disse Betty. Qualquer hora vou ensiná-lo a revidar.

E o que você acha que está causando isso?, indagou Rose.

Não sei, respondeu Betty. Os meninos ficam sempre provocando o Richie.

E ele os provoca?

O Richie nunca provoca.

Isso é porque ensinei a dar a outra face, disse Luther. Ao que te bate numa face, oferece-lhe também a outra. Está na Bíblia.

Ele só tem duas faces, disse Betty. Quantas faces ele vai ter que oferecer?

Sim, concordou Rose. Existem limites, não é mesmo?

Nós chegamos ao limite, disse Betty. Não sei mais o que vamos fazer.

Não, disse Luther. Além disso, não temos muito do que reclamar. Ele se aprumou na cadeira, aparentemente pronto para ir embora, para passar ao que quer que viesse em seguida. Acho que estamos indo muito bem. Haja o que houver, não adianta surtar, é o que sempre digo. Um dia me disseram isso.

3

Ele era um menino pequeno, franzino demais para sua idade, com braços finos, pernas finas e cabelo castanho que caía na testa. Era dinâmico e responsável, e sério demais para um menino de onze anos. Antes de ele nascer, sua mãe decidira não se casar com o pai dele e, quando ele tinha cinco anos, ela morreu em um acidente de carro em Brush, Colorado, em uma noite de sábado, depois de dançar a noite inteira com um sujeito ruivo em um bar de estrada. Ela nunca dissera quem era seu pai. Desde que ela morreu, ele morava sozinho com o avô materno na zona norte de Holt, em uma casinha escura, ladeada por dois terrenos baldios, com uma trilha de cascalhos nos fundos, com amoreiras de ambos os lados. Estava na quinta série e era um bom aluno, mas só falava quando era chamado; ele nunca se oferecia para fazer nada na sala de aula, e todos os dias, depois que as aulas terminavam, ele ia para casa sozinho ou ficava caminhando à esmo pela cidade e, então, de vez em quando, cuidava do jardim de uma mulher que morava em sua rua.

Seu avô, Walter Kephart, era um homem de cabelos brancos de setenta e cinco anos. Durante trinta anos, ele trabalhara com a manutenção dos trilhos no sul do Wyoming e no nordeste do Colorado. Ele se aposentou quando estava com quase setenta. Era um velho taciturno; quando bebia, ficava mais loquaz, mas não era alcoólatra e, em geral, só bebia em casa quando estava doente. Todo mês, quando chegava seu cheque da aposentadoria, ele o descontava e passava a noite bebendo na Holt Tavern da esquina da Third com a Main. Ficava ali com os outros velhos da cidade contando história, as quais não eram exageradas, apenas um pouco aumentadas, e depois por uma ou duas ele se lembrava das coisas que aprontava nos velhos tempos, muitos anos antes, quando ainda era jovem.

O nome do garoto era DJ Kephart. Ele cuidava do velho: à noite, quando o avô terminava de conversar no bar, levava-o para casa pelas ruas escuras no meio da noite e, em casa, era ele quem fazia a maior parte das refeições e da limpeza, e uma vez por semana lavava as roupas sujas na lavanderia da Ash Street.

Certa tarde, em setembro, ele chegou em casa da escola e o velho disse que a vizinha tinha vindo procurar por ele. É melhor você ir ver logo o que ela quer.

A que horas ela veio?

Hoje de manhã.

O garoto se serviu de café frio da chaleira que estava no fogão, bebeu e foi até a vizinha. Ainda estava quente lá fora, embora o sol tivesse começado a pousar no oeste e os primeiros sinais do outono estivessem no ar — aquele cheiro de poeira e folhas secas, aquela sensação de solitude que chega todos os anos no final do verão. Ele passou ao lado do terreno baldio, pelo caminho de terra que levava a uma fileira de amoreiras nos fundos, e depois pelas duas casas das viúvas, ambas recuadas da rua tranquila, atrás de uma touceira de lilases empoeirada, e chegou à casa da vizinha.

Mary Wells era uma mulher de trinta e poucos anos com duas filhas. O marido trabalhava no Alasca e raramente voltava para casa. Era uma mulher bonita, magra e saudável, com cabelos castanhos macios e olhos azuis. Ela mesma poderia cuidar da horta, mas gostava de ajudar o garoto daquela forma e sempre pagava alguma coisa quando ele trabalhava para ela.

O garoto bateu à porta da casa dela e ficou esperando. Achou melhor não bater uma segunda vez, pois isso seria falta de educação, um comportamento desrespeitoso. Depois de alguns instantes, ela apareceu na porta, enxugando as mãos em um pano de prato. Atrás dela, vieram as duas meninas.

Meu avô disse que você passou lá em casa hoje cedo.

Sim, respondeu a mulher. Você quer entrar?

Não, acho melhor já ir começando.
Você não quer entrar primeiro e comer um biscoito? A gente acabou de fazer. Ainda estão quentes.
Eu tomei café antes de sair, disse ele.
Talvez mais tarde então, disse Mary Wells. De todo modo, eu estava me perguntando se você teria tempo para trabalhar na horta. Se não tem mais nada para fazer agora.
Não tenho mais nada agora.
Então, combinado. Ela sorriu para ele. Vou lhe mostrar qual é a minha ideia.

Ela desceu os degraus, seguida pelas duas meninas, e todos juntos contornaram a casa, onde havia um jardim crestado pelo sol ao lado do caminho de cascalhos. Ela mostrou as ervas daninhas que haviam nascido desde a última vez que ele estivera lá e as fileiras de vagens e pepinos que ela queria que ele colhesse. Você se importa de fazer isso?, perguntou

Não, senhora.

Mas não vá se esforçar demais nesse sol quente. Venha para a sombra se precisar.

Não está muito quente para mim, disse ele.

Vou mandar as meninas trazerem água para você.

Elas voltaram lá para dentro, e ele começou a arrancar as pragas entre as plantas, ajoelhado na terra e trabalhando sem parar, suando e espantando as moscas e os mosquitos. Estava acostumado a trabalhar sozinho e a sentir desconforto. Fez uma pilha com as pragas e, em seguida, começou a colher as vagens e os pepinos. Uma hora mais tarde, as meninas saíram de casa com três biscoitos em um prato e um copo de água gelada.

A mamãe mandou para você, disse Dena, a mais velha.

Ele enxugou as mãos na calça, pegou o copo de água e bebeu a metade. Depois, comeu um dos biscoitos grandes, com duas mordidas. As meninas o observavam com atenção, paradas na grama, no limite do jardim.

A mamãe disse que você parecia estar com fome, observou Dena.

A gente fez esses biscoitos hoje à tarde, disse Emma.

Quer dizer, a gente ajudou. Não foi a gente que fez.

A gente ajudou a mamãe a fazer.

Ele bebeu o resto da água e devolveu o copo. Havia marcas de dedos com barro e manchas do lado de fora.

Você não quer mais esses biscoitos?

Vocês podem comer.

A mamãe mandou para você.

Vocês podem comer. Eu já comi.

Você não gostou?

Gostei.

Então por que não vai comer mais?

Ele deu de ombros e desviou o olhar.

Eu vou comer um então, disse Emma.

Melhor não. A mamãe mandou esses para ele.

Ele não quer.

Isso não importa. São dele.

Você pode comer, disse ele.

Não, retrucou Dena. Ela pegou os dois biscoitos do prato e os deixou na grama. Depois você come. A mamãe disse que são seus.

Os insetos vão comer primeiro.

Então, é melhor você comer logo.

Ele ficou olhando para ela e depois voltou a trabalhar, colhendo as vagens em uma bacia branca esmaltada.

As duas meninas ficaram observando enquanto ele trabalhava. Ele estava outra vez ajoelhado, de costas para elas, as solas de seus sapatos viradas na direção delas como rostos pequenos de alguma criatura estranha; na nuca, os cabelos escuros suados. Quando ele chegou ao final das fileiras, as meninas deixaram os biscoitos na grama e voltaram para dentro.

Quando terminou, ele pegou as vagens e os pepinos e foi para a porta dos fundos, bateu e ficou ali esperando. Mary Wells veio até a porta com as duas meninas.

Nossa, você colheu muitos, disse ela. Não imaginei que houvesse tanto. Você pode levar um pouco. Espere, vou buscar o dinheiro para te pagar.

Ela se virou e foi para dentro de casa, enquanto ele se afastava da porta aberta e observava o quintal dos fundos, em direção ao quintal do vizinho. Havia sombra embaixo das árvores. Ali na varanda onde ele estava, o sol atingia em cheio sua cabeça castanha e seu rosto suado, as costas de sua camiseta suja e o canto da casa. As meninas ficaram olhando para ele. A mais velha queria dizer alguma coisa, mas ele não conseguia imaginar o que poderia ser.

Mary Wells voltou e entregou a ele quatro dólares dobrados ao meio. Sem olhar para ele, enfiou o dinheiro no bolso de trás.

Obrigado, disse.

Eu é que agradeço, DJ. E leve um pouco de legumes. Ela estendeu uma sacola de plástico.

Acho melhor eu ir agora. Meu avô deve estar com fome.

Mas cuide também de você, disse ela. Você está ouvindo?

Ele se virou, foi até a frente da casa e subiu correndo a rua vazia no final da tarde. Estava com o dinheiro no bolso e a sacola de vagens e pepinos.

Quando ele foi embora, as meninas foram até o limite do jardim para ver se ele tinha comido os biscoitos, mas constataram que ainda estavam na grama. As formigas vermelhas andavam sobre eles, e havia uma fila delas indo embora pela grama. Dena pegou os biscoitos e os sacudiu com força, depois jogou-os fora no caminho de cascalhos.

Em casa, ele fritou hambúrgueres em uma frigideira de ferro, cozinhou algumas batatas e as vagens que Mary Wells lhe dera e pôs pão e manteiga na mesa, em um prato junto com os pepinos em rodelas. Preparou mais café e, quando a batata e a vagem ficaram prontos, ele chamou o avô à mesa e eles começaram a comer.

O que ela queria que você fizesse lá?, perguntou o velho.

Arrancar as ervas daninhas. E colher essas coisas da horta.

Ela pagou?

Sim.

Quanto?

Ele sacou as notas dobradas do bolso e contou sobre a mesa. Quatro dólares, disse ele.

É o bastante.
É?
Até demais.
Acho que não.
Bem, é melhor você guardar. Pode ser que você fique com vontade de comprar alguma coisa um dia.

Depois do jantar, ele tirou a mesa, lavou a louça e pôs para secar sobre um pano de prato na bancada, enquanto o avô foi para a sala, acendeu a luminária ao lado da cadeira de balanço e começou a ler o *Holt Mercury*. O menino ficou fazendo a lição de casa na mesa da cozinha com a iluminação do teto e, quando ele olhou para a sala, uma hora depois, o velho estava sentado de olhos fechados, suas pálpebras finíssimas atravessadas por minúsculas veias azuis e sua boca escura entreaberta, respirando com dificuldade e com o jornal aberto na frente de sua jardineira.

Vô. Ele tocou no braço dele. É melhor o senhor ir para a cama.
O avô acordou e ficou olhando fixamente para ele.
Está na hora de dormir.

O velho o examinou por um instante, como se tentasse lembrar quem ele era, depois dobrou o jornal e o deixou no chão ao lado da cadeira. Em seguida, apoiando-se nos braços da cadeira de balanço, levantou-se lentamente e foi até o banheiro, e depois foi para o quarto.

O garoto tomou outra xícara de café junto à pia da cozinha e jogou os restos no triturador. Enxaguou a cafeteira, apagou as luzes e voltou para a cama, no quartinho ao lado do quarto do avô, onde ainda ficou lendo por mais duas horas. Através da parede, ele podia ouvir o velho roncando, tossindo e murmurando. Às dez e meia, ele apagou a luz e pegou no sono. Na manhã seguinte, levantou-se cedo para fazer o café e depois foi à escola do outro lado dos trilhos, no prédio novo, na zona sul de Holt. Lá na escola, ele fez com afinco e esmero tudo o que lhe pediam para fazer, embora, praticamente, não tenha falado uma palavra sequer o dia todo.

4

Eles levaram os novilhos da raça Black Whiteface para a cidade e os desembarcaram na área de descarga atrás do curral, onde aconteciam os leilões de gado. A equipe do lugar os separou e conduziu para o cercado. O veterinário os examinou e não encontrou nenhuma das doenças respiratórias típicas dos novilhos, nem tumores nos olhos, nem brucelose, nem mesmo uma mandíbula malformada, que às vezes acomete os bois mais velhos, de modo que a responsável pela marcação os liberou sem a menor objeção. Depois, receberam o documento que confirmava a propriedade e o número dos novilhos, então voltaram para casa, e comeram, calados, na cozinha. Após, subiram para dormir. Na manhã seguinte, eles se levantaram da cama quando ainda estava escuro e saíram para trabalhar.

Ao meio-dia, estavam pedindo o almoço sentados a uma mesa quadrada no pequeno refeitório sujo da sede dos leilões. A garçonete veio com um bloco de anotações e parou diante deles, com o rosto vermelho de suor. O que vão querer hoje?

Parece que você está acabada hoje, disse Harold.

Estou aqui desde as seis da manhã. Quem não ficaria assim?

Bem, não vá se arrebentar de tanto trabalhar. É melhor pegar leve.

E como eu vou conseguir fazer isso?

Não sei, respondeu Harold. Essa é a questão. Hoje tem algum prato especial?

Todos são especiais. O que você quer?

Bem, disse ele, estava pensando no nobre porco. Fiquei tanto

tempo com esses novilhos pretos nos últimos dias que não quero ver carne de boi por uma semana.
Temos bistecas de porco, se você quiser. Podemos fazer um sanduíche de carne de porco.
Eu quero uma bisteca. E purê de batata, molho e tudo o mais que acompanha. E uma xícara de café. E torta de abóbora, se tiver.
Ela anotou rapidamente no bloco e ergueu os olhos. Raymond, e você?
Isso me parece bom. Traga a mesma coisa que o Harold pediu. Só que a torta não tem outro sabor?
Tem maçã, mirtilo, caramelo e limão. Ela olhou de relance para o balcão. Acho que ainda tem um pedaço de merengue de chocolate.
Mirtilo, disse Raymond. Mas não se afobe. Não há pressa.
Eu só queria que ele contratasse outra menina. Já seria suficiente. Você acha que o Ward vai fazer isso algum dia?
Acho que não.
Não enquanto eu estiver viva, concluiu ela, depois foi até a cozinha e disse alguma coisa a dois homens da outra mesa ao passar.
Ela voltou equilibrando duas xícaras de café, e uma travessa de salada de alface para cada um e um prato de pão branco com potinhos de manteiga, serviu os dois homens e tornou a se afastar. Os irmãos McPheron pegaram os garfos e começaram a comer. Enquanto estavam almoçando, Bob Schramm chegou.
Tem alguém sentado aqui?, perguntou.
Você, respondeu Harold. Senta aí.
Schramm puxou uma cadeira, sentou-se, tirou seu chapéu preto e o depôs com a coroa para baixo na cadeira vazia, levou os dedos às duas orelhas e ligou seus aparelhos de audição, depois ajeitou o cabelo no alto da cabeça. Ele olhou ao redor, para o recinto lotado.
Bem, acabei de saber que o velho John Torres morreu.
Quando foi?, perguntou Harold.
Ontem à noite. A caminho do hospital. Câncer, eu acho. Vocês o conheceram bem, não é?

Sim.

Era uma figura, o velho John. Schramm olhou para eles, observando-os enquanto comiam.

Pensem, ele tinha mais ou menos oitenta e cinco anos, disse, e da última vez que nos vimos ele estava tão curvado que o queixo quase encostava na fivela da cinta. Eu perguntei como vai, John, e ele, oh, bem demais para um velho comedor. Que bom, respondi, já é muito ainda achar alguém que dá pra você, e ele, é, mas estou com dificuldade para rachar o choupo, ele é mole no meio, meio esponjoso e não racha direito. Você finca o machado, e parece que está enfiando um garfo nessas panelas de barro. Bem, vocês entendem o que eu quero dizer com isso, disse Schramm. Com a idade dele, o velho John ainda tentava rachar lenha para a lareira.

A cara dele mesmo. Harold pegou um pedaço de pão, passou manteiga, dobrou e mordeu uma grande meia lua bem no meio.

Bem, ele fumava dois maços de Lucky Strikes por dia, disse Bob Schramm, e nunca fez mal a nenhum ser humano neste mundo. Eu sempre pedia que sentasse à minha mesa e, quando eu servia o meu café, sempre servia um para ele também. Certa vez ele veio e disse como vai, e eu digo, oh, não muito bem, estou preocupado, certas pessoas estão me deixando nervoso. E ele falou, me diga quem são que eu vou dar um jeito nessa gente, e eu respondi, oh, não, está tudo bem, eu me viro, porque eu sabia o que ele teria feito ou pedido para outros fazerem. No dia seguinte, eles acordariam com as gargantas cortadas, é disso que estou falando. Bem, ele era de San Luis Valley. Ninguém ia querer mexer com ele. Nunca tinha machucado ninguém, mas isso não quer dizer que ele não fosse capaz, mesmo que não fosse ele pessoalmente.

A garçonete chegou trazendo dois pratos grandes com bistecas de porco, purê de batatas, molho, vagem e compota de maçã. Ela os serviu diante dos McPheron e se dirigiu a Schramm.

E você, o que vai querer?

Eu ainda nem pensei no que eu quero.

Então, eu volto depois, disse ela.

Schramm ficou observando a mulher se afastar, e olhou de relance para a mesa ao lado. Eles não têm mais cardápio por aqui?
Fica em cima do balcão, informou Raymond. Na parede ali.
Eu achava que eles tinham cardápio.
Agora é ali.
Custa caro fazer um cardápio?
Não sei quanto custa um cardápio, disse Raymond. Você se incomoda se começarmos a comer?
Não. Claro que não. Não esperem por mim. Ele analisou o cardápio impresso em um cartaz sobre o balcão, enquanto os irmãos McPheron começavam a comer, inclinados sobre seus pratos. Ele enfiou a mão no bolso da calça e tirou um lenço azul com o qual assoou o nariz, mantendo os olhos fechados durante todo o tempo, depois dobrou o lenço e o guardou.

A garçonete voltou e encheu novamente as xícaras de café. Schramm disse: Olha, vou querer só um hambúrguer com batata frita e café, pode ser?
Se quiser sobremesa, é melhor escolher agora.
Acho que não.

A garçonete foi até outra mesa, serviu café e continuou em frente.
Onde vai ser o funeral?, perguntou Harold.
Não sei. Não sei nem se conseguiram encontrar algum parente para avisar que ele morreu, disse Schramm. Mas vai ter um monte de gente nesse enterro.
As pessoas gostavam dele, disse Raymond.
Sim, gostavam. Mas agora eu me lembrei. Não sei se vocês sabiam dessa. Houve uma época em que o velho John teve um caso com a mulher do Lloyd Bailey. Eu mesmo vi os dois uma vez, eles estavam naquele Buick novo dela, escondidos atrás da vala, perto dos trilhos do cruzamento da Diamond T, com as luzes e o motor apagados, e as molas do Buick gemendo e a rádio Denver tocando baixinho uma música mexicana. Bem, meus senhores, eles estavam se divertindo um bocado. Bem, naquele outono o velho John e a mulher do Lloyd se mandaram e fugiram para Kremmling, para além das montanhas, e se esconderam no quarto de um motel. Ali

juntinhos, vivendo como marido e mulher. Mas não havia nada para fazer lá se você não fosse um caçador e quisesse acertar um veado ou um alce. É só um lugarzinho, vocês sabem, perto do rio, e passar dois dias em uma cama de casal de um motel pode virar um tédio depois de algum tempo, mesmo que você possa pagar o quarto com o cartão de crédito do outro. Então, alguns dias depois, eles voltaram para casa e ela perguntou para o Lloyd e falou, você vai me aceitar de volta ou vai querer o divórcio? Lloyd deu-lhe um tapa tão forte que a cabeça dela virou para trás, e disse, então está bem, acho que você pode voltar para cá. Depois Lloyd e ela saíram por aí para se embriagar só Deus sabe onde. Chegaram a Steamboat Springs, eu acho, e voltaram. Ao voltar, eles continuaram casados. Acho que estão juntos até hoje. Quanto ao Lloyd, ele disse que precisou beber sem parar durante duas semanas para conseguir tirar John Torres da sua cabeça.

E quanto tempo levou para tirá-lo da cabeça da mulher dele?, perguntou Harold.

Isso, eu não sei. Ele nunca falou a esse respeito. Mas eu tenho certeza de uma coisa. O velho John sabia como encher o saco.

Acho que agora ele não está mais enchendo o saco de ninguém.

Não, senhor. Acho que isso acabou.

Seja como for, acho que ele teve sua cota de diversão, disse Raymond. Ele teve uma vida e tanto.

Oh, isso ele teve mesmo, concordou Schramm. Ninguém viveu melhor que ele. Eu sempre gostei um bocado do velho John Torres.

Todo mundo gostava, disse Raymond.

Não sei, não, disse Harold. Acho que o Lloyd Bailey não gostava muito dele. Harold baixou o garfo e ficou olhando para o refeitório lotado. O que será que aconteceu com a torta de abóbora que ela ia me trazer?

Quando terminaram de almoçar, os McPheron deixaram o dinheiro sobre a mesa para a garçonete e, uma hora antes de o leilão começar, entraram no curral ao lado. Subiram os degraus de concreto até o meio do semicírculo das arquibancadas, sentaram e olharam ao redor. O cercado de tubos de ferro onde aconteciam as vendas ficava lá embaixo, com um piso de areia e grandes portas de aço de cada lado; o leiloeiro, já posicionado atrás do microfone, estava sentado ao lado do supervisor do leilão, no púlpito do leiloeiro, acima do curral, ambos olhando para as fileiras de assentos ao redor, enquanto os animais esperavam em bretes ao fundo.

Os assentos começaram a ser ocupados por homens de chapéus ou bonés, além de algumas mulheres de calças jeans e camisas franjadas, e à uma da tarde o leiloeiro exclamou: Senhoras e senhores! Muito bem, agora chega de expectativa! O leilão vai começar!

Os peões trouxeram quatro carneiros, todos borregos, um deles com um chifre que trincara enquanto esperava no brete e o sangue escorria pela cabeça. Os carneiros se moviam de forma desordenada. Ninguém se interessou muito e, finalmente, venderam os quatro por quinze dólares cada.

Em seguida, trouxeram três cavalos, um atrás do outro. Um grande ruano castrado de sete anos veio na frente, com manchas brancas no ventre e mais manchas nas patas traseiras. Rapazes, berrou o peão mais velho, que cavalo mansinho! Qualquer um consegue montar, mas nem todo mundo consegue cavalgar. Rapazes, esse sabe correr e se movimentar. E ele entende de gado. Setecentos dólares!

O leiloeiro iniciou a cantilena de sempre e entoou o valor, batendo no púlpito com o cabo do martelo, marcando o tempo. Um homem da primeira fileira falou que oferecia no máximo trezentos. O peão olhou para ele. Você vai levar por quinhentos.

O leiloeiro considerou a oferta, e o ruano finalmente foi vendido por seiscentos e vinte e cinco, comprado de volta pelo próprio dono.

O cavalo sucessivo era um Appaloosa. Rapaz, essa égua é nova. Não está prenha. Depois venderam uma égua preta. Que coisinha nova, rapaz! Uns dois anos, não é adestrada. E vamos vender como está. Trezentos e cinquenta dólares!

Depois dos cavalos, começou o leilão de gado, e era para isso que a maioria estava ali. Durou o resto da tarde. Primeiro, venderam os mais velhos, depois as duplas de vaca e bezerro e os bois de abate e, finalmente, os lotes de vitelos e novilhos. O gado era trazido para o curral por um lado, paravam no curral enquanto durasse o leilão e eram movidos para que mostrassem seus melhores ângulos. Os dois peões se afastavam ou espetavam com aguilhões e, depois, tocavam os animais através de outra porta de metal nos fundos, para a equipe do brete separar. Cada brete era numerado com tinta branca, para não misturar os animais, e todos tinham etiquetas amarelas nas ancas com a informação do lote a que pertenciam. Na parede acima das portas de metal, painéis eletrônicos piscavam TOTAL KG e N°. CABEÇAS e PESO MÉD. Nas paredes, havia propagandas de rações Purina, além de Nutrena e equipamentos Carhartt. E, embaixo do púlpito do leiloeiro, uma placa trazia os seguintes dizeres: LEMBRAMOS A TODOS QUE AS GARANTIAS SÃO ESTRITAMENTE ENTRE COMPRADOR & VENDEDOR.

Os irmãos McPheron se acomodaram em seus assentos e ficaram assistindo. Precisaram esperar até o fim da tarde para a venda de seus novilhos. Por volta das três da tarde, Raymond desceu até o refeitório e trouxe dois copos descartáveis de café, e um pouco depois Oscar Strelow se sentou na frente deles e se virou de lado no assento para bater papo. Oscar contou sobre aquela ocasião em que seus bois foram vendidos por tão pouco que ele foi embora e se embriagou. Quando voltou para casa naquele estado lastimável, a esposa ficou tão furiosa que nem quis falar com ele. Na manhã seguinte, foi direto para a cidade e comprou uma máquina de lavar Maytag novinha, preenchendo um cheque para o valor total à vista. Oscar disse que, na hora, achou melhor não dizer nada sobre aquilo com a esposa e, no final, acabou nunca dizendo nada.

O gado continuava desfilando no curral. O mais jovem entre os peões era quem monitorava os participantes do leilão e todos ficavam olhando atentamente para ele, movendo a cabeça ou erguendo a mão, e ele berrava Sim!, direcionando o olhar de um comprador para outro, Sim! Quando o último comprador desistia e desviava os olhos, o leiloeiro em seu púlpito exclamava:

Vendido por cento e dezesseis dólares para o número oitenta e oito! E o jovem peão tirava o gado do curral. Então, o peão mais velho, que usava uma camisa azul, com uma barriga grande e dura acima da fivela do cinto, trazia o lote seguinte pela porta de aço da esquerda e começava a berrar.

Rapaz, que bela dupla de novilhos! Vou deixar que levem os dois por noventa e cinco dólares!

Rapaz, essa vaca vai dar muita alegria. Ela parece uma vaca leiteira. Setenta e quatro dólares!

O único problema dessa é que tem o rabo curto, mas isso é uma bobagem!

Rapaz, essa tem um pequeno calombo na mandíbula. É só cauterizar, e não há de ser nada.

Uma novilha e das boas!

Setenta e sete dólares! Ok. Não vamos ficar de brincadeira.

O leilão continuou. A certa altura, chegou um lote grande, oitenta cabeças, que os peões fizeram desfilar em grupos de quinze e vinte de uma vez, até chegarem ao último grupo, que deixaram no curral como amostra do lote inteiro, e o tempo todo o peão mais velho ficou berrando: Rapaz, que beleza! Olha só para elas, vocês nunca mais verão essas daí. Bem-alimentadas, rapazes. Oitenta vacas. Oitenta dólares. Ora, vamos lá!

A certa altura, Harold, levantando-se de seu lugar acima do curral, fez uma oferta para um lote de vacas de corte. Depois que ele fez a segunda oferta, Raymond se virou para ele. Foi você? Ele acha que foi você quem fez a oferta.

Fui eu.

Bem, o que diabos você quer fazer?

Nada. Só me divertindo um pouco.

Não precisamos de mais vacas. Hoje estamos aqui para vender uma parte das nossas.

Eu não vou comprar nada. Só estou me divertindo e subindo o preço para os outros.

E se ninguém subir?

Isso não vai acontecer.

Sei. Mas, se acontecer, quero dizer.

Então, eu acho que você vai precisar pegar o seu talão de cheques e pagar.
Raymond se virou. Sabe de uma coisa?, disse ele. Você está começando a não bater bem da cabeça com a idade, sabia?
Bem, nós precisamos nos divertir também, não? A Victoria não está mais aqui.
Mas nós não precisamos de mais vacas.
Você já disse isso.
Estou repetindo para ver se você me entende.
Eu já entendi. Mas, ainda assim, estou dizendo que precisamos aproveitar um pouco a vida.
Eu sei disso. Não estou discutindo isso.

Enfim, o leiloeiro chegou aos novilhos Black Whiteface, que os McPheron haviam trazido. Os novilhos entraram no curral como uma massa turbulenta, cabisbaixos, movendo-se em bloco, tentando voltar para dentro de si e se esconder.
O peão berrou: Rapazes, esses vieram direto do pasto. Eles farão o que vocês quiserem que eles façam. Belos novilhos, dóceis. Rapazes, esse gado tem menos de dois anos. E veja como estão todos ótimos!
Noventa dólares!
O leiloeiro começou seu pregão. Bem, muito bem, agora vejamos. Não tem como não gostar deles. Quinze novilhos pesando, em média, trezentos e sessenta quilos. Esses vão dar uma bela carcaça, rapazes. E vamos lá. Eia, recebemos aqui uma oferta, noventa dólares, noventa dólares e vinte e cinco, agora, agora, cinquenta, cinquenta, agora setenta e cinco centavos, noventa e um dólares agora, agora, noventa e vinte e cinco, cinquenta, quem dá mais, noventa e um e cinquenta, noventa e um e cinquenta, setenta e cinco.
Os McPheron observavam os quinze novilhos se mexendo desordenados no curral lá embaixo, apavorados e hesitantes naquela grande confusão, revirando os olhos, um deles mugindo naquele ar empoeirado e outro retomando o mugido, com homens e mulheres nas arquibancadas olhando entre os tubos de

ferro do curral, e os irmãos vendo seu próprio gado do alto com uma emoção estranha. Eles os haviam trazido para vendê-los, mas sabiam muito bem quanto trabalho eles haviam causado e quais problemas tiveram no ano último ano e quais eram os novilhos que os tinham causado, uns quatro ou cinco, eles sabiam até de qual vaca tinham nascido.

Mas, olhando para os dois irmãos nessa hora, ninguém jamais saberia de nada pela expressão em seus semblantes. Eles assistiam, impassíveis, ao leilão dos quinze novilhos, como se estivessem participando de um evento irrelevante como o levantar e o cair de uma rajada de vento seco.

Quem dá mais?, gritou o leiloeiro. Quem dá mais aqui? Noventa e um e setenta e cinco, noventa e dois? noventa e dois alguém? noventa e dois. Ele virou o martelo, pegando-o pelo cabo, bateu rispidamente no bloco de madeira em seu púlpito e entoou ao microfone: vendidos por noventa e um dólares e setenta e cinco centavos para — ele olhou para o comprador do outro lado do curral na quinta fila, um homem gordo de chapéu de palha, um homem que comprava gado para engordá-lo; ele mostrou quatro dedos duas vezes — o número quarenta e quatro!

Sentada ao lado do leiloeiro, a inspetora técnica anotou em sua prancheta, e os peões os liberaram e foram buscar o próximo lote.

Bem, disse Harold, olhando para a frente. Serão muito úteis.

Sim, serão, exclamou Raymond, como se ele também não estivesse falando com ninguém, como se estivesse falando de notícias velhas, não da véspera, mas da semana anterior, de um mês atrás.

Eles permaneceram em seus assentos na arquibancada para ver o novo lote de gado à venda, e o lote seguinte, depois se levantaram e foram descendo rigidamente pelos degraus até saírem do curral do leilão. A equipe do leilão e do brete já fizera seu trabalho, e eles receberam o cheque no caixa — descontados a comissão da venda e as taxas da inspeção de raça, a ração, a inspeção veterinária o seguro, e a taxa do comitê dos produtores de carne.

A mulher no escritório entregou o cheque a Raymond e parabenizou os dois. Raymond olhou rapidamente o cheque e o dobrou logo, guardou-o em sua velha carteira de couro e a fechou, enfiando-a no bolso interno de sua jaqueta de lona. Então, ele disse: Bem, acho que não foi tão mal. Pelo menos não perdemos dinheiro.

Dessa vez, não, disse Harold.

Então, apertaram a mão da mulher e foram para casa.

Em casa, sob o céu desbotado, eles foram até o estábulo, aos currais e ao barracão, para ver como estavam as coisas, e o gado e os cavalos pareciam estar bem. Então, eles voltaram pelo caminho de cascalhos até a casa. Mas a excitação daquele dia havia passado. Estavam cansados e acabados. Esquentaram sopa em lata no fogão e comeram na mesa da cozinha, depois deixaram os pratos na pia e foram até a sala para ler o jornal. Às dez, eles ligaram a velha televisão de console à procura de algum noticiário que talvez estivesse passando sobre alguma outra parte do mundo, antes de subir as escadas e se deitar em suas camas, exaustos, cada um no seu quarto, de ambos os lados do corredor, consolados ou não, tristes ou não, por seus próprios pensamentos e suas próprias lembranças conhecidas e gastas pelo tempo.

5

Eles desceram os degraus de madeira e saíram do trailer ao sol brilhante do meio da manhã, deram a volta no chão de terra batida e chegaram a um carrinho de mercado enferrujado que esperava logo ali, como algo paciente e tenaz no meio do mato seco. Começaram a arrastá-lo na direção oposta ao trailer, produzindo um ruído de ferro e rumaram para o centro, ao longo da Detroit Street, Luther empurrando, ofegante, Betty ao lado dele em silêncio. Eles foram caminhando lado a lado, até embaixo das árvores, com uma das rodinhas do carrinho quase se soltando toda vez que passavam por uma rachadura no concreto ou por uma pedra de qualquer tamanho. Atravessaram os trilhos na frente de um carro parado no sinal vermelho, seguiram por mais um quarteirão na contramão e entraram na última loja da esquina da Second com a Main.

O mercadinho era um edifício estreito e comprido de tijolos que ia até o beco dos fundos, com assoalho de tábuas antigas de carvalho escurecidas pelo sebo, um lugar cheio de aromas, empoeirado, um pouco escuro, com corredores estreitos entre prateleiras e pilhas de produtos.

Luther foi empurrando o carrinho pelos caixotes de maçãs e laranjas, repolhos e alfaces, ao longo da parede, com a esposa logo atrás em seu vestido folgado. No outro corredor, depois das carnes frescas em prateleiras refrigeradas, os congelados ficavam atrás de portas de vidro altas. Então, ele parou e começou a passar as caixas de congelados para Betty, que ia empilhando-as no carrinho, e eles foram em frente e ele pegou mais algumas. Espaguetes, pizzas congeladas, caixas de *burritos* e tortas de carne, *waffles* e tortas de mirtilo, chocolate e lasanha. Jantares prontos à base de bife Salisbury para dois. Pacotes de macarrão com queijo para dois. Tudo congelado em caixas coloridas e chamativas.

Ele recomeçou a empurrar o carrinho e ela veio logo atrás dele até o outro corredor, onde, então, pararam para escolher refrigerantes em lata. Ele se virou para ela. Dessa vez vai querer alguma coisa diferente? Ou será o mesmo de sempre, de morango?

Não consigo decidir.

Que tal um pouco desse de framboesa preta?

Você está me deixando confusa.

Quem sabe um pouco de cada?

Isso, respondeu ela, por que não?

Ele tirou duas caixas de latas da prateleira e se inclinou para colocá-las na parte de baixo do carrinho, expondo seu grande traseiro dentro da calça de moletom cinza, depois se endireitou, ofegante, com o rosto afogueado, e puxou a camisa para baixo.

Tudo bem, meu querido?

Sim. Mas é pesado para eu abaixar assim.

Não me vá ter um ataque cardíaco.

Não, senhora. Não aqui. Não hoje.

Eles seguiram em frente. Quando viraram no corredor, no setor dos artigos de papel e detergentes, uma mulher robusta ocupada em escolher o sabão de lavar louça bloqueava a passagem. Oh, perdão, disse ela, então ergueu os olhos e viu quem era. Não falou mais nada; simplesmente afastou um pouco seu carrinho da passagem.

Tudo bem, senhora, disse Luther. Eu consigo passar. Ele fez o carrinho passar, e Betty se virou de lado, passando com dificuldade. A mulher ficou olhando para eles até desaparecerem no final do corredor e, então, começou a abanar o ar diante do rosto.

No outro corredor, eles ficaram algum tempo escolhendo entre os diversos tipos de cereais. Um empregado do mercadinho, um menino de jaleco verde, passou ao lado de Luther e o chamou. Cara, cadê o cereal com passas? Aquele cheio de uva-passa.

Não está aí?

A gente já procurou em todo o canto.

O rapaz procurou nas prateleiras, inclinando-se e procurando no alto. Talvez tenha ainda no estoque, disse ele enfim.

Vamos esperar, disse Luther. Pode ir buscar.

O rapaz olhou de relance para ele e passou pela porta vaivém que dava para os fundos do mercadinho. Nesse momento, a mulher robusta apareceu atrás deles com o carrinho.

Luther afastou o dele para o lado. Ele foi ao estoque ver se tem aquele cereal, disse ele.

O quê?, disse ela. Você está falando comigo?

Ele foi lá nos fundos buscar nosso cereal. Só estamos esperando por ele.

Ela o observou, desviou o olhar para Betty e depois se afastou rapidamente.

Porque na prateleira não tem mais, berrou Luther para ela.

O rapaz voltou e disse que não havia encontrado o cereal que eles queriam.

Você procurou bem?, perguntou Luther.

Sim, procurei. Se ainda tiver algum está na prateleira.

Mas aqui não achei nenhum. Isso, nós já sabemos. Você tem que ter algum no estoque.

Não tem. Já vi. Acho que vendemos tudo.

Luther se virou para Betty. Ele diz que não tem mais, meu bem. Diz que está em falta.

Eu ouvi.

O que você quer fazer?

Eu estava contando que ia levar uma caixa de cereal para casa.

Eu sei. Mas ele disse que deve ter vendido tudo.

O rapaz observava a conversa deles, balançando a cabeça para frente e para trás.

Vocês podem levar esse outro cereal, disse ele, e levar também uma caixinha de uva-passa para misturar. Dá praticamente na mesma.

Colocar uva-passa na caixa?, perguntou Luther.

Colocar uva-passa em algum desses outros cereais, disse o rapaz.

Aqui mesmo, você quer dizer?

Não. Quando chegar em casa. Depois que vocês comprarem e levarem para casa.

Ah. Luther olhou à sua volta. Você quer fazer assim, querida?

Você é quem sabe, disse Betty.

Bem, o cereal está aqui, disse o rapaz. A uva-passa está no corredor dois, no meio, à direita. Se é isso que vocês querem fazer. Para mim, tanto faz. Ele se virou e foi caminhando em direção ao caixa.

Eles recomeçaram a analisar as caixas de cereais. No velho carrinho enferrujado, as outras caixas haviam começado a descongelar por causa do calor, a água começava a condensar na embalagem.

Não vejo como isso pode funcionar, disse Luther. E você?

Não quero nada disso, respondeu Betty.

Não, senhora.

Não teria o mesmo gosto.

Nem em cem anos teria o mesmo gosto, concordou Luther.

Eles seguiram em frente e pegaram uma garrafa plástica de leite e duas dúzias de ovos no corredor ao lado. Então, chegaram à padaria e lá pegaram três pacotes de pão branco barato, e enfim chegaram aos caixas, onde entraram na fila, esperando sua vez.

Luther pegou uma revista do mostruário na frente deles e ficou vendo as fotos de mulheres seminuas nas páginas brilhantes.

O que você está olhando?, perguntou Betty. É bom você ter olhos só para mim. Ela tirou a revista das mãos dele e devolveu à prateleira. Sou sua esposa.

De qualquer forma, elas são muito magricelas, disse ele. Elas não têm muita carne para o meu gosto. Ele beliscou o quadril de Betty.

Melhor você parar com isso também, disse ela, sorriu para ele e desviou os olhos.

A fila logo andou e eles começaram a colocar suas compras na esteira. Luther se inclinou com um grunhido e tirou as caixas de refrigerante de dentro do carrinho.

A mulher no caixa estava impaciente. Como vão?, perguntou.
Estamos muito bem, respondeu Luther. E você?
Ainda não estou debaixo da terra, respondeu a mulher. Todos os dias são bons, não é mesmo?
Sim, senhora. Acho que a senhora tem razão.
Estamos muito bem, disse Betty. Só o cereal que a gente não achou.
Não tinha cereal?
Não, senhora, respondeu Luther. Acabou.
Bem. Sinto muito.

Quando todas as compras foram registradas, Betty pegou os cupons de alimentação da bolsa e passou para Luther, que apresentou à mulher do caixa. Atrás deles, um homem com latas de feijão e cozido e um pacote de cigarros no carrinho ficou observando o casal. A caixa destacou os cupons e os guardou na gaveta da máquina registradora. Então, retirou o troco em moedas. O rapaz de jaleco verde acomodou as compras em sacos e os colocou de volta no carrinho.

Tenha um bom dia, disse Luther, e eles saíram pela porta automática para a calçada.

O sujeito atrás deles balançou a cabeça diante da mulher do caixa. Você viu isso? Eles comem melhor que você e eu, e vivem de cupons do governo.

Oh, deixe-os em paz, censurou a mulher. Eles estão incomodando o senhor?

Eles comem carne e eu estou comendo feijão. Isso me incomoda, sim.

Mas o senhor gostaria de trocar de lugar com eles?
Não estou dizendo isso.
O que o senhor está dizendo então?
Não estou dizendo isso.

Na calçada, Luther e Betty tomaram o caminho para casa, na zona leste de Holt, com seu carrinho de compras. Agora estava mais quente e o sol estava mais alto no céu azul. Eles ficavam à sombra das árvores e, uma ou duas vezes a cada quarteirão, paravam para descansar e depois seguiam em frente, na direção de casa.

6

Quando ele saiu no intervalo do meio-dia, eles estavam todos reunidos em um círculo no parque. Mesmo a distância ele viu que eram todos da sua série, com alguns mais novos dos anos anteriores também, todos juntos dentro da cerca metálica além do prédio da escola. De vez em quando, um deles berrava algo breve e excitado, e ele foi lá ver o que era.

Dois garotinhos do primeiro ano estavam se enfrentando no cascalho vermelho a uma distância de uns dois metros um do outro, e os mais velhos, gritando e instigando um contra o outro, estavam tentando fazê-los brigar. Eles provocavam especialmente um dos meninos, aquele com cabelo castanho e liso que parecia ter sido cortado por um barbeiro de olhos fechados. DJ o conhecia. Era o irmãozinho de Joy Rae, sua colega de classe, e no meio do ringue, o menino parecia desmazelado e apavorado. A camisa dele, maior que o seu tamanho e abotoada até o queixo, tinha furos nos cotovelos; em sua calça jeans, havia uma mancha roxa, como se tivesse sido lavada junto com algo vermelho. Parecia que ia chorar.

Um dos meninos ao lado de DJ estava berrando: Vai logo. Por que vocês não atacam?

Ele é um covarde, uma galinha morta, gritou um menino do outro lado do ringue. Só por isso. Ele bateu os braços, cacarejou, pulou e se agachou. Os garotos ao lado dele vaiaram.

O outro menino, um loiro de jeans e camisa vermelha no ringue era um pouco maior.

Vai. Bate nele, Lonnie.

Eles não querem brigar, disse DJ. Deixe-os em paz.

Fique fora disso. O menino ao lado dele deu um passo adiante e empurrou o loiro, que girou e acertou o irmão de Joy Rae no rosto. Depois, deu um passo para trás, para ver o que tinha feito, e o irmãozinho dela levou a mão à face.

Pare, disse o irmão de Joy Rae. Ele falou bem baixinho.

Bate de novo. Vai!

Ele não quer brigar, disse DJ. Já chega.

Não chega, nada. Cala a boca.

O menino empurrou o loiro outra vez, e ele bateu no irmãozinho de Joy Rae e o agarrou pelo pescoço. Os meninos caíram no chão de cascalhos. O loiro rolou por cima dele, seus rostos muito próximos, e o socou no rosto e no pescoço, enquanto o pequeno tentava cobrir o rosto com as mãos. Seus olhos pareciam apavorados e seu nariz estava sangrando. Ele começou a chorar.

Então, a roda se abriu e uma menina entrou correndo no ringue, Joy Rae, com um vestido azul curto demais para o seu tamanho. Você está machucando meu irmão, gritou. Pare. Ela correu até eles, para puxar o loiro de cima do irmão, mas o garotão, aquele que falava em voz alta, a empurrou e ela tropeçou nos meninos, caindo no cascalho com as mãos e os joelhos. Mesmo com um corte no joelho, Joy Rae se pôs de pé, de um salto e puxou o menino loiro gritando: Solta ele, seu pirralho filho da puta.

O garotão falastrão a agarrou e, dessa vez, a empurrou de volta para dentro do círculo de observadores, e dois meninos a agarraram pelos braços.

Ela os empurrou e chutou. Me deixem em paz, gritou.

DJ entrou no ringue, puxou o loiro e ajudou o irmãozinho da garota a ficar de pé. Agora ele estava chorando muito, com seu rosto todo sujo de sangue. O líder do círculo agarrou DJ pelo braço. O que você pensa que está fazendo, seu babaca?

Já chega.

Eu ainda não terminei com ele.

Então um menino gritou: Merda. Lá vem a senhora Harris.

A professora da sexta série veio a passos firmes até o círculo. O que é isso?, indagou ela. O que está acontecendo aqui?

Os meninos e as meninas cabisbaixos começaram a se afastar rapidamente.

Vocês todos aí, voltem já, ordenou ela. Voltem já aqui.

Mas eles continuaram em frente, e alguns começaram a correr. Os dois meninos que estavam segurando Joy Rae a soltaram e fugiram, enquanto ela foi acudir o irmãozinho.

O que foi isso?, perguntou a professora. Ela pôs o braço nos ombros do garotinho e levantou o queixo para ver seu rosto. Você está bem? Fale comigo. Limpou o sangue com um lenço. Os olhos dele estavam vermelhos e havia hematomas se formando nas faces e na testa. A camisa dele estava toda rasgada na frente. O que foi isso? Ela se virou para DJ. Você sabe?

Não, respondeu ele.

Quem começou?

Não sei.

Você não sabe ou não quer me dizer?

Ele deu de ombros.

Bem, assim você não está ajudando ninguém.

Eu sei quem foi, interveio Joy Rae, e disse o nome do garotão que ficava de fora instigando.

Agora ele arrumou um problema sério, disse a professora.

Ela levou Joy Rae e o irmão para dentro da escola, mas DJ ficou no parque até o sinal tocar.

Depois da escola, ele estava atravessando o parque perto da ferrovia, voltando para casa, quando dois garotos apareceram de trás do velho tanque enferrujado da Segunda Guerra que servia de monumento. Eles correram na direção dele pelo gramado recém-cortado. Por que você me dedurou para a velha Harris?, perguntou o garotão falastrão.

Eu não disse nada.

Você disse que aqueles garotinhos brigaram por minha causa.

Eu não disse nada disso.

Então por que eu fui advertido por ela e pelo senhor Bradbury? Agora vou ter que trazer a minha mãe amanhã. Por sua causa.

DJ olhou para ele, depois para o outro garoto. Estavam os dois olhando fixamente para ele.

Eu vou é quebrar a sua cara, disse o primeiro garoto.

É isso aí. Você está feliz porque a gente vai quebrar a sua cara?, indagou o outro.

Ele fez um sinal com a mão, e um terceiro garoto saiu de trás do tanque, e eles começaram a empurrá-lo, até que um o agarrou pelo pescoço, enquanto os outros dois o socaram na cabeça e no tronco, depois o jogaram no chão e pressionaram seu rosto contra a grama.

O primeiro garoto chutou-lhe as costelas. Seu mentiroso de merda.

É para você aprender a calar essa boca.

Morando com aquele velho.

É. Provavelmente um fode o outro. O garoto tornou a chutá-lo.

Isso é só um aviso, disse ele e, em seguida, foram embora em direção ao centro.

Ele ficou deitado na grama olhando para as árvores espaçadas e ordenadas no parque e para o céu limpo entre elas. Melros e estorninhos ciscavam na grama à sua volta.

Algum tempo depois, ele se levantou e foi para casa. Na casinha escura, seu avô estava sentado na cadeira de balanço na sala.

É você?, gritou.

Sim.

Achei que tinha alguém aí.

Só eu mesmo.

Entre.

Já vou, disse ele.

O que você está fazendo?

Não estou fazendo nada.

7

Quando o telefone tocou, eram seis e meia da tarde de um sábado, e Raymond se levantou da mesa da cozinha, onde ele e Harold haviam jantado bife e batata frita, e atendeu o aparelho que ficava na sala, preso à parede, com um longo fio; do outro lado da linha, era Victoria Roubideaux.
Oi, é você?, disse ele.
Sim. Sou eu.
A gente acabou de jantar.
Não quero interromper. Posso ligar mais tarde se você quiser.
Você não interrompeu nada. Estou é feliz de ouvir a sua voz.
Como está o tempo aí?, perguntou ela.
Oh, você sabe. Como quase sempre nesta época do ano. Começa a esfriar à noite, mas ainda está bom durante o dia. A maioria dos dias é assim.
Ele perguntou como estava o tempo por lá, em Fort Collins, perto das montanhas, e ela respondeu que também estava seco e frio à noite, mas que os dias ainda estavam agradáveis, e ele disse que isso era bom. Ele estava contente por ela ainda curtir alguns dias quentes. Depois ficaram em silêncio, até que ela pensou e disse: E o que mais aconteceu aí em casa?
Bem. Raymond olhou pelas janelas sem cortina em direção aos currais e estábulos. A gente levou aqueles novilhos para o leilão na semana passada.
Aqueles do sul?
Eles mesmos.
Conseguiram preço bom?

Sim, senhora. Noventa e um dólares e setenta e cinco centavos. Nada mal. Fico contente.

Não foi mesmo nada mal, concordou ele. Mas agora fale algo sobre você, querida. Como estão as coisas por aí?

Ela contou das aulas e dos professores e de uma prova que teria em breve. Contou de um professor que dizia tanto "todavia" em suas aulas que os alunos começaram a contar e anotar.

"Todavia?", perguntou Raymond. Eu nem sei o que é "todavia".

Oh, é parecido com "embora". Ou "mesmo assim". Na verdade, não quer dizer nada. É só o jeito dele de falar.

Ah, disse Raymond. Bem, eu nunca ouvi falar nisso. E você tem feito amizade por aí?

Não muito. Às vezes converso com uma garota. E com a síndica do prédio, ela está sempre por perto.

Nenhum rapaz?

Estou sempre ocupada. E também não estou interessada nisso.

E a minha garotinha? Como está a Katie?

Ela está bem. Quando estou na aula, eu a deixo na creche da universidade. Acho que ela está começando a se acostumar. Pelo menos ela parou de reclamar.

Ela está comendo?

Não como comia aí em casa.

Bem. Ela precisa se alimentar.

Ela está com saudade de vocês, disse Victoria.

Que bom!

Eu também estou com saudade de vocês, disse ela.

Você sente saudade da gente, querida?

Todos os dias. De você e do Harold.

Por aqui, também não é mais a mesma coisa, eu lhe garanto. Longe disso.

Vocês estão bem?, perguntou ela.

Ah, sim. Estamos bem. Mas, escute, é melhor eu passar para o Harold. Ele quer falar também. E você, se cuide, querida. Você promete que vai se cuidar?

Você também, disse ela.

Harold saiu da cozinha e pegou o telefone. Enquanto isso, Raymond começou a lavar a louça.

Harold e Victoria falaram sobre o tempo e as aulas outra vez, e ele perguntou por que ela não tinha ido a alguma festa, já que era sábado à noite. Ela devia se divertir um pouco nas noites de sábado, mas ela respondeu que não estava com vontade de sair, talvez no próximo final de semana, e ele perguntou se não havia rapazes bonitos na faculdade. Ela respondeu que talvez, mas que ela não se importava, e ele disse bem, que seria melhor ela ficar de olhos abertos, talvez encontrasse um de quem gostasse, e ela disse bem, que ela duvidava. Então, ela continuou: Mas eu fiquei sabendo que vocês se saíram bem no leilão na semana passada.

Não foi nada mal, disse Harold.

Ouvi dizer que vocês conseguiram quase noventa e dois dólares. Isso é muito bom, não é?

Não vou reclamar. Não mesmo.

Eu sei o que isso significa para vocês.

Bem, disse ele. Mas e o que mais você me conta? Está precisando de dinheiro?

Não. Não foi por isso que liguei.

Eu sei. Mas você tem que nos avisar. Eu tenho a sensação de que você não diria mesmo que precisasse.

Não estou com problemas de dinheiro, disse ela. Eu só queria mesmo ouvir a sua voz. Acho que fiquei com saudades de casa.

Oh, disse ele. Bem. E, como Raymond estava fazendo tanto barulho com a louça que ele não conseguia ouvir o que Harold estava dizendo ao telefone, ele disse a Victoria que o irmão estava com saudades dela e que falava dela diariamente, especulando sobre o que ela estaria fazendo lá em Fort Collins e imaginando como a menina estaria comendo, e, enquanto ele dizia esse tipo de coisa, a garota entendeu que ele estava falando do irmão e também de si mesmo, e ela ficou tão comovida ao se dar conta disso que ficou com medo de chorar.

Depois de desligar, Harold voltou à cozinha enquanto Raymond estava esvaziando a panela, despejando a água suja na pia.

Como você acha que ela está?, perguntou Raymond.
Para mim, respondeu Harold, ela pareceu um pouco solitária.
Eu também achei. Ela não me pareceu muito bem.
Não, senhor, ela não parecia normal, disse Harold. Acho melhor a gente mandar dinheiro.
Ela falou sobre isso?
Não. Mas ela não falaria. Você acha que ela falaria?
Não seria a cara dela, disse Raymond. Ela jamais diria se precisasse de alguma coisa. Nem mesmo quando ela estava aqui ela pedia.
Exceto, às vezes, no caso da bebê. Só às vezes ela pedia alguma coisa para a filha.
Exceto para a Katie. Mas será que é só dinheiro?
Não acho que seja dinheiro o problema, disse Harold.
A voz dela soou estranha. Estava estranha.
Não, não era por causa de dinheiro que ela estava com essa voz. Foi por causa de todo o resto.
Bem, acho que ela está se sentindo sozinha, disse Raymond. Eu diria que ela está com saudades daqui.
Acho que talvez seja isso, disse Harold.
Na meia hora seguinte, eles ficaram na cozinha, apoiados à bancada de madeira, bebendo café e falando sobre como estaria Victoria Roubideaux a duzentos quilômetros de casa, cuidando sozinha da filha e frequentando as aulas todos os dias, enquanto eles continuavam vivendo da mesma maneira no condado de Holt, a menos de trinta quilômetros ao sul da cidade, com muito menos o que fazer agora que ela fora embora, e um vento cada vez mais forte começava a zunir do lado de fora.

8

Quando Rose Tyler saiu da cozinha e olhou para a porta da frente de sua casa em uma noite de outono, durante a semana, o céu sobre as árvores estava carregado e havia no ar cheiro de chuva iminente. No umbral da entrada, sob a luz amarelada do poste, estava Betty Wallace com as duas crianças, enquanto no quintal, na grama úmida, à sombra de uma árvore, estava Luther Wallace, parecendo grande, desajeitado e sombrio.

Betty, disse Rose. Algum problema?

Sinto muito por incomodar a essa hora da noite, disse Betty. Mas aconteceu uma emergência. Será que você pode me levar de carro com as crianças para a casa da minha tia? Ela lançou o olhar para Luther no quintal. Ele está me maltratando.

Vocês querem entrar?

Sim. Mas ele não. Estou furiosa com ele.

Talvez seja melhor ele entrar também, para tentarmos resolver.

Bem, então é melhor que ele se comporte.

Rose chamou Luther e ele veio até a porta. Ele parecia triste e agitado. Estava suando mesmo no ar fresco da noite, seu rosto grande e largo estava vermelho como uma flanela. Nunca fiz nada de mal a ela, disse.

Você não está mais em casa, disse Betty. É melhor você se comportar na casa da Rose.

Bem, então é melhor você ficar calma e calar essa boca, e não fiar contando mentira para os outros.

Eu não estou mentindo. O que estou dizendo é verdade.

Eu também posso contar umas verdades.

Você não tem motivo para dizer nada contra mim.
Tenho, sim, senhora.
Escutem aqui, disse Rose. Vamos tentar ser educados. Ou vocês dois podem ir embora agora mesmo para casa.
Você está ouvindo?, disse Betty. É melhor você ouvir a Rose.
Bem, ela não estava falando só comigo.
Silêncio, disse Rose.
Eles entraram na casa pela porta da frente e foram até a sala, e Joy Rae e o irmãozinho, Richie, ficaram olhando aquilo tudo com um misto de submissão e surpresa, como se estivessem em uma exposição de móveis e quadros no museu de uma grande cidade.
Eles se sentaram com a mãe no sofá florido e ficaram bem quietos e imóveis — apenas seus olhos se moviam, observando tudo. Luther tentara se sentar em uma cadeira de balanço de madeira, mas a cadeira era pequena demais para ele, e Rose lhe trouxe uma cadeira da cozinha. Ele se sentou com cuidado, testando o assento da cadeira com as mãos.
Betty, por que você não me conta tudo desde o começo?, propôs Rose. Você disse que quer ir para a casa da sua tia. Por quê? O que houve?
O que houve é que ele está me maltratando, disse Betty. Ele me deu um tapa sem motivo. Eu nunca fiz nada contra ele.
Nunca dei um tapa nela, disse Luther.
Oh, agora ele começou a mentir de novo.
Eu só dei um empurrãozinho nela. Porque ela fez uma coisa comigo. Bem, ela falou que eu estava comendo demais.
Quando aconteceu isso?, perguntou Rose.
Mais ou menos uma hora atrás, disse Betty. A Joy Rae não queria jantar e ele falou para ela — é melhor você...
Eu falei que era melhor ela comer, se quisesse continuar forte.
Não. Ele falou, melhor você comer logo, senão eu como o seu. A Joy Rae disse que não queria. Disse que estava cansada daquela mesma comida todo dia. Então, ele pegou o macarrão com queijo do prato dela e comeu olhando bem para a cara dela. Assim, da próxima vez, você aprende a comer, ele falou. Tanto faz, disse

ela. Você vai aprender a dar valor, disse ele, e foi aí que eu entrei na frente e ele disse cuidado, e eu disse não, tome cuidado você.

E depois o que aconteceu?, perguntou Rose.

Depois não aconteceu nada, disse Luther.

Então ele me deu um tapa, disse Betty.

Isso é mentira. Eu só dei um empurrãozinho nela.

Você me deu um tapa na cara. Ainda estou sentindo. Está doendo até agora.

Betty levantou a mão e acariciou a própria face, e Luther olhou para ela do outro lado da sala com os olhos apertados.

As crianças, sentadas no sofá, não pareciam interessadas naquela discussão, como se não estivessem envolvidas naquelas questões ou não pudessem ter influência no resultado final. Ficaram sentadas observando a mobília e os quadros nas paredes, praticamente ignorando os três adultos.

Rose se levantou, foi até a cozinha e voltou com um prato de docinhos de chocolate, colocando-o diante das crianças antes de oferecer a Betty e Luther. Depois tornou a sentar. Acho que todo mundo precisa esfriar a cabeça, disse ela.

Eu só quero ir para a casa da minha tia, disse Betty. Posso esfriar a cabeça lá.

Ela sabe que você está indo para lá?

A gente já foi para lá uma vez.

Mas ela quer receber vocês agora?

Acho que sim.

Você não ligou para ela?

Não. Nosso telefone não está funcionando.

Qual é o problema com o telefone?

Não tem sinal.

Rose olhou para ela. Betty estava afundada no sofá com as crianças, seu cabelo liso caído no rosto cheio de marcas e os olhos vermelhos. Rose se virou para Luther. O que você acha disso, Luther?

Acho que ela deveria ir para casa agora. É a coisa certa a se fazer.

Mas ela está falando que não quer ir para a própria casa agora.

Eu sou o marido dela. A Bíblia diz que todo homem é o senhor de seu castelo. Ele constrói sua casa sobre uma rocha. Ela deveria escutar o que eu digo.

Eu não tenho obrigação de obedecer a coisa nenhuma, tenho, Rose?

Não. Acho que o Luther está errado quanto a isso.

Eu quero ir para a casa da minha tia, disse Betty.

Quando eles saíram de ré da garagem, Luther ficou parado sozinho diante da luz dos faróis do carro, os fachos se cruzando sobre ele, enquanto ele, com as mãos nos bolsos, olhava para as pessoas no interior do carro.

No alto, sobre Holt, acima de todos, a chuva se aproximava. Betty ia sentada no banco da frente com Rose; no banco de trás, as crianças olhavam pela janela, as casas, as ruas e as árvores altas. Atrás das cortinas de cada casa, as luzes estavam acesas, e havia arbustos e calçadas pequenas e estreitas que levavam à escuridão das vielas dos fundos.

Nas esquinas, os postes de rua brilhavam com uma luz azulada e, nas calçadas, as árvores eram regularmente espaçadas. Rose cruzou as ruas silenciosas e, quando chegou à rodovia, virou na direção leste.

Enquanto se aproximavam do mercado da Highway 34, Betty exclamou:

Oh, esqueci meus absorventes.

Como assim?, perguntou Rose.

Estou menstruada. E não trouxe absorvente. Vou precisar trocar.

Você quer parar e comprar?

Se você não se importar. É melhor.

Eles pararam e estacionaram no meio de outros carros, perto da entrada. Atrás da vitrine do mercado, tudo era muito iluminado, e havia mulheres esperando para pagar. Pode ir, disse Rose.

Betty ficou olhando para o mercado, mas não saiu.

O que foi agora?

Eu não trouxe dinheiro. Não trouxe meus cupons. Você pode me emprestar? Eu pago no dia primeiro.

Rose lhe deu algumas notas e Betty entrou. Quando ela sumiu nos corredores, Rose se virou para trás e olhou para as crianças.

Vocês dois estão bem aí atrás?

Ela não vai querer a gente, disse Joy Rae.

Quem?

A tia da mamãe.

Por que você acha isso?

Da última vez, ela disse para a gente nunca mais voltar. Não sei por que a gente tem que ir para lá.

Acho que vocês não vão ficar muito tempo. É só até os seus pais se acalmarem um pouco.

Quando isso vai acontecer?

Logo, espero.

Mesmo assim, eu não quero ir lá, disse Richie.

Como assim? disse Rose.

Eu não gosto de lá.

Porque você fez xixi na cama da última vez e ela ficou brava, disse Joy Rae. Ele faz xixi na cama.

Você também.

Não faço mais.

Betty voltou com um saco de papel, e Rose seguiu para o leste pela rodovia até a região plana e descampada do interior, depois virou para o norte e seguiu por menos de dois quilômetros até chegar a uma casinha que estava às escuras. Uma luz se acendeu na frente da casa quando o carro parou. Ok, disse Rose. Chegamos.

Betty olhou para a casa, saiu do carro, subiu os degraus até a porta e bateu. Algum tempo depois, uma mulher de quimono vermelho abriu a porta. Seu cabelo estava amassado de um lado, como se ela tivesse acabado de se levantar da cama. Ela estava fumando um cigarro e ignorou Betty, olhando para o carro atrás dela. Bem, perguntou ela. O que você quer agora?

Posso passar a noite aqui com as crianças?

Oh, Senhor, o que foi dessa vez?

O Luther me bateu. Ele está me maltratando de novo.

Da última vez, eu falei que não ia mais fazer isso. Não falei?

Sim.

Eu não sei por que vocês dois continuam juntos.

Ele é meu marido, declarou Betty.

Isso não quer dizer que você precisa continuar com ele, não é?

Eu não sei.

Bem, pois eu sei. Preciso acordar cedo amanhã para trabalhar. Não posso levar vocês para a cidade.

Mas ele está me maltratando. Não quero passar esta noite com ele. Betty voltou o olhar para o carro. Rose havia desligado o motor.

De repente, começou a chover. A chuva caía obliquamente, iluminada pela luz do quintal vizinho à garagem, cintilante, e respingava sob a luz amarelada da varanda. Betty começou a se molhar.

Ok, está bem, disse a tia. Mas você sabe que vai acabar voltando para ele. Você sempre volta. E agora escute bem o que eu vou dizer: é só esta noite. Não quero que isso se torne uma coisa permanente.

Não vamos incomodar, disse Betty.

Vocês já estão incomodando.

Betty desviou os olhos e ergueu a mão acima do rosto, para proteger os olhos da chuva.

Bem, diga para eles virem, disse a tia. Não quero ficar de pé aqui a noite inteira.

Betty acenou na direção do carro, para as crianças saírem.

Acho melhor vocês irem agora, disse Rose. Acho que vai dar tudo certo.

Joy Rae pegou o saco de papel do banco da frente, e ela e o irmão saíram e foram correndo na chuva até a varanda, depois entraram atrás da mãe. A tia olhou outra vez para o carro. Jogou o cigarro no cascalho molhado e bateu a porta atrás de si.

O vento estava soprando a chuva em rajadas laterais. Rose voltou pela rodovia, a caminho de casa, e quando ela parou levou um susto. Luther estava encostado na porta da garagem. Ela desligou o motor e os faróis se apagaram, e saiu do carro sem deixar de observar, nem por um instante, o que ele estava fazendo. Ela deu a volta até a porta lateral e ele veio alguns passos atrás. Rose, disse ele, posso perguntar uma coisa?

O que você quer perguntar?

Você pode me emprestar vinte e cinco centavos?

Acho que sim. Por quê?

Quero telefonar para a Betty e dizer que não tive a intenção de machucá-la. Quero dizer para ela voltar para casa.

Você pode telefonar daqui.

Não, é melhor eu ir até o centro. Já tomei chuva mesmo.

Rose tirou uma moeda da bolsa e deu a ele. Luther agradeceu e disse que iria pagar depois. Em seguida, foi embora caminhando em direção à Main Street. Ela ficou observando até ele passar sob a luz do poste da esquina, um grande vulto escuro, respingando água enquanto atravessava as poças brilhantes naquela noite chuvosa; seu cabelo preto estava emplastrado na cabeça, e ele ia avançando na chuva, em busca de um telefone público em alguma esquina.

9

Um sábado, depois de tomar o café da manhã e lavar os pratos, ele saiu e, sem uma intenção específica ou qualquer direção em mente, começou a caminhar pela rua naquela manhã clara e fria, passando pelo terreno baldio e pelas casas onde moravam as viúvas, cada uma em seu silêncio e isolamento. Dena e Emma estavam na frente da casa da mãe com uma bicicleta nova, comprada com o dinheiro que o pai enviara do Alasca. Dena já sabia andar de bicicleta; Emma ainda estava aprendendo. Naquele instante, Dena estava na bicicleta, pedalando pela calçada, e parou na frente de DJ, sem, contudo, descer da bicicleta. A irmãzinha veio correndo até eles. Quer andar?, perguntou ela.

Não.

Por que não? Você não sabe?

Não.

Você pode aprender, disse Dena. Olha como eu faço. Eu já sei andar.

Eu não faço ideia de como andar nisso.

Você nunca tentou?

Eu não tenho bicicleta, disse ele.

Por que não?, perguntou Emma.

Nunca comprei uma.

Você não tem dinheiro?

Fique quieta, Emma.

Mas ele disse...

Não ligue para ela, disse Dena. Quer andar nessa?

É uma bicicleta de menina. Tenho que aprender com uma de menino.

Você quer experimentar ou não? Ela ofereceu o guidão a ele, ele olhou para Dena, segurou na manopla de borracha e passou a perna sobre o tubo. Quando ele tentou pedalar para a frente, o pedal virou e o acertou bem na panturrilha.

Como faço agora?, indagou ele.

Põe esse pedal para cima. Agora pisa nele.

A bicicleta foi para a frente, cambaleou e parou.

Mais uma vez.

Ele foi um pouco mais adiante.

Põe o outro pé no outro pedal ao mesmo tempo.

Ele avançou mais uma vez, se desequilibrou e pôs os dois pés no chão.

Você tem que continuar pedalando. Não pode parar de pedalar.

Com as duas meninas trotando ao lado dele, percorreu a calçada até o final do quarteirão e virou em cima de um arbusto tombando em seguida. Ele se levantou e endireitou a bicicleta. Como faço para parar?

Dena rodou o pedal para trás. Assim, disse ela.

Não tem freio de mão?

Não. É só no pedal.

Ele tornou a pedalar na calçada e, depois na rua, seguiu pedalando sem parar com as meninas correndo perto dele. A bicicleta dava solavancos e guinadas e, a certa altura, quase as atropelou. Elas gritaram de alegria, seus rostos rosados como flores, e ele seguiu pedalando. Dena gritou: Tenta parar, tenta parar. Ele subiu nos pedais e freou subitamente, então pôs os pés no chão e tentou se equilibrar. Elas foram correndo até ele.

É fácil, disse Dena. Não é?

Agora eu sei.

Ele foi até o final da rua e voltou, depois deu a volta e veio na direção delas, tirou uma das mãos do guidão para acenar e a pôs de volta rapidamente. Deu várias voltas, mas agora já andava depressa demais e a bicicleta trombou nas duas irmãs bem no meio da rua, atingindo com força a mais velha, e todos caíram, estatelados no asfalto, com a bicicleta por cima. Ele arranhou a pele do cotovelo e do joelho, e a menina machucou o quadril e o peito. Ela estava com vontade de chorar. O sangue escorria de seu braço e a calça, na altura do joelho, estava rasgada. Apesar de se sentir mal, ele se levantou e tirou a bicicleta de cima da menina, depois pegou a mão dela e a ajudou a se levantar. Desculpa, disse ele. Você está bem? Sinto muito.

Ela olhou para ele e cruzou os braços sobre o peito onde estava doendo. Por que você não freou? Não se lembrou de frear??

Não.

Mas você não pode esquecer.

Melhor eu ir para casa, disse ele. Ele avaliou o cotovelo. Preciso limpar isso.

A mamãe faz um curativo. Vamos para a nossa casa.

Está pingando sangue no seu sapato, disse Emma.

Ele olhou para seus sapatos. Eu sei, disse. Havia manchas de sangue na ponta e no cadarço.

Venha, a mamãe faz um curativo em você, disse Dena.

Tiraram a bicicleta da rua, levaram para o gramado e a deixaram cair pesadamente. Antes de chegarem à casa delas, Mary Wells já havia saído e estava parada na porta da frente. Ela havia notado que as meninas estavam vindo para casa e que, por algum motivo, seus olhos estavam vermelhos. Ela levou as crianças para dentro.

Em casa, ele pôs a mão em concha embaixo do cotovelo para não pingar sangue no tapete, e ela o levou ao banheiro. As duas meninas foram atrás e ficaram assistindo. Eles estendia o braço sobre a pia e a mãe delas o lavava, o sangue se diluindo e pingando na pia, enquanto Mary o limpava com delicadeza, tocando a ferida com a ponta dos dedos, para tirar a sujeira. Quando o cotovelo ficou limpo, gotas de sangue continuaram a se formar, parecendo pequenas bagas vermelhas. Ela disse para ele ficar pressionando com uma toalha de mão, depois pediu que ele pusesse o pé no tampo da privada e levantou a calça dele. Nesse momento, viu que o joelho também estava sangrando. O sangue havia escorrido até a meia. Ela limpou o joelho com outra toalha de mão. As duas meninas observavam sobre os ombros da mãe, com uma expressão séria e concentrada, pensativas. E, enquanto a mãe cuidava dele, subitamente seus olhos se encheram de lágrimas, que escorriam pelo rosto até o queixo. DJ e as duas meninas olharam espantados para ela, e sentiram medo ao ver um adulto chorar.

Está tudo bem, disse DJ. Não foi tão grave.

Não é isso, disse a mulher. Eu estava pensando em outra coisa.

Mamãe?, chamou Dena.

Ela continuou limpando o joelho do menino, espremendo uma pomada antisséptica e colocando um curativo em cima, e depois fez o mesmo com o cotovelo dele. Durante todo esse tempo, ela ficou enxugando os olhos com as costas da mão.

Mamãe, o que aconteceu?

Me deixe em paz, disse ela.

Mas depois você vai cuidar de mim também?

Como assim? Você também se machucou?

Machuquei.

Onde?

Aqui. E aqui.

A mãe se virou para DJ e para Emma. Vocês dois vão lá para fora. Agora, ela disse a Denna, deixa a mamãe ver.

DJ e a irmã menor foram até a sala e ficaram ao lado do piano, onde a luz entrava pela janela da frente. A garotinha o encarou como se esperasse que ele fizesse alguma coisa.

O que ela tem?, perguntou ele. Por que ela está chorando desse jeito?

O papai.

Como assim?

Ele ligou ontem à noite e ela começou a chorar. Ele disse que não vai mais voltar.

Por quê?

Não sei.

Ele não disse?

Não sei.

Mary Wells saiu do banheiro com Dena. Vão brincar lá fora todos vocês, disse ela.
Eu não quero, disse a garotinha.
Por quê?
Quero ficar com você.
Está bem. Mas, quanto a vocês dois, saiam. Não estou me sentindo muito bem, disse ela. Ela havia começado a chorar novamente. Eles a observavam com o canto dos olhos. Vão, disse ela. Por favor.
Eu também quero ficar, declarou Dena.
Não. Já basta uma aqui. Agora, vocês vão lá para fora. Você e o DJ vão brincar de alguma coisa lá fora.

Lá fora, eles levaram a bicicleta até o quintal dos fundos e ficaram no jardim olhando para o caminho de cascalhos.
Vamos para algum outro lugar, disse Dena.
Não quero ir para o centro. Não quero ver ninguém agora.
A gente não precisa ver ninguém, disse ela.
Eles saíram pelo caminho de cascalhos, seguindo as marcas de pneu dos dois lados do mato, que crescia no meio dos cascalhos como uma pequena cerca, passaram pelo quintal dos fundos das velhas viúvas e pelo terreno baldio do vizinho, alcançando a casa do avô dele e o terreno baldio do outro lado. Uma vez na rua, atravessaram e entraram pela viela até o outro quarteirão. À esquerda, havia uma velha casa azul de madeira, o quintal dos fundos cheio de mato e touceiras de lilases e amoreiras. Havia anos, ninguém morava naquela casa. A tela da varanda estava solta e havia pedaços de metal espalhados sob os arbustos. Um velho carro DeSoto preto havia sido estacionado embaixo de uma amoreira, e suas janelas, de um tom verde-claro, haviam sido estilhaçadas e baleadas por garotos com pistolas de pressão. Os pneus estavam murchos. Ao final do caminho de cascalhos, havia um pequeno barraco sem pintura.
Eles espiaram em seu interior pela janelinha, os vidros eram velhos e irregulares, cobertos de sujeira e teias de aranha marrons.

Eles só conseguiram ver um cortador de grama mecânico e um arado para horta. Quando eles puxaram o trinco metálico, a porta se abriu com um rangido e eles entraram, atravessando longos fios de teias de aranha. O barracão estava escuro e sombrio, com o chão de terra enegrecido de fuligem. Havia uma estante na parede dos fundos. Embaixo, um pneu faixa branca. Havia cestas de palha com rolos de arame empilhados, um serrote enferrujado e um martelo de carpinteiro, com as duas garras quebradas. Embaixo da janela havia um pardal morto, seco como pó no chão de terra, sem peso. Eles observaram tudo, mexeram nas ferramentas e devolveram ao mesmo lugar de sua silhueta na poeira.

A gente podia fazer alguma coisa com isso, disse Dena.

Ele olhou para ela.

Com esse lugar.

Só tem sujeira aqui. Está escuro.

A gente podia limpar tudo, disse ela.

Ele olhou para ela, que parecia confusa e indefinida na pouca luz que entrava pela janela. Ele não conseguia visualizar os olhos dela. A garotinha havia baixado o rosto. Segurava algo nas mãos, mas ele não conseguia ver ao certo o que era. A gente podia trazer coisas para cá, disse ela.

Por exemplo, o quê?

Não sei. Se não quiser, você não precisa, disse ela olhando para baixo, para o objeto que tinha nas mãos.

Talvez eu queira, disse ele.

Era uma velha lata vermelha de café. Finalmente, o menino conseguia ver agora enquanto ela tentava enxergar o que havia lá dentro. Na penumbra, ele examinou o rosto macio e indecifrável dela, um rosto de menina. Você não ouviu o que eu falei?, disse ele.

O quê?

Eu disse que talvez eu queira.

Eu ouvi o que você falou, disse ela.

Parte Dois

10

Havia a tia que morava no interior a leste de Holt e o tio que morava na cidade. O nome dele era Hoyt Raines, era o irmão de sua mãe.

Eles voltaram de Duckwall's para casa em uma tarde com vento, no início de outubro, e ele os estava esperando na varanda do trailer. Usava um boné preto de beisebol debruado em roxo, e seu rosto estava escondido pela aba.

Hoyt Raines era um homem alto e magro, com o mesmo cabelo preto e liso de Betty e os mesmos olhos azul-claros dela. Trabalhava em reformas e obras na cidade e no interior ou então podava árvores. Nos meses de verão, ele se juntava às levas de trabalhadores da colheita que começavam cortando trigo no Texas e terminavam no Canadá. Ele raramente trabalhava mais do que uma temporada em cada emprego. Trabalhava um pouco, depois, por um motivo ou por outro, era demitido ou então enjoava e abandonava tudo. Quando ele estava sem trabalho, ficava sem fazer nada em seu quarto alugado na zona sul de Holt, vivendo com seu último salário, até acabar o dinheiro. Nos cinco ou seis meses anteriores, ele ficara ordenhando vacas em uma fazenda leiteira ao norte de Holt, uma temporada quase heroica para um homem como ele . Mesmo assim — e isso era mais o seu feitio —, a cada três semanas mais ou menos ele aparecia no estábulo às seis ou sete da manhã, na hora que bem entendia, atrasado, sonolento e ainda com olhar de bêbado, cheirando a whiskey barato consumido na noite anterior, e naquele estado patético, ele começava a ordenhar as caríssimas vacas Holstein, limpando as tetas gotejantes de leite com um pano úmido e conectando a ordenhadeira de uma forma apressada e desajeitada. Da última vez que isso havia acontecido, duas semanas antes, ele tinha ordenhado uma das vacas doentes no tanque de leite fresco, e o gerente precisara esvaziar o tanque inteiro, para não correr o risco de ser descoberto e multado. Cinco mil e trezentos litros de leite fresco precisaram ser jogados fora pelo ralo. O gerente o demitira na hora — dissera para Hoyt ir para casa, para nunca mais voltar, ele não queria ver aquele seu rosto desgraçado nunca mais. Bem, dane-se, disse Hoyt, e o meu dinheiro? Você ainda me deve esta semana.

Você vai receber pelo correio, seu filho de uma puta desgraçado, respondera o gerente. Agora dê o fora daqui.

Naquele dia, ele voltou para a cidade ainda cheirando a whiskey, junto com fedor de estábulo, aquele odor particularmente intenso e distinto que impregna a roupa e o cabelo e que nem mesmo água e sabão conseguem remover; tinha feito a primeira parada na Holt Tavern da Main Street, embora fosse ainda de manhã. Ali ele começou a beber e a explicar a qualquer um que quisesse ouvir — três velhos e duas velhas de olhos tristes já estavam ali — o que havia acontecido.

Naquele momento, ele estava sentado no degrau da varanda ao sol, fumando um cigarro, quando sua sobrinha e Luther chegaram, andando pelo quintal descuidado.

Olha só quem está aí, disse Luther.

Estava me perguntando quando vocês decidiriam voltar para casa.

Estávamos no centro comprando um telefone novo.

Para que vocês precisam de um telefone? Quem vai telefonar para vocês?

A gente precisa de um telefone. Eu vou abrir um negócio.

Que tipo de negócio?

Vendas por correspondência. Trabalhando de casa.

Hoyt olhou para ele. Bem, disse ele, se você se sente melhor acreditando nisso... Ele se levantou e se virou para Betty. Não vai dar um abraço no seu tio?

Ela se aproximou e ele lhe deu um abraço apertado, depois a soltou e deu um tapa no traseiro da sobrinha.

Pare com isso, disse ela. Meu marido não gosta que ninguém mexa comigo.

Você acha que o Luther se importa?

É melhor o senhor se comportar.

É verdade, concordou Luther. É bom você se comportar.

Que diabos vocês têm? Eu vim aqui visitar vocês. Tenho uma proposta a fazer. E vocês vêm com essa merda toda?

Bem, disse Luther. Você não devia falar assim.

O que você veio propor?, perguntou Betty.

Vamos sair desse vento, disse Hoyt. Não posso falar aqui fora.

Eles entraram no trailer e sentaram à mesa da cozinha, depois de Betty liberar um espaço para o tio. Ele tirou o boné e o colocou sobre a mesa, então passou os dedos pelos cabelos enquanto observava ao seu redor. Vocês precisam limpar esse lugar, disse. Jesus, olha só para isso. Não sei como alguém consegue viver assim.

Bem, eu não tenho passado muito bem, respondeu Betty. Meu estômago continua doendo. Mal consigo dormir à noite.

Ela está tomando remédio, disse Luther. Mas parece que não está adiantando nada. Não é, meu bem?

Ainda não.

Não é uma boa razão pra viver desse jeito, disse Hoyt. Você também podia ajudar a limpar, Luther.

Luther ficou calado. Ele e Betty olharam para o outro lado da cozinha, como se houvesse algo pendurado na parede que eles não tinham notado.

Hoyt ainda estava fumando seu cigarro. Betty, disse ele, vá buscar um cinzeiro para o seu tio. Não quero sujar o seu piso tão bonito.

A gente não tem cinzeiro. Ninguém fuma aqui.

Não? Ele a encarou, depois se levantou e abriu a torneira sobre o cigarro, jogando-o dentro da pia, sobre os pratos sujos. Tornou a se sentar e suspirou, esfregando lentamente os olhos.

Bem, acho que vocês ficaram sabendo, disse ele.

Sabendo o quê?, perguntou Luther. Não ficamos sabendo de nada.

Vocês não ficaram sabendo que eu fui demitido? Aquele filho da puta da fazenda de leite me mandou embora faz duas semanas. E a vaca nem estava marcada como se deve. O certo é ter um sinal cor de laranja na teta. Como eu podia lembrar que ela estava doente? Então ordenhei e joguei no tanque como devia, e o filho da puta me demitiu. Então, hoje cedo, o outro filho da puta do apartamento me despejou.

O que aconteceu?, perguntou Luther.

Nada. Talvez eu tenha atrasado um ou dois dias o aluguel, mas eu também já estava de saco cheio dele. E ele sabe bem onde enfiar aquele maldito apartamento dele. Hoyt olhou para eles. Eles estavam virados para ele, e o observavam como crianças crescidas demais. E vocês, o que acham dessa história toda? perguntou ele.

Eu achei péssimo, Betty. Eles não deviam tratar você desse jeito.

Não, senhor, disse Luther. Não está certo tratarem as pessoas assim.

Hoyt agitou a mão. Isso, eu já sei, disse ele. Não quero falar a esse respeito. Eu vou dar um jeito nesse bunda-mole um dia desses. E ele sabe bem disso. Quanto a isso, não há dúvida. Estou falando de outra coisa. Quero fazer uma proposta a vocês. Eu venho morar aqui com vocês dois, pagando um aluguel até eu me reerguer. Vai ser bom para todo mundo. É disso que estou falando.

Luther e Betty trocaram olhares diante dos pratos do almoço. Do lado de fora, o vento balançava o trailer a cada lufada.

Pode falar, disse Hoyt. Fique à vontade para falar. Não é tão difícil assim.

Não sei, respondeu Betty. Só temos três quartos. Joy Rae e Richie dormem cada um no seu.

Eles precisam ter quartos separados, disse Luther. E a gente tem o nosso. Não tem mais espaço.

Só um minuto, disse Hoyt. Pensem no que vocês estão falando. Por que eles não podem ficar no mesmo quarto? Qual é o problema disso? São só crianças.

Não sei, disse Betty. Ela olhou ao redor como se tivesse perdido alguma coisa.

O que a sua mãe diria?, indagou Hoyt. De você não querer dar abrigo ao irmão dela, não convidar para entrar, de deixá-lo no frio quando ele precisa de ajuda. O que você acha que ela diria sobre isso?

Lá fora, não está tão frio, disse Betty.

Você está querendo fazer graça? Não é disso que estou falando. Estou falando de você me deixar ficar aqui.

Bem, nós queremos ajudar, disse ela. Mas... Ela fez um gesto vago com as mãos.

Eu tenho uma ideia, disse Hoyt. Deixe-me só dar uma olhada. Vejamos o que temos aqui. Olhar não tira pedaço, certo?

Ele se levantou subitamente. O casal trocou olhares e foi atrás dele pelo corredor além do banheiro. Hoyt espiou dentro dos quartos ao passar; primeiro, o de Luther e Betty, depois o de Richie, até chegar a uma porta fechada do fim do corredor; ele abriu a porta com o pé e entrou no quarto de Joy Rae. Era o único quarto da casa arrumado e limpo. A cama estreita de solteiro junto à parede. Uma penteadeira de madeira coberta com um lenço rosa translúcido. Uma caixinha de joias minúscula, uma escova e um pente colocados sobre o lenço. O tapete oval desbotado ao lado da cama. Este aqui serve, disse ele. Ao menos está limpo. Ela pode ir para o quarto do irmão e eu fico aqui.

Não, eu não acho uma boa ideia, disse Betty, parada na porta atrás dele.

É só por um tempo. Até eu me recuperar. Você não tem caridade? Não tem coração?

Eu tenho que pensar nos meus filhos também.

Por acaso o fato de eu mudar para cá pode prejudicar os seus filhos?

Joy Rae arrumou tudo isso sozinha.

Está bem, disse ele. Eu sou seu tio, mas, se você não quer me receber, basta dizer que eu vou embora. Eu não sou burro.

Eu não sei o que dizer, disse ela. Luther, diga alguma coisa.

Luther olhou para o corredor. Bem, querida, o tio Hoyt disse que é por pouco tempo. Ele perdeu o apartamento. Ele não tem para onde ir. Acho que podemos ajudá-lo um pouquinho.

Isso mesmo, disse Hoyt. Eis alguém que se importa com os outros.

De uma coisa, eu sei, disse Betty. A Joy Rae não vai gostar nada disso.

Eles contaram a ela sobre esse novo arranjo dos quartos quando ela chegou da escola, e ela foi imediatamente para o quarto, trancou a porta, atirou-se na cama e caiu no choro. Mas naquela noite, como lhe haviam mandado, ela levou suas coisas para o quarto de Richie, pendurou seus poucos vestidos no pequeno armário do irmão e deixou a sua caixa de joias barata na metade da penteadeira que reivindicou para si, depois pegou os sapatos, os brinquedos e as roupas do irmão e os tirou dali.

Naquela noite, quando eles se deitaram na cama, que era estreita demais para os dois, embora eles fossem pequenos e magros, durante a noite, depois de caírem no sono, Richie começou a ter sonhos agitados e a se mexer na cama, e Joy Rae foi obrigada a acordá-lo.

Para de chutar. Para, Richie. É só um sonho, fica quieto.

Depois ela levantou o olhar da cama e viu o tio da mãe parado na porta olhando para eles, dava para ver só o rosto na sombra. Ele estava encostado no batente da porta. Ela fingiu que estava dormindo e ficou observando o homem no escuro, conseguia até sentir o cheiro dele. Ele tinha saído para beber. Ela ainda estava sentada à mesa depois do jantar quando ele pediu ao pai dela cinco dólares. Não podiam esperar que ele ficasse em casa à noite, disse ele. Ele ainda era novo e ninguém tinha o direito de amarrá-lo dentro de casa. De repente, o pai dela pareceu apavorado e olhou para o teto, como se buscasse uma ajuda que não chegou, de modo que ele tirou cinco notas de um dólar da carteira e deu a ele. A garota continuava observando-o no escuro e, algum tempo depois, ele saiu da soleira e atravessou o corredor até o quarto dele.

Mas, mesmo depois que ele foi embora, Joy Rae não conseguiu pegar no sono por uma hora ou mais. De manhã, ela acordou e descobriu que tinha dormido em uma cama molhada. Seu irmão havia feito xixi na cama durante a noite e sua camisola estava ensopada, suas pernas frias e úmidas. Ela teve vontade de chorar. Ela se levantou, enxugou os quadris e as pernas com uma camiseta suja e começou a se vestir para a escola. Ela acordou o irmão. De pé, ao lado da cama, ele começou a resmungar e reclamar.

Quieto, disse ela.

Ela o ajudou a tirar a cueca molhada. Ele estava tremendo de frio, com a pele das pernas arrepiada de calafrios.

Precisamos nos aprontar para a escola. O ônibus está chegando. Pare com esse choro, seu bebezinho. Eu é que devia estar chorando.

11

Primeiro, eles começaram a limpar tudo, como as pessoas fazem quando se mudam para uma casa nova. Antes de mais nada, queriam que tudo fosse limpo. Trouxeram água da casa do avô de DJ, carregando juntos um balde, as mãos de ambos segurando a alça, a água chacoalhando e molhando as calças deles. No barracão escuro, no final do caminho da entrada, eles tiraram a poeira da única janela e varreram a terra e o lixo com uma vassoura de palha sem cabo. Juntos, levaram para fora as peças de ferro-velho cobertas de poeira e o pneu com a faixa branca, e empurraram o velho cortador de grama e o arado de horta para debaixo das amoreiras, ao lado do DeSoto. Depois, varreram o chão de terra escuro e ensebado mais uma vez, molharam os cantos e esfregaram as paredes de toras rusticamente serradas. Quando terminaram, o barraco cheirava a limpeza, terra úmida e madeira molhada.

Então, começaram a procurar. Todas as tardes, depois da escola, e aos sábados, eles recolhiam coisas, que encontravam pelas ruas de Holt. A princípio, procuraram apenas em seu próprio bairro, mas, depois de alguns dias, começaram a se mover em áreas mais distantes, quatro ou cinco quarteirões depois.

Encontraram uma cadeira de cozinha e uma mesa de madeira com uma perna quebrada, depois dois pratos velhos de porcelana, três garfos de prata, uma colher de servir e uma faca de trinchar de aço. No dia seguinte, encontraram uma imagem do menino Jesus em uma moldura, com pernas e pés gorduchos, e um halo cintilante sobre os cachos castanhos, inteiramente nu, exceto por um pano branco na cintura. Havia uma doce expressão de súplica em seu rosto, e eles levaram o quadro, pendurando-o em um prego.

A cinco quarteirões dali, encontraram um carpete estampado com flores ao lado de uma lata de lixo na viela que ficava atrás de uma casa de tijolos. O carpete tinha uma mancha cor de café em um dos cantos. Levaram-no para a rua, analisaram, andaram sobre ele, desenrolaram-no e começaram a arrastá-lo na direção do barracão. Mas, então, viram que era muito pesado e o deixaram ali. Vou buscar uma coisa, disse ele. Ele voltou à casa do avô e voltou com o carrinho de mão que ganhara no Natal, quando estava no primeiro ano. Assim, juntos, eles colocaram o carpete enrolado no carrinho e começaram a voltar, as duas pontas do rolo raspando no mato e no cascalho.

No quarteirão seguinte, havia uma senhora em pé nos fundos de sua casa com um lenço preto e um longo sobretudo preto masculino. Quando eles se aproximaram, ela saiu no caminho de entrada. O que vocês estão fazendo, meninos? O que é isso que vocês têm aí?

É só um tapete.

Vocês roubaram, não foi?

Eles olharam bem para ela. Um dos olhos era azul e turvo, e seu nariz estava escorrendo.

Vamos, disse DJ. Tentaram se desviar dela.

Podem ir parando aí onde estão, disse ela. Ela começou a trotar atrás deles, cambaleando na terra vermelha. Ladrões!, gritou ela. Parem já!

Então, eles começaram a correr, o carrinho aos solavancos atrás, e o carpete, sacolejando e raspando na terra, acabou caindo no chão. Ofegantes, eles olharam para trás. A velha estava no meio do caminho de entrada, bem para trás. Estava gritando algo, dirigindo-se a eles, mas os meninos não conseguiam mais ouvi-la. Naquele mesmo instante, ela tirou o lenço da cabeça e o agitou ao vento, na direção deles, como uma bandeira ou um aviso, e sem o lenço, os garotos viram que a mulher era careca como uma bola de latão.

É melhor tomar cuidado com ela, disse Dena.

Ela vai encontrar você, disse ele. Vai aparecer na sua casa.

Eles riram e, em seguida, colocaram o carpete de volta no carrinho, conduzindo-o a passos calmos. No barracão, abriram o carpete sobre o chão de terra e o esfregaram bem com a mancha voltada para baixo. Depois, puseram a mesa e a cadeira, no centro exato do cômodo, onde o sol da tarde entrava pela janela e as partículas de poeira dançavam no ar, como criaturas minúsculas na água turva.

Nos dias seguintes, continuaram com suas buscas. Um sábado de manhã, eles encontraram uma segunda cadeira. Outro dia, encontraram cinco velas vermelhas dentro de uma caixa de papelão e um candelabro de vidro que só estava trincado em um canto. De volta ao barracão, eles acenderam uma das velas, sentaram e ficaram olhando um para o outro. Era fim de tarde, quase anoitecendo, e de repente eles ouviram o motor de um carro se aproximando pelo caminho de entrada, os pneus rangendo no cascalho. Ficaram sentados se encarando e prendendo a respiração, depois o carro passou sem parar e eles começaram a falar baixinho à luz oscilante do candelabro, enquanto lá fora ia ficando cada vez mais escuro.

Preciso ir. O vovô vai querer jantar.

Não vai agora, não, disse ela.

Daqui a pouco vou ter que ir mesmo.

12

Eles já deviam ter feito isso antes. Já estavam em meados do outono. O atraso devia-se ao fato de terem ajudado Victoria Roubideaux a se instalar em Fort Collins. Além disso, sua ausência tinha causado neles uma espécie de apatia, e depois eles tiveram de vender os novilhos no leilão. De modo que estavam em pleno outono e ainda não haviam recolhido os touros reprodutores dos pastos onde estavam as vacas.

O que aconteceu depois talvez tenha decorrido disso também. É preciso acrescentar que, mais tarde, nem mesmo Raymond, deitado em sua cama branca do Memorial Hospital do Condado de Holt, ao olhar pela janela para as árvores desfolhadas, saberia dizer com certeza se aquilo era verdade – embora ele e seu irmão se tivessem ocupado com gado a vida inteira.

Havia seis touros no curral, todos Angus pretos. Naquela época, o boi preto era o mais comum. Quarenta anos antes, haviam sido os Herefords de cara branca. Mas o gado preto tinha uma cotação mais alta nos matadouros. O que contava eram as convenções, os caprichos do momento.

Naquela manhã, com o ar frio e seco, eles tinham levado os bois para o curral de tábuas ao lado do celeiro. O céu estava nublado e alto, não parecia que fosse chover ou nevar; simplesmente havia aquele céu alto e completamente encoberto e frio.

Tinham avaliado todos os touros para decidir se iriam abrir mão de algum, e havia apenas um que estava agindo estranhamente, e se mostrava irritadiço, como se estivesse pronto para lutar. Até aquele momento, sempre se comportara bem, um pouco altivo como os touros Angus pretos podem ser às vezes, mas nada de extraordinário. Agora estava com cinco anos; eles o haviam comprado três anos antes no leilão, pagando dois mil e quinhentos dólares por ele. Antes de tudo, haviam conferido os documentos para saber quem era sem pai, a quantidade de leite que sua mãe rendia, qual fora seu peso ao nascer, como fora o desmame, o que diziam seus exames de fertilidade. Antes do início do leilão, eles o haviam observado bem no brete numerado, e ambos haviam apreciado sua musculatura. Com dois anos de idade, ele já estava grande e pesado, com músculos fortes e um pescoço grande, uma grande cabeça larga, ampla, redonda e sem chifres, e olhos pretos límpidos que os observavam debaixo das pálpebras pretas, olhos que pareciam de uma garota, mas com algo diferente, como se o animal soubesse muito bem do que era capaz. Seu corpo era forte, alongado, com costas retas e pernas firmes. Parecia capaz de fugir correndo campo afora. O prepúcio também era satisfatório, alto o suficiente para não raspar nas artemísias ou nas iúcas, e ficar tão lacerado e lanhado que as cicatrizes o impedissem de montar as vacas que deveria emprenhar.

Quando chegou a vez dele no leilão, os dois irmãos fizeram uma oferta e depois Raymond preenchera o cheque para a mulher do escritório. Em seguida, levaram o animal de carreta para casa. E, com o tempo, as crias dele começaram a nascer boas, saudáveis e vigorosas, ganhando peso rapidamente, assim como ele. Mesmo assim, desde o início, ele tinha essa tendência a ser um pouco irritadiço.

Ele era o último dos seis touros que eles queriam avaliar naquela manhã fria e nublada de outubro. Os outros já estavam separados no curral ao lado. Os irmãos McPheron estavam dentro do curral com ele, analisando-o, andando à volta dele, com a lama do curral sob seus pés solta e macia, coberta de pedaços secos de esterco. Estavam vestidos para o frio e pareciam quase gêmeos com suas jaquetas de lona, calças jeans, botas, luvas de couro, os velhos chapéus brancos sujos baixados sobre os olhos em suas cabeças redondas. Seus rostos eram vermelhos e envelhecidos, os olhos irritados pela poeira, e os narizes começavam a escorrer um pouco no frio.

Bem, disse Raymond, parece que ele está bem.

Ele ainda dá para mais um ano, disse Harold. Ele ficou um pouco mais magro nesse flanco. Mas está bem.

Enquanto eles conversavam sobre o animal, o touro os olhava fixamente. Ele se virou para continuar a vê-los de frente enquanto os homens andavam ao seu redor.

Não parece que ele quer se aposentar.

Hoje, não, disse Raymond. Olhando para ele, parece que ainda aguenta mais uns cinco anos. Ele provavelmente vai viver mais do que nós dois.

Pois muito bem, disse Harold.

Ele passou pelo touro e foi até o portão pesado de tubos de ferro para abri-lo e fazer o touro passar com os outros. Nervoso por ter sido separado dos outros, o touro avançou na direção do portão, bufando, pateando, mas o portão não estava completamente aberto naquele momento; ele se lançou com todo o seu peso, bateu com o ombro no poste da cancela, foi jogado para trás, deslizou com as patas na terra macia e caiu no chão, enquanto a cancela fechava de novo. Ergueu-se, gigantesco, e se lançou para a frente com toda a força, mugindo e resfolegando, com sua cabeçorra balançando para trás e para frente, com os olhos fixos em Harold. Abaixou a cabeça e golpeou Harold no peito. Erguendo-o do chão, atirou o homem contra o portão fechado. Seu filho da puta!, berrou Harold. Tentou bater nele, chutá-lo. Mas o touro tornou a golpeá-lo, erguê-lo do chão, enfiando a cabeça no peito e na barriga de Harold, atirando-o estatelado contra o portão de ferro.

Harold tentou berrar, mas não saiu som. O touro recuou, deixando Harold caído na lama, e depois o touro partiu para cima dele às cabeçadas.

Raymond, que tinha visto toda aquela cena, veio correndo atrás do touro e começou a bater nas ancas dele com o punho enluvado, agarrando-o pelo rabo para distraí-lo, para afastá-lo. Desgraçado!, berrava. Eia! Eia!

O touro se virou, balançando pesadamente, depois, com toda a sua força e todo o seu peso, lançou Raymond do outro lado do curral, fazendo-o cair no chão, e então veio atrás dele e partiu para cima dele com a cabeça baixa, balançando, atingindo-o nas costas. Raymond rolou com o rosto na lama e conseguiu se reerguer com as mãos. Eia!, berrou. Eia! O touro tornou a derrubá-lo, atingindo-lhe a perna, enquanto Raymond continuava a tentar chutá-lo, então conseguiu se erguer novamente e se afastou, cambaleando para trás. O touro ficou imóvel, olhando fixamente para ele.

Então, o touro tornou a se virar para Harold, que estava caído com o rosto voltado para baixo, do outro lado do curral. Ele foi trotando até ele e começou a bater com sua cabeça enorme. Arrastando-se no chão, chutando e se contorcendo, Harold finalmente conseguiu se enfiar embaixo de uma tábua que haviam pregado no canto do curral para impedir que o gado escalasse para dentro do tanque. Dentro daquele pequeno espaço, ele estava seguro. Seu rosto estava machucado, seu nariz e suas faces estavam cobertas de sangue. Ele virou a cabeça, vomitou na lama e tentou respirar. O touro estava farejando pela cerca.

Vendo que o irmão estava fora de perigo, Raymond fugiu, mancando para dentro do estábulo, pegou um garfo de feno que estava apoiado na parede, voltou a passos cambaleantes, foi até o outro lado da cerca e subiu na cerca, pulando para dentro do curral pelo lado oposto, a fim de abrir novamente o portão. O touro deu um passo adiante, fungando na direção do portão, depois, ao ver Raymond do outro lado da cerca, resfolegou e balançou a cabeça, levantando poeira para trás com as patas. Seu filho da puta, disse Raymond. Tente fazer alguma coisa agora. Estava berrando e agitando os braços, e enquanto o touro virava a cabeça, ele o espetou no quadril com o garfo de feno. O sangue vermelho vivo jorrou e o touro começou a mugir, virando-se para enfrentar Raymond outra vez, cabisbaixo, movendo-se para trás e para frente, mas o velho o mantinha a distância, brandindo o forcado de cabo longo, como se ele e o touro tivessem sido postos juntos em uma antiga arena. Durante todo esse tempo, Raymond continuou falando com a voz baixa, dura e cruel. Vem, desgraçado. Vem. O touro resfolegou mais uma vez e, enfim, se afastou.

Raymond trancou o portão e atravessou com dificuldade o

curral até o canto onde seu irmão estava deitado na lama. Ele tirou as luvas e tocou com todo o cuidado seu peito.

É muito grave?, perguntou Raymond, ajoelhando-se sobre ele.

Muito, respondeu Harold. A voz era só um sussurro, rouca e curta. Estou todo quebrado por dentro. Não consigo respirar.

Vou correndo para casa para ligar para alguém.

Eu não vou sair daqui.

Só vou até ali ligar e já volto.

Não. Fica aqui, disse Harold. Quero dizer que nunca mais vou sair daqui.

Preciso chamar a ambulância.

Não vou durar até você voltar. Eles não podem fazer mais nada agora.

Você não pode saber disso.

Sim, eu sei, sussurrou Harold.

Levantou a cabeça para olhar para o irmão ajoelhado a seu lado, do outro lado da cerca. O rosto de Raymond estava apavorado e sujo. Seu próprio rosto estava branco como giz por baixo da lama e do sangue.

Me ajude a sair de baixo da cerca. Não quero morrer preso aqui dentro.

Não vou arriscar mexer em você, Raymond. Preciso ligar antes.

Não. Comece a puxar. Não posso esperar aqui até você chamar ajuda.

Então, espere aí. Desgraça, dane-se!

Com uma mão, ele pegou a jaqueta de lona de Harold pelo ombro e, com a outra, agarrou seu cinto. Então, começou a arrastá-lo lentamente, soltando-o da lama. O irmão grunhiu e rangeu os dentes, as lágrimas começaram a brotar em seus olhos, e havia sangue escorrendo do canto de sua boca cerrada. Raymond o arrastou por baixo da cerca, e Harold ficou deitado de costas ao lado do curral, arquejando baixinho, com as mãos tocando o peito, apertando e empurrando as costelas, como se isso pudesse ajudá-lo a respirar melhor. Ele abriu os olhos e estendeu a mão para limpar a boca. Eu queria meu chapéu, disse.

Eu vou buscar. Raymond se levantou, foi cambaleando de volta até o curral, pegou o chapéu e o bateu na perna, depois, sempre cambaleando, voltou a se ajoelhar. Quando Harold ergueu a cabeça, ele pôs o chapéu sobre os cabelos curtos e grisalhos do irmão. O cabelo dele estava imundo. Na parte traseira, o chapéu estava amassado, e Raymond o endireitou.

Agora, sim, disse Harold. Obrigado. Ele fechou os olhos e tentou respirar. Está esfriando, sussurrou.

Raymond tirou a jaqueta de lona e cobriu o irmão com ela.

Alguns momentos depois, Harold abriu os olhos. Estava tremendo e deu uma olhada à sua volta. Raymond?

Sim?

Você está aí?

Estou bem aqui, disse Raymond. Bem do seu lado.

Harold olhou para o rosto do irmão, e Raymond apertou sua mão grossa e calejada.

Agora você vai precisar cuidar dela sozinho. A voz dele era apenas um som rouco. Da garotinha também. Não vou estar mais aqui, para ver como elas se saem. Eu queria muito poder fazer isso.

Você vai ver, disse Raymond. Você vai sair dessa.

Não. Acabou, disse Harold. Estou indo embora.

Ele fechou os olhos e tornou a tremer, com a respiração cada vez mais lenta e custosa. Até que parou. Instantes depois, ele voltou a respirar mais uma vez, uma única sucção ruidosa de ar. Então, pareceu se acomodar melhor na lama. E parou de respirar. Raymond olhou para ele, o irmão piscou mais uma vez, e foi isso, e Raymond começou a chorar, as lágrimas escorrendo por seu rosto em riachos sujos. Ele continuou segurando a mão do irmão e olhou para além do curral, para os pastos e as serras azuis ao longe. As serras pareciam estar muito longe, no horizonte baixo. O vento havia voltado a soprar. Conseguiu sentir. Olhou outra vez para o irmão e puxou a jaqueta de lona por sobre seu rosto sujo de sangue. Ficou muito tempo ajoelhado ao lado dele, sem se mexer, um velho e seu velho irmão sobre a lama mole de um curral de tábuas sob um céu carregado de outubro.

13

Levou mais de uma hora para que Raymond se levantasse. Então, ficou de pé e foi cambaleando pelo caminho de cascalhos até entrar em casa e telefonar. Quando a ambulância de Holt parou na frente da casa, ele mandou descerem e buscarem seu irmão. Dois homens de jalecos lustrosos dirigiram até o curral, colocaram Harold na maca e o conduziram até a ambulância com uma maca e um cobertor por cima, depois levaram os dois irmãos McPheron para o pronto-socorro da cidade. O médico disse que Harold estava morto ao chegar ao hospital.

Raymond se deitara na cama estreita do pronto-socorro atrás de cortinas verdes enquanto o médico o examinava. Uma enfermeira já havia tirado a jaqueta de lona, a camisa de flanela e a calça jeans, e o fizera vestir apenas uma camisola fina de algodão. O médico auscultou seu peito, seu coração, seus pulmões e apalpou atentamente suas pernas. Depois pediu um raio X completo, que mostrou algumas costelas quebradas do lado direito e um osso fraturado na perna esquerda. Quiseram levá-lo imediatamente para a sala de cirurgia.

Espere aí, disse Raymond à enfermeira. Antes de me levar lá para dentro, eu quero fazer um telefonema. Não sei se vou conseguir fazer isso depois.

Você quer telefonar para quem?

Tom Guthrie e Victoria Roubideaux.

Tom Guthrie, o professor do colégio?

Sim.

Mas eu acho que ainda estão em aula hoje.

Pelo amor de Deus, disse Raymond.

Está bem, disse ela. Não se preocupe. Vamos telefonar e, quando ele atender, nós avisaremos o senhor.

Também quero telefonar para Fort Collins, disse Raymond. Encontrem a Victoria Roubideaux.

E quem é essa, senhor McPheron?

Uma moça que faz faculdade lá, mora com a filha dela. O nome dela deve estar entre as calouras.

Mas o que ela é do senhor? É sua filha?

Não.

Mas, em geral, só fazemos interurbano para parentes.

É só telefonar para ela, disse Raymond. Vocês podem fazer isso?

Se ela for parente, sobrinha, ou como uma filha...

Ela é como uma filha para mim. Mais do que uma filha. É a pessoa com quem mais me importo neste momento.

Está certo. A enfermeira olhou para ele. Ele a observava intensamente, tinham lavado o rosto dele e, nas faces e na testa, arranhões vívidos, inflamados, se destacavam. Está bem, disse ela. Mas não é o procedimento normal. Como se escreve o nome dela?

Raymond virou de lado. Santo Deus, exclamou.

Muito bem, disse ela. Vou verificar. Com quem o senhor quer falar primeiro?

Com a menina. Ela precisa saber o que aconteceu.

Mas o senhor tem certeza de que quer falar com ela agora? O senhor deve estar sentindo muita dor.

Só me passe o telefone assim que ela atender, pediu ele. Ela vai odiar saber o que houve. Tenho certeza de que ela amava o meu irmão. E só Deus sabe quanto ele a amava.

A enfermeira saiu e ele se deitou na cama com cortinas verdes ao seu redor. Eles haviam começado a ministrar medicação na veia, haviam amarrado um aparelho de pressão em seu braço e erguido sua perna com um travesseiro. Ficou deitado olhando para o teto. Em seguida, fechou os olhos e, apesar de seus esforços em contrário, voltou a chorar. Esticou o braço para fora do lençol, enxugou o rosto e ficou esperando a enfermeira trazer o telefone. Ele estava tentando imaginar como faria para contar a Victoria Roubideaux o que havia acontecido.

Então, a enfermeira entrou com o telefone e ele perguntou: É ela?

Sim. Finalmente consegui localizar. Aqui, fale.

Ele aproximou o telefone do ouvido. Victoria?

O que houve?, indagou ela. A voz dela pareceu fraca e baixa. Algum problema? Aconteceu alguma coisa?

Querida, tem uma coisa que eu preciso te contar.

Ah, não, disse ela. Ah, não.

Sinto muito, mas tenho que contar, respondeu ele. E depois ele contou.

14

No final da tarde, Tom Guthrie estava de pé no quarto do hospital ao lado de Raymond, que estava deitado na cama branca sob o lençol, vestido com a camisola do hospital. Após a cirurgia, eles o haviam trazido para o quarto e haviam tentado colocá-lo na cama ao lado da porta, mas ele falara que queria a cama perto da janela.

Além de Guthrie no quarto, estava Maggie Jones, outra professora do colégio. Eles estavam juntos desde que a mulher de Guthrie se mudara para Denver, embora Maggie ainda morasse em sua própria casa, na South Ash Street. Agora, ela estava sentada em uma cadeira que aproximara da cama de Raymond. O médico reposicionara o osso da perna dele e o imobilizara com gesso até abaixo do joelho, e havia curativos com elástico envolvendo seu peito, com o objetivo de imobilizar as costelas e facilitar a respiração. Sua perna quebrada estava apoiada sobre uma pilha de travesseiros. Respirava com dificuldade, expirando com dificuldade e bruscamente, e seu sofrimento era evidente em seu rosto exaurido, pálido, amarelado sob as marcas avermelhadas pela exposição ao tempo. Dava para ver que estava velho, exaurido e triste.

Não consegui impedir, disse Raymond. Esses touros são muito grandes. Fortes demais. Eu tentei, mas não consegui. Não consegui salvar o meu irmão.

Ninguém teria conseguido salvá-lo, disse Guthrie. Você fez o que podia.

Maggie pôs a mão no braço do velho e o acariciou delicadamente.

Você fez todo o possível, disse ela. Nós sabemos disso.
Mas não foi o suficiente, respondeu Raymond.
O quarto estava tranquilo, a luz entrando obliquamente através da janela. Do lado de fora do hospital, na rua, as árvores desfolhadas eram cor de laranja ao sol do final da tarde. No corredor, eles ouviram pessoas conversando e, em seguida, alguém dando uma risada. Eles ergueram os olhos, alguém estava passando pelo corredor. Era um dos pastores da cidade, visitando os doentes e os aflitos.
Tom, você pode cuidar da fazenda por mim por alguns dias?, pediu Raymond. Não sei mais a quem pedir.
Claro, respondeu Guthrie. Não se preocupe com isso.
Você precisa soltar os touros e ver se eles têm água. E depois, se puder, dê uma olhada nas vacas e nos bezerros no outro pasto.
Claro.
Os bezerros ainda estão ali com as vacas, e todas essas vacas e novilhas já devem estar prenhas. Só devem nascer em fevereiro, mas nunca se sabe o que vai acontecer. Ele olhou para Guthrie. Bem, você já sabe essas coisas.
Vou passar lá, disse Guthrie. Assim que sair daqui. O que mais você quer que eu faça?
Não sei. Bem, tem os cavalos também. Se você puder.
Darei uma olhada neles também.
E eu posso verificar a casa?, perguntou Maggie Jones.
Oh, disse Raymond. Ele se virou para olhar para ela. Não. Não quero dar trabalho. Está uma bagunça.
Eu já vi muita bagunça nesta vida, disse ela.
Bem. Não sei o que dizer.
Tente descansar. É a única coisa que você precisa fazer agora.
Não consigo, disse Raymond. Eu fecho os olhos e fico vendo o Harold lá no curral. Ali deitado na lama, e o touro batendo nele.
Enquanto falava, ele olhava para Maggie, com os olhos erguidos para ela, como se não conseguisse parar de defender uma causa perdida. Havia lágrimas em seus olhos.
Sim, disse Maggie. Eu sei. Mas em breve você vai conseguir dormir. Ela tocou o ombro dele e alisou o cabelo grisalho e duro

em sua cabeça redonda. Ele sentia vergonha de deixar que ela o tocasse daquela maneira, mas permitiu por um instante. Depois, ele afastou a cabeça da mão dela e se virou. Maggie agora também estava chorando. Guthrie estava em pé ao lado dela, olhando para o velho. Queria pensar em palavras que fizessem alguma diferença, mas não havia nada em nenhuma língua que ele soubesse ser o suficiente para aquele momento ou que pudesse mudar qualquer coisa. Eles ficaram calados por algum tempo.

Houve um barulho no corredor e, então, Victoria Roubideaux entrou no quarto com Katie nos braços. Ela veio diretamente até a cama e olhou para Raymond. Ele olhou para ela e balançou a cabeça. Querida, disse.
Sim, respondeu ela. Agora estou aqui. Tentou sorrir.
Deixe-me segurar a Katie, disse Maggie. Ela se levantou e pegou a menina, enquanto Victoria se sentava na cadeira junto à cama, inclinando-se para beijar a testa de Raymond. Vim o mais depressa que pude.
Espero que você não tenha se arriscado ao volante.
Não. Correu tudo bem.
Obrigado por vir. Eu não sabia o que fazer sem você.
Agora estou aqui, disse ela outra vez.
Ele ergueu a mão para fora do lençol, e Victoria a segurou. Não pude fazer nada para impedir que isso acontecesse, disse.
Eu sei que você fez tudo o que pôde.
Ele olhou bem para ela. Queria acrescentar algo, mas, por um instante, não conseguiu falar. Dissera-lhe quase tudo o que precisava dizer ao telefone. Querida, disse ele, você sabe, o Harold falou de você em seus últimos momentos. De você e da Katie. O último pensamento dele foi para você e essa garotinha. Acho que ele queria muito que você soubesse.
Obrigada por me contar, sussurrou ela. As lágrimas escorriam em sua face, ela abaixou a cabeça e seu cabelo escuro encobriu seu rosto. Ela segurava a mão dele e soluçava em silêncio.
Guthrie disse em voz baixa: Raymond. Acho melhor a Maggie e eu irmos agora. Voltaremos hoje à noite, mais tarde.

Eu não vou sair daqui, disse Raymond. Acho que não vou sair daqui por um bom tempo.

Maggie devolveu a menina à mãe e saiu com Guthrie pela porta até o corredor.

Victoria acomodou a criança no colo. Raymond ficou olhando para a garotinha de cabelos negros com uma jaqueta vermelha e meias compridas, depois estendeu a mão e agarrou um pezinho dela. Ela ficou apavorada com o velho e recuou.

Oh, querida, disse Victoria. Ele não vai te machucar. Você conhece o Raymond. Mas a garotinha se virou e não quis mais olhar, escondendo a cabeça no pescoço da mãe. Raymond voltou a pôr a mão embaixo do lençol.

Deve ser porque ela está com medo de vê-lo assim, disse Victoria. Ela nunca viu uma pessoa em uma cama de hospital antes. Estamos todas apavoradas de vê-lo assim.

Não creio que eu esteja com uma aparência muito boa, observou Raymond. Nada que valha a pena olhar muito de perto.

Guthrie e Maggie saíram do hospital e foram primeiro à casa dele, na Railroad Street, do outro lado dos trilhos, na zona norte de Holt. Ele deixou um bilhete na mesa da cozinha para Ike e Bobby, seus dois filhos, mandando-os fazer as tarefas do celeiro e depois esquentar a sopa no fogão, pois ele estaria em casa mais tarde naquela noite. Ele explicou que Raymond McPheron estava no hospital e precisava de sua ajuda, mas que ele telefonaria para eles mais tarde da fazenda ou do hospital. Então, ele e Maggie voltaram na direção da cidade com a velha caminhonete vermelha de Guthrie e seguiram para o sul pela pista de mão dupla até a fazenda dos McPheron. O sol estava se pondo, e os campos planos no entorno estavam banhados de um tom dourado, com longas sombras deitadas por trás dos mourões dispostos acima das valas de drenagem.

Eles saíram da pista asfaltada, passaram para a estrada de cascalho e depois de novo para o sul, pela estradinha de terra que levava até a fazenda parando, então, na cerca de arame. Maggie saiu da caminhonete e subiu até a casa, enquanto

Guthrie foi estacionar ao lado do celeiro, antes de sair também no ar frio da noite. Os seis touros ainda estavam esperando no curral, de costas para o vento, e ele foi caminhando até o portão que levava para o pasto, subiu na cerca e abriu a porteira. Os touros olharam para ele e, a princípio, um deles e depois os outros começaram a sair de forma desajeitada do curral. Ele recuou e ficou observando os touros trotando através da porteira. Um deles veio mancando e, mesmo na penumbra, Guthrie conseguiu ver a mancha de sangue seco empapada no quadril do animal. Ao passarem para o pasto, os touros diminuíram outra vez o passo até voltarem a caminhar sem pressa em seu próprio ritmo. Então, ele fechou a porteira atrás deles e conferiu o nível de água no tanque, depois voltou para o celeiro e levou a caminhonete até o pasto do sul, abriu o portão de arame farpado e o atravessou, ruidosa e estrondosamente até o meio do pasto, enquanto observava as vacas, os bezerros e os novilhas. Os animais, iluminados pela luz dos faróis, olhavam para ele com seus olhos brilhantes como rubis. Aos poucos, eles iam recuando e, à medida que Guthrie avançava com a caminhonete, os bezerros se afastavam galopando com os rabos erguidos, e ele não notou nada de preocupante. Duas velhas vacas Black Whiteface vieram atrás dele, mas logo pararam e ficaram ali imóveis, olhando para a traseira da caminhonete, enquanto ele seguia aos solavancos de volta pelo terreno irregular, o facho dos faróis revelando touceiras de artemísias e iúcas; Guthrie passou pelo portão, fechou-o atrás de si e, em seguida, conduziu os cavalos selados até o celeiro e pegou um pouco de feno para eles, entrou novamente na caminhonete e voltou até a casa.

As luzes estavam todas acesas. Maggie Jones já havia lavado toda a louça e a deixara secando na bancada; também limpara o topo esmaltado do velho fogão, arrumara a mesa da cozinha, pusera as cadeiras no lugar e varrera o chão. Ela estava no quarto do térreo quando Guthrie entrou e a encontrou.

Já podemos ir?, perguntou ele.

Acho melhor o Raymond se mudar aqui para baixo, disse ela. Ele não vai querer subir escada com a perna engessada.

Eu não tinha pensado nisso, disse Guthrie. Ele ficou observando enquanto ela esticava o lençol e enfiava as pontas embaixo do colchão, estendendo uma colcha sobre a cama. E Victoria e Katie? Acho que esse era o quarto delas.

Vou levar o berço para a sala. E faço a cama para a Victoria no sofá.

Você acha que ela vai ficar mais algum tempo...

Ela vai querer ficar.

E as aulas dela?

Não sei. Ela vai querer ficar aqui para cuidar dele. Tenho certeza disso.

Ele não vai gostar dessa ideia, disse Guthrie. O Raymond não vai querer que ela fique e perca aulas por causa dele.

Não. Querer, ele não vai. Mas acho que ele vai ter que aceitar. Você me ajuda a desmontar esse berço para passar pela porta?

Vou buscar as minhas ferramentas.

Guthrie foi até a caminhonete, encontrou um alicate, algumas chaves de fenda e uma chave-inglesa na caixa de ferramentas atrás da cabine e voltou para dentro. Depois de desmontar o berço e levá-lo até a sala, eles tornaram a montá-lo e puseram-no junto à parede, depois fizeram uma cama no velho sofá com lençóis limpos e dois cobertores verdes de lã e um travesseiro muito amarelado que Maggie havia encontrado no armário. Eles recuaram e contemplaram a nova arrumação. As paredes da sala eram revestidas por um antigo papel com padrão floral que estava muito desbotado e com manchas de infiltração no teto, e as duas poltronas reclináveis ficavam em frente ao velho console do aparelho de televisão.

Acho que agora podemos ir, disse Maggie.

Eles apagaram as luzes e saíram para a caminhonete. Do lado de fora, a velha casa de tábuas sem pintura parecia ainda mais desolada à luz azulada do poste do canto da garagem. Tão frágil e insignificante que o vento poderia soprar através dela sem a encontrar resistência alguma.

Quando eles saíram da estrada de cascalhos e viraram para o norte na pista, em direção a Holt, Maggie disse: Não consigo deixar de me preocupar com ele. O que você acha que ele vai fazer agora?

O que mais ele pode fazer?, indagou Guthrie. Ele vai fazer o que for preciso.

Você vai ajudá-lo, não vai?

Claro que vou. Vou voltar lá amanhã cedo, antes da escola. E vou voltar outra vez depois da escola. Vou levar o Ike e o Bobby comigo. Mas, mesmo assim, ele vai ficar sozinho.

Ela vai querer ficar um pouco com ele.

A Victoria, você quer dizer?

Sim. E a Katie.

Mas elas não podem ficar lá para sempre. Você sabe disso.

Eu sei, disse Maggie. Nem estaria certo. Nem para ele, nem para elas. Mesmo assim, eu ainda estou preocupada com ele.

Prosseguiram pela estrada. Era estreita, e à luz dos faróis, parecia triste e abandonada. O vento soprava sobre os campos planos e arenosos, abertos, sobre os campos de trigo e milho, sobre as pradarias, onde manadas de bois escuros pastavam à noite. De ambos os lados da estrada, as fazendas surgiam sob a luz difusa e azulada dos postes nos terreiros, casas esparsas e isoladas na paisagem escura, e mais adiante, na altura da rodovia, as luzes das ruas de Holt eram uma mera cintilação no horizonte baixo.

Maggie estava sentada ao lado de Guthrie na cabine e olhava para frente, fixamente, na direção da faixa central da pista. Acho que vou perguntar para a Victoria se ela quer ficar na minha casa, disse ela. Ela não vai querer ficar sozinha naquela casa hoje à noite.

Em algum momento, ela vai ter que ficar lá.

Mas não hoje à noite, retrucou Maggie. É muita coisa para assimilar em um dia só.

Não só para ela, disse Guthrie. Aquele pobre velho desgraçado também. Ponha-se no lugar dele.

Sim, concordou Maggie. Ela olhou para Guthrie e deslizou pelo assento para ficar mais perto dele. Ela pôs a mão na coxa dele e a deixou ali enquanto seguiam no escuro. Passaram por uma placa ao lado da estrada que anunciava a entrada nos limites de Holt.

Na cidade, eles dobraram à esquerda na Highway 34, viraram outra vez na Main Street e pararam na frente do hospital. Saíram no ar gelado e entraram no prédio. Victoria ainda estava sentada na cadeira ao lado da cama de Raymond. Desde que eles haviam saído, duas horas antes, ela não havia se mexido. Era como se ela sequer cogitasse a possibilidade de sair daquele lugar, como se pensasse que, sentada ao lado da cama dele, recusando-se a se mover, pudesse impedir que algo acontecesse a ele, ou a qualquer outra pessoa que ela amasse neste mundo. Ela ainda estava com Katie no colo, e Raymond e a menina estavam dormindo.

Então, ouvindo que Maggie e Guthrie entravam no quarto, Raymond acordou. Ele abriu os olhos e, pela expressão em seu semblante, deu para entender que havia acabado de se lembrar. Ai, Deus, disse ele. Ai, Deus.

15

Algum tempo depois, Guthrie e Maggie saíram do quarto e foram embora. Victoria ficou no hospital cuidando de Raymond e lhe disse que, depois do horário de visita, iria para a casa de Maggie.

A assistente trouxe uma bandeja com o jantar para Raymond, mas ele não quis. Não tinha nada de que ele gostasse e, de qualquer forma, ele estava sem fome. Victoria deu um pouco de purê de maçã a Katie, que pegou a colher e comeu sozinha, depois sentou no chão com seus lápis e gizes e desenhou até quando, já cansada, Victoria a colocou na cama vazia ao lado da porta e a cobriu com um cobertor fino de algodão.

Ela está exausta, disse Raymond.

Achei que ela ia dormir no carro vindo para cá, mas ela não dormiu, disse Victoria. Ela veio tagarelando o tempo todo.

Victoria estava segurando a mão de Raymond. Como antes, estava sentada ao lado dele na cadeira junto à cama, a porta quase fechada protegendo o ambiente do barulho das pessoas que passavam e do murmúrio baixo daquelas que conversavam no corredor.

Como vai a faculdade?, perguntou ele. Ainda está indo bem?

Tudo bem. Agora isso não tem mais tanta importância.

Eu sei. Mas você precisa continuar.

Vou ficar em casa alguns dias.

Mas não deveria perder aulas.

Não tem problema faltar um pouco. Isso é mais importante. Ela arrumou o lençol embaixo do pescoço dele.

Raymond olhou para ela primeiro e depois para o teto,

mudando um pouco de posição na cama. Não consigo parar de pensar nele, disse. Ele está sempre na minha frente.

Você quer falar sobre isso?

Aconteceu tudo muito depressa. Não dá para prever o que um animal vai fazer. É impossível. Eu sabia que aquele touro era assim, mas ele nunca havia machucado ninguém antes.

Você não podia fazer nada, disse ela. Você precisa ter certeza disso.

Mas saber não adianta. Eu fico repassando tudo o tempo todo na minha cabeça. Com certeza, alguma coisa eu poderia ter feito.

Ele sofreu?, perguntou Victoria.

Sim. Ele estava muito mal no final. Agora, eu dou graças por não ter demorado muito. Na verdade, eu não sabia a gravidade do que acontecera. Achei que ele ia sobreviver, achei que ele ia escapar dessa. Nós ficamos juntos a vida inteira.

Vocês sempre se deram bem, não é?

Sim, querida, sempre. Nunca tivemos uma briga séria. Tínhamos nossas discussões às vezes, mas nunca nada importante. No dia seguinte, tudo voltava normal. A gente simplesmente concordava na maioria das coisas. Sem nem precisar falar nada.

Alguma vez vocês pensaram em fazer outra coisa na vida?

O que, por exemplo, querida?

Não sei. Casar talvez. Ou morar separados.

Bem. Teve uma vez que o Harold se interessou por uma moça, mas depois ela preferiu outro. Isso faz muito tempo. Ela ainda mora na cidade, tem dois filhos adultos. Ele sempre soube que não fora rápido o suficiente, imagino. Mas, de qualquer modo, talvez não tivesse resultado em nada. O Harold fazia tudo do jeito dele.

Era um jeito bom, pelo menos, disse Victoria. Não é?

Acho que sim, respondeu Raymond. Ele foi um irmão muito bom para mim.

Ele também foi bom para mim, disse Victoria. Fico achando que ele vai entrar por essa porta a qualquer momento agora, dizendo algo engraçado, com aquele chapéu velho e sujo dele, como ele sempre fazia.

Ele era assim mesmo, não era? disse Raymond. O meu irmão sempre teve essa mania de usar chapéu. Você sabia que era o Harold de longe em qualquer lugar. A dois quarteirões de distância, já dava para ver sua aproximação. Oh, desgraça, já estou com saudade dele.

Eu também, disse ela.

Nunca achei que fosse sentir falta dele, concluiu Raymond. Algumas coisas, não conseguimos superar. Acho que essa é uma delas.

16

Quando ele voltou para casa, depois de brincar no barracão com Dena, o avô já tinha ido para a cama em seu quartinho nos fundos. E, quando acendeu a luz, o velho se ergueu nos cotovelos em sua roupa de dormir comprida, com seu cabelo branco desgrenhado e uma expressão feroz nos olhos.

Apague essa luz, disse.

O que foi, vovô?

Não estou me sentindo muito bem.

Quer jantar?

Quero que você apague essa maldita luz, isso que eu quero.

DJ apagou a luz e foi para a cozinha. Fez uma torrada, preparou café, e levou em um prato para o quarto, mas agora o velho havia voltado a dormir.

No meio da noite, ele o ouviu se levantar da cama. O avô ficou no banheiro por um bom tempo, até voltar arrastando os pés para o quarto. Através da parede fina, ele ouviu as molas da cama rangendo sob seu peso e o avô tossir. Algum tempo depois, ouviu o homem cuspir. Na manhã seguinte, quando ele foi vê-lo, o velho estava acordado. Parecia pequeno sob a colcha grossa, o cabelo branco grudado dos lados da cabeça, as grandes mãos vermelhas para fora dos punhos de seu pijama largo e vazio sobre o cobertor.

Já vai levantar, vô?

Não. Não estou com vontade.

Fiz café.

Está bem. Pode trazer.

O neto trouxe o café, e o velho sentou na cama e bebeu um pouco, depois colocou a xícara numa cadeira ao lado da cama e voltou a se deitar. Assim que se deitou, voltou a tossir. Revirou-se para enfiar a mão sob o travesseiro e tirou um lenço imundo, cuspiu nele e depois usou-o para limpar a boca.

Você deve estar doente, vô.
Não sei. É melhor se arrumar para a escola.
Eu não quero ir.
Pode ir. Vou ficar bem.
É melhor ficar em casa com você.
Não. Não há com o que se preocupar. Já fiquei pior antes e sempre melhorei. Tive 41 graus de febre uma vez, antes de você nascer. Agora faça o que eu digo e vá.

Ele foi para a escola contra a própria vontade e ficou a manhã inteira sentado no fundo da sala, pensando que devia ter ficado em casa. Durante as horas de tédio daquela manhã, não prestou atenção às aulas. A professora notou sua distração, veio até sua carteira e parou ao lado dele. DJ, aconteceu alguma coisa? Você não fez nada o dia inteiro. Achei estranho.

Ele deu de ombros e voltou a fitar o quadro-negro.
O que foi?
Nada.
Alguma coisa há de ser.
Ele olhou para ela. Depois abaixou a cabeça, pegou o lápis que estava na carteira e começou a fazer os exercícios de matemática que ela havia passado. A professora ficou observando um tempo, depois voltou à mesa na frente da sala. Quando ela tornou a olhar para ele, minutos depois, ele já havia parado de fazer a lição.

Ao meio-dia, quando foram liberados para o almoço, ele saiu imediatamente e foi correndo para casa. Cruzou o parque da cidade, atravessou os trilhos reluzentes da ferrovia e não parou até chegar em casa. Parou na cozinha para tomar fôlego, depois foi pelo corredor até o quarto do avô. O velho ainda estava na cama, tossindo e cuspindo no lenço sujo. Não bebera mais do café. Ele ergueu os olhos quando DJ entrou no quarto, seu rosto muito vermelho e os olhos marejados e vítreos.

Parece que você piorou, vô. É melhor irmos ao médico.
Durante a manhã, o velho baixara as cortinas e o quarto agora estava escuro. Parecia alguém isolado em um quarto escuro, entregue à própria sorte.
Não vou ver médico nenhum. Pode esquecer.
Precisa ir, vô.
Não, volte já para a escola e cuide da sua vida.
Não quero deixar você sozinho, vô.
Vou sair já dessa cama. É isso que você quer?
DJ saiu do quarto, ficou parado na frente da casa, olhando para os dois lados da rua vazia. Então, foi correndo até a casa de Mary Wells e bateu à porta. Algum tempo depois, ela abriu a porta trajando um velho roupão azul, e o belo rosto de mulher adulta que ele estava acostumado a ver, sempre de blush cor-de-rosa e batom vermelho, agora estava limpo e sem maquiagem. Ela parecia exausta, como se não dormisse havia dias.
O que você está fazendo aqui? perguntou ela. Você não devia estar na escola?
Meu avô está doente. Só vim dar uma olhada nele. Ele está com algum problema.
O que é?
Não sei. Você pode vir comigo e dar uma olhada?
Claro, respondeu ela. Entre enquanto me troco.
Ele ficou esperando pela mulher perto da porta, mas não se sentou. Ficou surpreso ao ver o jornal no chão e diversas revistas e correspondências espalhadas. Duas xícaras de café pela metade sobre a mesa de canto ao lado do sofá, e o café com leite de uma delas derramado, formando uma poça cinzenta sobre a madeira polida. Na sala de jantar, os pratos do jantar do dia anterior ainda estavam sobre a mesa. Era claro que ela também tinha seus problemas. Dena dissera isso quando eles estavam no barracão, mas ela não quis mais tocar no assunto.
Mary Wells saiu do quarto usando calça jeans e um moletom. Havia escovado o cabelo e passara batom, e só. Ela não disse mais nada e eles saíram. Foram correndo até a casa do avô.
Faz tempo que ele está doente?, indagou ela.

Não sei se ele está doente mesmo. Mas parece que está.

Faz tempo que ele parece doente?

Desde ontem. Ele não para de tossir e não sai mais da cama.

Atravessaram o terreno baldio e entraram na casinha. Ela nunca havia passado da porta, e ele se sentiu constrangido com a ideia de que ela visse como era por dentro, como eles viviam. Ela ficou olhando à sua volta.

Cadê ele?

Aqui atrás.

Ele a levou pelo corredor até o quarto escuro que cheirava a suor, café velho e lençóis sujos. Ele também sentiu esse cheiro agora que ela estava ali. O velho estava deitado na cama, com as mãos para fora da coberta. Ele ouviu quando os dois entraram no quarto e abriu os olhos

O senhor está doente, senhor Kephart?

Quem está aí?

Mary Wells, da sua rua. O senhor me conhece.

O velho começou a se endireitar na cama.

Não. Não se mexa. Ela foi até a cama. O DJ disse que o senhor parece doente.

Bem, eu não me sinto muito bem. Mas não estou doente.

Julgando pelo seu aspecto, parece que o senhor está. Ela tocou a testa dele, e ele a olhou com os olhos marejados. O senhor está quente. Está com febre, senhor Kephart.

Não é nada grave. Vou melhorar.

Não, o senhor está doente.

Ele começou a tossir. Ela postou-se ao lado dele e olhou para seu rosto. Ele tossiu mais um bocado. Quando terminou, pigarreou e cuspiu no lenço.

Eu quero levar o senhor ao médico, senhor Kephart. Vamos ver o que ele vai dizer.

Não, eu não vou em médico nenhum.

Bem, o senhor não vai poder evitar. Eu vou até em casa buscar o carro. E, enquanto isso, o senhor pode ir se vestindo. Estarei de volta em cinco minutos.

Ela saiu do quarto e eles ouviram a porta telada bater. O velho olhou para o menino. Por que você não está na escola, onde devia estar? Veja só o que você fez. Agora fica dando trabalho aos vizinhos.

É melhor se vestir, vô. Ela já está vindo.

Eu sei, droga! Você só se intromete. Mete o nariz onde não é chamado.

Quer ajuda para sair da cama?

Eu ainda consigo fazer isso sozinho. Diabos, só me dê um minuto.

O velho saiu lentamente da cama. A roupa comprida que ele usava estava amarelada e suja, os fundilhos frouxos, e consideravelmente manchada na frente, onde ele ajeitava a braguilha.

Ele ficou de pé enquanto o menino o ajudava a vestir a camisa de trabalho e a jardineira, por cima da ceroula, depois ele se sentou na cama e o menino trouxe as botas altas pretas, ajoelhou-se e a amarrou. O velho tornou a ficar de pé, foi ao banheiro e passou um pente molhado no cabelo branco. Lavou o rosto e saiu.

Mary Wells já estacionara em frente e estava buzinando na calçada. Saíram de casa, entraram no carro, o velho no banco da frente e o menino no de trás, e depois de atravessar os trilhos saíram do bairro, seguindo pela Main Street. No horário de almoço, havia meia dúzia de carros estacionados nos três quarteirões comerciais e mais alguns carros e caminhonetes na frente do bar, na esquina da Third. O velho pareceu animado por andar de carro em um dia claro, subindo a Main Street no outono com uma mulher ao volante. Durante o trajeto, ele pareceu quase alegre.

Dentro da clínica, ao lado do hospital, eles esperaram por uma hora, e Mary Wells resolveu ir para casa, para estar lá quando as meninas voltassem da escola. Ela mandou DJ telefonar caso precisassem de uma carona para voltar para casa. Depois que ela foi embora, ele e o avô ficaram sentados, sem falar com nenhum dos outros pacientes na sala de espera, nem mesmo entre si. Ficaram sentados sem ler nem se mexer em suas cadeiras.

As pessoas entravam e saíam. Uma menina choramingava na sala de espera no colo da mãe. Mais uma hora se passou.

Finalmente, uma enfermeira veio à sala de espera e chamou o nome do avô. O menino se levantou com ele.

O que você está fazendo?, perguntou o avô.

Eu vou com você, vô.

Bem, pois então venha. Mas fique de boca fechada. Deixe que eu falo.

Eles seguiram o corredor atrás da enfermeira e foram levados à sala de exame. Sentaram-se. Do outro lado da sala, havia um desenho do coração humano pendurado na parede. Todas as válvulas, os tubos e as cavidades estavam legendados com precisão. Ao lado, um calendário com a fotografia de uma montanha no inverno, com neve sobre as árvores e um chalé com o telhado coberto de neve. Algum tempo depois, outra enfermeira entrou e verificou a pulsação do velho, a pressão e a temperatura, e anotou as informações em uma ficha, depois saiu e fechou a porta. Minutos depois, o doutor Martin abriu a porta e entrou. Era velho, vestia um paletó azul e uma camisa branca de colarinho engomada com uma gravata borboleta marrom. Usava óculos de armação sem aro, e seus olhos eram de um tom de azul mais claro que o paletó. Ele lavou as mãos na pequena pia do canto, e sentou e olhou para a ficha que a enfermeira deixara. Pois bem, qual é o problema?, perguntou. Quem é esse menino com o senhor?

Este é meu neto. Ele quis me acompanhar.

Como vai?, cumprimentou o doutor Martin. Nós nunca nos vimos, não é? Ele apertou a mão do menino formalmente.

A culpa é dele, disse o velho.

Como assim?

Foi ele que chegou à conclusão de que eu estou doente. Então, ele foi pedir à vizinha que me trouxesse aqui de carro.

Bem, vejamos se ele tem razão. O senhor pode se sentar ali, por favor? O velho foi até a mesa de exame, e o médico olhou bem em seus olhos e em sua boca, examinou suas orelhas cheias de pelos e, delicadamente, apertou diversos pontos de seu pescoço ossudo. Agora deixe-me auscultar seu peito, pediu ele. O senhor pode abrir aqui em cima?

O velho desafivelou as faixas da jardineira na altura dos ombros e deixou a aba cair. Ele se sentou na borda da mesa.

Agora a camisa, por favor.

Ele desabotoou a camisa de trabalho azul e a tirou pela cabeça, expondo a camiseta muito suja e os pelos brancos do peito pela gola aberta. O senhor pode afastar a camiseta mais um pouco? Sim. Assim está bem. Não precisa mais do que isso. Agora só preciso ouvir por um tempinho. Ele apertou o cone do estetoscópio no peito do velho. Agora respire fundo. Isso mesmo. Mais uma vez. Ele passou para as costas e auscultou ali também. O velho ficou sentado respirando de olhos fechados e expirando o ar com o semblante febril. O menino ficou ao lado assistindo a tudo.

Bem, senhor Kephart, disse o doutor Martin, foi bom seu neto ter trazido o senhor aqui hoje.

Como?

Sim, senhor. O senhor tem um belo caso de pneumonia. Vou ligar para o hospital e o senhor será internado hoje à tarde.

O velho ficou encarando o médico. E se eu não quiser ir para o hospital?

Bem, na minha opinião, o senhor pode morrer. O senhor não é obrigado a fazer o que é mais sensato. Cabe ao senhor decidir.

Quantos dias vou precisar ficar lá?

Não muitos. Três ou quatro dias. Talvez uma semana. Depende. Agora o senhor pode se vestir. O doutor Martin recuou e pegou a ficha na bancada. Estava de saída, então parou e olhou para o menino. Você fez muito bem de insistir com seu avô para vir, disse ele. Qual é o seu nome?

DJ Kephart.

Quantos anos você tem?

Onze.

Sim. Parabéns, você agiu muito bem. Você fez tudo certo. Meus parabéns por trazê-lo a tempo para me ver. Imagino que não tenha sido fácil, não é?

Não foi tão difícil, declarou o menino.

O velho doutor saiu da sala e fechou a porta. O velho começou a se vestir, mas abotoou na casa errada um dos botões da

camisa, de modo que a frente ficou com uma dobra. Aqui, disse ele. Conserte essa porcaria. Não consigo. O menino desabotoou a camisa do avô e a abotoou novamente enquanto o velho levantava o queixo e olhava para o diagrama do coração pendurado na parede.
É melhor você não ficar se achando grande coisa só pelo que ele falou, disse ele.
Não vou.
Bem, estou vendo que não. Você é um bom menino. Já chega. Agora me ajude a afivelar essa jardineira e vamos embora daqui. Vamos ver o que eles vão dizer.
O menino afivelou as tiras nos ombros da jardineira do avô e o velho se levantou da cadeira.
Onde eu pus o lenço que estava usando?
No bolso de trás.
Tem certeza?
Sim. Você pôs no bolso.
O velho tirou o lenço sujo, pigarreou e cuspiu, depois passou o lenço na boca e guardou de volta no bolso, e então seguiram juntos, ele e o menino. Saíram da sala para o corredor e foram até a recepção, para saber o que deveriam fazer em seguida.

17

No final da tarde, a enfermeira trouxe o velho para o mesmo quarto do hospital ocupado por Raymond McPheron. Ela empurrou a cadeira de rodas até a cama vazia perto da porta e freou. Então, disse ao velho para se despir e vestir a roupa do hospital, que estava dobrada ao pé da cama. É aberta atrás, disse ela. Daqui a pouco eu volto e acomodo o senhor. Ela puxou a cortina em volta da cama dele e saiu. O menino tinha entrado atrás deles no quarto e agora estava parado ao lado do avô, acompanhando-o, como fizera a tarde inteira.

Do outro lado do quarto, na cama sob a janela, Raymond estava deitado, a perna engessada e erguida sobre dois travesseiros por fora das cobertas finas do hospital. Ao lado dele, estava Victoria Roubideaux, com a menina no colo. Elas viam o velho de cabelos brancos e o menino por baixo da cortina, mas ainda não haviam conversado com eles. O velho havia começado a se lamentar em voz alta e com um tom lamurioso.

Não consigo me trocar aqui, disse. Eles querem que eu tire a calça atrás dessa maldita cortina, como se fosse uma atração de circo?

O senhor precisa tirar, vô. A enfermeira vai voltar daqui a pouco.

Não vou tirar.

Raymond se inclinou na cama e falou do outro lado do quarto: Senhor, atrás dessa porta há um banheiro. Pode entrar se o senhor quiser. Acho que eles não deixaram esse banheiro aí só para mim.

O velho afastou a cortina. Ali, o senhor diz?

Isso mesmo.

Acho que vou fazer isso então. Mas, espere aí, eu não conheço o senhor? Não é um dos irmãos McPheron?

O que sobrou deles.

Eu li no jornal sobre vocês. Sinto muito por seu irmão.

A mulher que escreveu aquela matéria não sabia metade do que estava dizendo, disse Raymond.

Meu nome é Kephart, disse o velho. Walter Kephart. Dizem que estou com pneumonia.

É mesmo?

É o que estão dizendo.

Parece que você tem um bom ajudante aí.

Bom demais até, disse o velho. Esse menino aqui é quem fica me dizendo o que eu tenho que fazer o tempo inteiro.

É bom ter alguém jovem por perto, disse Raymond. Eu também estou com minha formidável ajudante aqui. Essa é Victoria Roubideaux. E a filhinha dela, Katie.

Olá, senhor Kephart, cumprimentou Victoria.

Como vai, moça?

Vô, disse o menino, você precisa se trocar logo.

Estão vendo?, disse o velho. Justamente o que estava dizendo.

Vá em frente e use o banheiro, disse Raymond.

O velho se levantou da cadeira de rodas e, lentamente, contornou a cama arrastando os pés, entrou no banheiro e fechou a porta. Ele ficou dez minutos ali dentro e, por trás da porta, eles podiam ouvi-lo tossir e cuspir. Quando ele saiu, estava usando a camisola listrada do hospital e levando as roupas penduradas no braço. A barra da camisola de algodão era aberta na altura de seus velhos quadris. Ele deixara as tiras da parte de trás sem amarrar, e seu traseiro enrugado e cinzento ficara todo exposto. Ele entregou as roupas ao menino, sentou na beira da cama e cobriu as pernas com a barra da camisola como uma senhora. Vá chamar a maldita enfermeira que estava aqui, disse. Diga àquela mulher que estou esperando.

O menino saiu no corredor e eles ouviram o som de seus passos ligeiros sobre o piso de cerâmica. O velho olhou para Raymond. Essa roupa que eles fazem você usar aqui nem decente é.

É verdade, disse Raymond. Tenho que concordar.

É uma indecência infernal, isso sim.

O menino voltou com a enfermeira. Ela trazia uma bandeja esterilizada, depositou-a no criado-mudo e olhou para o velho.

O senhor está pronto, senhor Kephart?

Pronto para quê?

Para se deitar.

Não pretendo ficar sentado para sempre, respondeu ele.

Eu sei.

Ela ajudou o velho a virar as pernas sobre a cama, puxou o lençol para cima e ajeitou o travesseiro sob a cabeça. Depois, ela abriu a bandeja esterilizada e limpou o dorso da mão dele com algodão. Talvez o senhor sinta a picada, disse.

O que você está fazendo?

Vou começar os antibióticos agora.

Foi o que o médico disse?

Sim.

Ela espetou a agulha na pele frouxa do dorso da mão dele e ele ficou deitado na cama, olhando para o teto, sem se mexer. O menino ficou ali, ao pé da cama, mordendo o lábio quando a agulha entrou no avô. A enfermeira prendeu com esparadrapo a agulha na mão dele, depois pendurou os sacos de fluido no suporte de metal, conectou os tubos, ajustou o gotejamento constante do fluido e ficou observando por um instante. Em seguida, inseriu o cateter de oxigênio nas narinas do velho. Agora respire, disse ela. Respire fundo algumas vezes. Daqui a pouco eu volto para ver como o senhor está.

E como isso vai me ajudar?

Vai ajudar a encher os seus pulmões. Até o senhor conseguir voltar a respirar normalmente sozinho.

Me incomoda. A voz dele soou aguda e estranha, devido às cânulas nasais. Está coçando o meu nariz.

Respire, disse a enfermeira. O senhor vai se acostumar. E, quando quiser cuspir, aqui tem um caixa de lenço de papel. Não fique cuspindo naquele lenço sujo.

Quando ela foi embora, o menino se aproximou e ficou parado

ao lado da cama. Ela te machucou, vô? O velho olhou para ele e negou com a cabeça. Ele continuou respirando e estendeu a mão para ajustar a posição das cânulas de oxigênio.

Do outro lado do quarto, Victoria Roubideaux perguntou se o menino não queria sentar. Tem uma cadeira ali, disse ela. Você pode levar para perto da cama. Mas ele disse que estava bem assim, disse que não estava cansado. Uma hora e meia depois, quando a auxiliar trouxe as bandejas do jantar, ele ainda estava de pé ao lado da cama e o velho estava dormindo.

À noitinha, Guthrie e Maggie Jones entraram trazendo os dois garotos de Guthrie, Ike e Bobby. Eles ficaram de pé, em volta da cama, conversando em voz baixa com Raymond. Victoria ainda estava na cadeira, com Katie dormindo em seu colo. Guthrie explicou o que ele e os meninos tinham feito na fazenda durante a tarde. O gado no pasto do sul parecia bem e eles também tinham verificado os touros e os cavalos. O nível de água estava certo nos tanques.

Muito obrigado, disse Raymond. Não queria incomodar.

Não é incômodo algum.

Eu sei que é. Por isso agradeço. Ele olhou para Ike e Bobby. E vocês, meninos? Como estão?

Muito bem, respondeu Ike.

Sinto muito que você tenha machucado a perna, disse Bobby.

Muito obrigado, disse Raymond. É uma coisa um pouco ruim, não é? Mas o que aconteceu foi horrível. Meninos, vocês nunca se esqueçam de tomar cuidado quando estão com os animais. Jamais se esqueçam, vocês prometem?

Sim, senhor, disse Ike.

Sinto muito pelo seu irmão, falou Bobby baixinho.

Raymond olhou primeiro para ele e depois para Ike. Então, acenou com a cabeça para ambos e não disse nada. Ike cutucou Bobby com força nas costas quando ninguém estava olhando, mas, naquele silêncio esquisito, Bobby se sentiu ainda pior e se arrependeu por haver mencionado o irmão do velho.

Enfim, Maggie disse: Mas como você está se sentindo agora,

Raymond? Melhorou? Acho que você parece estar voltando ao normal.

Estou bem. Ele se virou um pouco sob o lençol, acertando a posição da perna.

Não, ele não está, disse Victoria. Ele não quer falar a verdade, nem para as enfermeiras. Ele está sentindo muita dor. Só que não quer falar.

Eu estou bem, querida. O pior não é isso.

Eu sei que não é. Mas você também está sofrendo fisicamente. Eu sei que está.

Talvez um pouco de dor, disse ele.

Do outro lado do quarto, de pé ao lado da cama do avô, DJ escutava a conversa. Ele conhecia os filhos de Guthrie e não gostou de o terem visto assim, no quarto do hospital. Seu avô estava cochilando e continuava fazendo ruídos com a garganta, tossindo e murmurando estranhamente. DJ não havia dito nada a Ike e Bobby quando eles entraram e continuara ali de pé em silêncio ao lado da cama, de costas para eles, enquanto o avô acordava e voltava a adormecer em um sono irregular, com aqueles cateteres nas narinas, a agulha ainda grudada com esparadrapo na mão. Algum tempo depois, o velho acordou e olhou à sua volta meio confuso, até se lembrar de onde estava, ainda no hospital. Então, o menino se inclinou sobre ele e perguntou baixinho se queria alguma coisa, ao que o velho negou com a cabeça, virando-se para o outro lado e votando a dormir. Então, DJ continuou esperando em pé, ouvindo as pessoas que falavam do outro lado do quarto, esperando que fossem logo embora.

Às oito e meia da noite, a enfermeira veio avisar que o horário de visita havia acabado. Guthrie, Maggie e os dois garotos deram boa-noite a Raymond e foram embora. Victoria se inclinou sobre a cama, afastando seus grossos cabelos negros, deu um beijo no rosto de Raymond e o abraçou. Então, ele fez um carinho na mão da jovem e ela foi embora com a filhinha.

Agora o avô de DJ estava acordado. É melhor você ir também, disse ao menino. Você sabe se virar sozinho, não é?

Sim, senhor.

Você pode voltar amanhã, depois da escola.

O menino olhou para ele, assentiu e foi embora. Victoria estava esperando no corredor, com Katie dormindo no colo. Tem alguém esperando você na sua casa?, perguntou ela.

Não.

Você não tem medo de ficar sozinho?

Não. Estou acostumado.

Vou te dar uma carona pelo menos. Pode ser?

Não quero que você saia do seu caminho.

São só cinco minutos. Você não vai querer voltar andando no escuro.

Eu já voltei no escuro antes.

Mas, com certeza, você não quer fazer isso hoje.

Eles atravessaram o hall e saíram pela porta da frente até a calçada. Estava frio lá fora, mas não ventava. Os postes da rua estavam acesos e, no céu, as estrelas piscavam nítida e intensamente. Victoria prendeu o cinto na cadeirinha da bebê, no banco de trás, e subiram a Main Street. Agora você me diz aonde vamos, disse ela.

É do outro lado do trilho. Ali, vire à esquerda.

Ela olhou de relance para ele, que estava muito perto da porta, com a mão na maçaneta. Achei que você conhecia os filhos do Guthrie. Eles têm a sua idade, não é?

Conheço um pouco mais o Bobby, na verdade. Somos da mesma turma. Da quinta série.

Vocês não são amigos? Vocês nem se falaram.

Eu só o conheço da escola.

Ele parece legal. Vocês podiam ser amigos.

Talvez. Não sei.

Espero que sim. Você não deveria ficar tão sozinho. Eu sei como é, quando eu tinha a sua idade e, mais tarde, nos últimos anos da escola. Aqui pode ser um lugar difícil para se estar sozinho. Bem, eu acho que qualquer lugar deve ser assim.

Acho que sim, disse ele.

No banco de trás, Katie havia começado a se inquietar, esticando as mãos, tentando tocar na mãe. Só um minuto, meu bem, disse Victoria. Ela observava a filha pelo retrovisor. Só mais uns minutinhos. A garotinha retirou as mãos e começou a choramingar.

O menino se virou para olhar para ela. Ela sempre chora?

Não, ela raramente chora. Ela nem está chorando de verdade agora. Só está cansada. Não havia nada para ela fazer no hospital. Ficamos lá por três dias.

A Main Street estava praticamente deserta. Os faróis iluminavam as pequenas casas aqui e ali, e atravessavam o pequeno distrito comercial, ao norte. Havia apenas dois ou três carros na rua. Todas as lojas estavam fechadas e apagadas aquela noite, exceto o bar. Ao leste, quando cruzaram os trilhos do trem, os cilindros de concreto caiado dos silos se destacavam imensamente, sombrios e silenciosos. E seguiram mais para o norte.

Aqui, disse o menino. Aqui você vira à esquerda.

Entraram na rua vazia e ele apontou para a casinha.

É aqui que você mora?

Sim, senhora.

Você jura? Eu morava aqui perto. Antes de ter a Katie. Esse era o meu bairro. Você gosta daqui?

Ele olhou para ela. É onde eu moro, nada de mais. Ele abriu a porta do carro e já ia saindo.

Só um minuto, disse ela. Não sei o que você acha, mas talvez pudesse vir passar a noite com a gente. Assim, você não precisaria ficar aí sozinho.

Com vocês?

Sim. Na fazenda. Você vai gostar de lá.

Ele deu de ombros. Não sei.

Está bem, disse ela. Ela sorriu para ele. Mas vou esperar você entrar em casa e acender a luz.

Obrigado pela carona, agradeceu ele.

Ele fechou a porta do carro e foi correndo pela calçada estreita. Ele parecia muito pequeno e sozinho ao se aproximar da casa escura, apenas com a luz do poste da rua na esquina iluminando a frente da casa. Ele abriu a porta, entrou e depois acendeu a luz. Ela achou que o garotinho apareceria na janela e acenaria, mas ele não apareceu.

No hospital, a enfermeira da noite entrou no quarto e Raymond ainda estava acordado. Era uma mulher bonita de quarenta e tantos anos, cabelo castanho curto e olhos muito azuis. Ela se inclinou sobre o velho com o rosto vermelho e suado que dormia de lado e respirava pelas cânulas de oxigênio no nariz. Ela conferiu o nível de fluido nos sacos plásticos pendurados no suporte, depois foi até a cama de Raymond e olhou para ele. Raymond estava com a cabeça erguida no travesseiro, olhando para ela. Não consegue dormir?, perguntou.

Não.

A perna está doendo?

Agora parou de doer. Mas acho que vai começar de novo.

E o peito?

Está bem. Ele olhou para ela. Qual é o seu nome?, perguntou ele. Achei que já havia conhecido todas as enfermeiras.

Acabei de voltar, disse ela. Sou a Linda.

E o sobrenome?

May.

Linda May.

Isso mesmo. Prazer em conhecê-lo, senhor McPheron. Alguma coisa que eu possa trazer para o senhor?

Eu gostaria de um pouco de água.

Deixe-me buscar um jarro fresco. Essa não está gelada. Ela saiu do quarto e voltou com um jarro cheio de gelo. Então, serviu a água em um copo e ofereceu a ele. Ele bebeu de canudo e engoliu, depois chupou mais um pouco. Em seguida, assentiu e ela pôs o copo no criado-mudo.

Ele olhou para o outro lado do quarto. Como será que ele está agora?

O senhor Kephart? Está bem, acho. Provavelmente ele vai se recuperar. Às vezes, pessoas idosas pegam pneumonia e não se recuperam, mas ele parece ser muito forte. Claro, ainda não o vi acordado. Mas, quando mudou o turno, as outras enfermeiras disseram que ele estava bem.

Ela alisou o cobertor, garantindo que não ficasse preso na perna engessada. Agora tente dormir, disse ela.

Ah, eu não sou de dormir muito, disse ele.

As pessoas estão sempre entrando e acordando o senhor por um motivo ou por outro, não é mesmo?

Eu não gosto daquela luz acesa.

Vou fechar a porta, assim vai ficar mais escuro. Será que melhora assim?

Talvez. Ele olhou para ela. Não importa. De qualquer forma, já vou embora amanhã.

É mesmo? Não foi o que me disseram.

Vou, sim.

O senhor precisa perguntar ao médico.

Amanhã vão enterrar o meu irmão. Não posso ficar aqui na hora do enterro.

Sinto muito. Mesmo assim, o senhor vai precisar conversar com o doutor para sair.

Então, é melhor que ele chegue cedo, disse Raymond. Eu vou sair antes do meio-dia.

Ela tocou em seu ombro, foi até a porta e a fechou em seguida. Raymond ficou deitado na cama no quarto escuro, olhando pela janela para as árvores desfolhadas na frente do hospital. Duas horas depois, quando começou a ventar, ele ainda estava acordado. Era um vento que zunia e uivava nos galhos mais altos. Pensou no vento que estava soprando ao sul da cidade e se perguntou se acordaria Victoria. Ele esperava que não. Mas, no pasto do sul, as vacas estariam com certeza todas de pé, acordadas, de costas para o vento, e haveria pequenas tempestades de poeira soprando nos currais, esvoaçando pedaços secos de esterco e a lama solta em volta do celeiro. E Raymond sabia que, se as coisas fossem como deviam ser, ele e seu irmão sairiam para trabalhar de manhã como sempre e parariam para sentir o cheiro de terra no ar. Então, um ou outro diria algo a respeito, e ele mesmo talvez comentasse que era provável vir chuva, e depois Harold diria que era mais provável uma nevasca nessa época do ano, do jeito que as coisas iam ultimamente.

18

Pela manhã, quando o médico entrou no quarto, declarou que não tinha a menor intenção de permitir que Raymond deixasse o hospital, mas Raymond falou que iria embora mesmo assim, e o médico aceitou, dizendo que ele poderia passar metade do dia fora, mas teria de voltar depois do enterro. Pouco depois do meio-dia, na recepção, Raymond assinou os papéis e eles o liberaram aos cuidados de Victoria Roubideaux. A garota deixara Katie com Maggie Jones e, algumas horas antes, havia trazido as roupas limpas que Raymond havia pedido. Naquele momento, ela empurrava a cadeira de rodas dele até o carro, que estava estacionado na frente do hospital. Raymond vestia uma calça escura rasgada na altura do joelho, para deixar espaço para o gesso, camisa azul com botões de pérola que ela passara naquela manhã, seu paletó de lã e o bom e velho chapéu Bailey que só usava na cidade. Apoiadas no colo dele, estavam as muletas de alumínio que o hospital emprestara.

Quando ele saiu do hospital, no ar fresco do outono, olhou para o céu e para tudo à sua volta e respirou fundo.

Bem, diabos, disse ele. Sair desse lugar maldito é tão bom quanto sair da igreja. Querida, perdoe o meu palavreado. Mas, Deus meu, que alívio!

E é muito bom ver você fora do hospital, disse ela. Acho até que você agora está com a aparência melhor.

Eu já me sinto melhor. E vou lhe dizer mais uma coisa. Eu não pretendo voltar para lá. Nem hoje, nem nunca mais.

Achei que você tinha concordado em voltar à tarde. Foi por isso que eles deixaram você sair.

Oh, diabos, querida, eu diria qualquer coisa para me liberarem daquele lugar. Vamos logo. Antes que eles mudem de ideia. Onde está o seu carro?

Aqui na rua.

Vamos lá.

Tom Guthrie estava parado na calçada, à luz do sol, esperando por Raymond e Victoria perto da Igreja Metodista da Gum Street. Eles pararam, Raymond abriu a porta e Guthrie ajudou-o a sair do carro. Ele subiu na calçada, mas, quando Victoria abriu a cadeira de rodas, ele se recusou a usá-la, dizendo que iria andando. E então, com Victoria de um lado e Guthrie do outro, ele encaixou as muletas com borrachas embaixo dos braços e foi cambaleando pelo caminho largo até a igreja.

Do lado de dentro, o organista ainda não havia começado a tocar e não havia ninguém no templo. Eles seguiram lentamente pelo tapete do corredor central, entre as fileiras de bancos lustrosos de madeira, até o altar e o púlpito, Raymond pisando com cuidado, cabisbaixo, olhando para os pés; chegaram na frente e o velho foi se sentar no segundo banco, Victoria foi até o berçário, para tentar encontrar Maggie e Katie. Guthrie se sentou ao lado dele, e o velho já parecia exausto. Ele tirou o chapéu e o deixou a seu lado no banco. Seu rosto estava suado e ainda mais vermelho do que de costume, e por algum tempo ele simplesmente ficou sentado e respirou.

Você está bem?, perguntou Guthrie, olhando para ele.

Estou bem. Vou ficar bem.

Você não vai desmaiar, vai? Avise se você achar que vai.

Não vou desmaiar coisa nenhuma.

Ele ficou sentado respirando com a cabeça baixa. Algum tempo depois, ergueu os olhos e começou a esquadrinhar os objetos no templo silencioso — a gigantesca cruz de madeira presa à parede atrás do púlpito, os vitrais coloridos, por onde o sol entrava — e, então, ele viu que o caixão de seu irmão estava apoiado em um esquife com rodas no final do corredor central. O caixão estava fechado. Raymond olhou para o caixão por algum tempo. Então disse: Preciso sair daqui.

Aonde você vai?, perguntou Guthrie. Se você precisa de alguma coisa, deixe que eu trago.

Quero ver o que fizeram com ele.

Guthrie o deixou passar e Raymond segurou no banco da frente, erguendo-se do assento, encaixou as muletas, cambaleando pelo corredor, e parou ao lado do caixão liso. Pôs as mãos na madeira escura e sedosa e, então, tentou erguer a tampa, mas não conseguiu fazê-lo sem deixar as muletas caírem. Virou a cabeça para o lado. Tom, chamou. Você pode vir me ajudar com esse negócio maldito, por favor? Guthrie se aproximou, ergueu a tampa polida e a apoiou de lado. Ali, diante de Raymond, estava o corpo morto de seu irmão, estendido de costas, olhos fundos no rosto ceroso, olhos fechados para sempre sob as pálpebras de veias finas, seu cabelo grisalho e duro penteado rente ao crânio pálido. A funerária havia ligado para Victoria pedindo que levasse roupas apropriadas para vestirem nele, e ela encontrara o velho terno cinza de lã no fundo do armário dele, o único terno que ele teve na vida, e quando ela o trouxe, eles precisaram cortar o paletó na altura das costas, para vesti-lo.

Raymond ficou ali parado, olhando para o rosto do irmão. Suas sobrancelhas grossas haviam sido aparadas; em suas faces, haviam passado pó e maquiagem para encobrir os arranhões e as feridas, e haviam posto uma gravata em seu pescoço por baixo do colarinho da camisa. Ele não sabia onde haviam conseguido a gravata, pois não se lembrava de nenhuma gravata do irmão. E haviam dobrado as mãos do irmão sobre o peito, como se ele fosse ficar naquela pose otimista para sempre, mas apenas os calos grossos visíveis dos lados das mãos pareciam reais. Apenas os calos pareciam familiares e verossímeis.

Pode fechar de novo, disse ele a Guthrie. Esse daí não é mais ele. Meu irmão jamais permitiria ficar com essa aparência, nem por um minuto sequer, se estivesse vivo. Não se ainda tivesse força para impedir que o deixassem assim. Eu sei qual é a aparência do meu irmão.

Ele se virou, foi cambaleando de volta ao banco, sentou e colocou as muletas ao seu lado. Então, fechou os olhos e nunca mais olhou para o rosto morto do irmão.

As pessoas começaram a entrar na igreja. No mezanino, que ficava nos fundos da igreja, o organista começou a tocar, e Victoria e Maggie entraram, com Katie no colo da mãe. Juntas, elas se acomodaram ao lado de Raymond. O agente funerário e um assistente de terno preto idêntico iam acomodando as pessoas nos bancos de ambos os lados do corredor, levando todo mundo para a frente, mas não havia tanta gente na cerimônia, e apenas as cinco primeiras fileiras ficaram ocupadas. Antes de começar o serviço, o agente funerário veio até a frente, muito soturno, e abriu o caixão, para que, durante o serviço, as pessoas pudessem ver seu trabalho, e então o pastor entrou por uma porta lateral e cruzou o altar até o púlpito, saudando a todos em nome de Jesus, com uma voz carregada de solenidade e arrogância. Em seguida, vieram as orações e os hinos. O organista tocou *Blessed Assurance, Jesus Is Mine* e *Abide with Me: Fast Falls the Eventide*, e as pessoas cantaram junto, mas não muito alto. Quando a música acabou, o pastor começou a falar, em um tom sério, de um homem sobre o qual ele não sabia quase nada, mas ele achava Harold McPheron um bom homem, uma luz cristã para quem estava perto dele; do contrário, eles não estariam ali marcando sua passagem; de qualquer forma, era importante que todos se lembrassem de que um homem pode ser amado profundamente, mesmo que tenha sido amado por poucos, e ninguém ali presente deveria se esquecer disso. Sentada ao lado de Raymond, Victoria chorou um pouco, apesar da impropriedade e da ignorância daquilo que o homem estava dizendo, e Katie, a certa altura, ficou tão agitada que Raymond precisou estender o braço e pegá-la em seu colo, fazendo carinhos e sussurrando palavras em seu ouvido até ela se acalmar.

No final do serviço, Raymond, Victoria, Katie, Maggie e Guthrie foram bem lentamente até o corredor central. Raymond foi na frente, novamente com o chapéu na cabeça, como antes, mancando e cambaleando com suas muletas. Saíram e foram até os carros, que esperavam ao sol na calçada. Algum tempo depois, quando todos os presentes já tinham passado e olhado para o corpo, o agente e seu assistente empurraram o caixão fechado até o bagageiro do carro funerário. Então, seguiram todos os carros em lenta procissão com os faróis acesos em plena luz do dia, a caminho do cemitério, que ficava para o nordeste, a uns cinco quilômetros da cidade. Sentaram nas cadeiras dobráveis de metal sob o toldo montado ao lado da sepultura, o pastor disse mais algumas palavras, leu alguns trechos das Escrituras e rezou pela passagem segura da alma imortal de Harold à eternidade do céu. Em seguida, ele apertou a mão de Raymond. A essa altura, o vento soprou tão forte que os coveiros precisaram se agachar para fazer seu serviço, e desceram o caixão escuro para dentro da terra, ao lado de onde os pais dos McPheron haviam sido enterrados, mais de meio século antes.

Então, voltaram para a cidade e Raymond entrou novamente no carro de Victoria. Querida, agora você pode me levar para casa, disse.

Você não vai voltar para o hospital? Tem certeza?

Vou voltar para casa. Não vou a nenhum outro lugar.

Então, atravessaram a cidade e seguiram rumo ao sul, até a fazenda. Ele adormeceu assim que saíram de Holt e só acordou quando ela parou diante da cerca de arame. Ela o ajudou a entrar em casa, depois voltou para buscar Katie. Vou preparar o jantar rapidamente. Você precisa comer alguma coisa.

Vou descansar um pouquinho, disse ele.

Ela pegou o braço dele e o conduziu até o quarto contíguo à sala, onde Maggie Jones havia trocado a roupa de cama quatro dias antes, e ele se deitou na cama de casal que muitos anos antes fora de seus pais e que até recentemente tinha sido de Victoria. Ela ajeitou a perna dele sobre um travesseiro e o cobriu com uma manta. Quando você acordar, o jantar estará pronto, disse ela. Tente descansar um pouco.

Talvez eu durma agora, disse ele. Obrigado, querida.

Victoria foi até a cozinha e ele ficou deitado na velha cama macia de olhos fechados, mas logo os abriu outra vez, pois o sono não vinha, e ele se virou para olhar pela janela, depois se virou de novo e ficou olhando para o teto. Então, se deu conta de que aquele quarto ficava exatamente embaixo do quarto vazio de seu irmão, e ficou deitado embaixo da colcha olhando fixamente para o teto, perguntando-se como estaria o irmão nos confins do além. De alguma forma, devia haver gado e algum tipo de trabalho para o irmão fazer naquele céu livre, brilhante e desanuviado em meio aos bois. Ele sabia que o irmão não ficaria satisfeito se não fosse assim, se não houvesse gado. Rezou para que houvesse gado no céu, pelo bem do irmão.

19

Na semana seguinte ao enterro de Harold McPheron durante a primeira hora do início das aulas, a professora da primeira série do ensino fundamental da zona oeste de Holt reparou que havia algum problema com o garotinho que estava no meio da sala. Ele estava sentado de um modo peculiar, quase deitado, muito recostado na carteira, e brincava com a folha da lição que ela havia passado. Ela ficou observando o menino por algum tempo. As outras crianças estavam todas fazendo a tarefa em silêncio, inclinadas sobre suas folhas de papel, como muitos contadores em miniatura. Após algum tempo, ela se levantou de sua mesa, foi caminhando entre as fileiras, chegou até ele e parou a seu lado. Ele tinha o aspecto triste e raquítico de sempre, como um órfão perdido que tivesse aparecido na sala de aula por um infeliz acaso. O cabelo dele, comprido demais, despontava do colarinho sujo de sua camisa. Richie, disse ela, sente-se direito. Como você vai fazer o exercício assim? Vai prejudicar a sua coluna.

Quando ela pôs a mão no ombro dele para puxá-lo para a frente, ele quase pulou e se afastou de repente. O que foi? Qual é o problema?, perguntou ela. Ela se agachou ao lado dele. Havia lágrimas em seus olhos e ele parecia muito apavorado. O que foi? perguntou ela. Vamos lá fora um minuto.

Não quero.

Ela se ergueu e pegou o braço dele.

Não quero.

Mas eu estou pedindo para você vir comigo.

Ela o obrigou a ficar de pé e o levou em direção à porta, mas, ao passar, ele se agarrou ao pé da mesa e derrubou um dos livros da professora no chão com um baque surdo. Todos os outros alunos assistiam à cena.

Turma, disse ela. Continue trabalhando. Vocês todos, de volta à tarefa. Ela ficou olhando até todos abaixarem as cabeças sobre as carteiras, depois pegou o garoto por baixo dos braços e o puxou, enquanto ele resistia, esperneava e se agarrava à porta. Ela o levou até o corredor e se abaixou na frente dele, ainda o segurando.

Richie, o que aconteceu com você?, perguntou ela. Pare já com isso.

Ele negou com a cabeça. Estava olhando para o outro lado, na direção do corredor.

Eu quero que você venha agora aqui comigo.

Não.

Venha, por favor.

Ela se levantou e o levou pela mão em direção à sala da diretoria pelo corredor de cerâmica vazio, passou pelas outras classes, com as portas fechadas para que o barulho e os murmúrios não fossem audíveis. Você está doente?, perguntou ela.

Não.

Mas alguma coisa está errada. Estou preocupada com você.

Quero voltar para a sala de aula, disse ele. Ele olhou para ela. Agora eu vou fazer a tarefa.

Não estou preocupada com isso, disse ela. Vamos ali falar com a enfermeira. Acho que a enfermeira precisa dar uma olhada em você.

Ela o levou até uma salinha ao lado da diretoria, onde havia uma cama de armar estreita junto à parede, em frente a um armário de metal com as portas trancadas.

A enfermeira estava sentada a uma mesa na parede dos fundos.

Não sei o que ele tem, disse a professora. Ele não quer me dizer. Achei melhor você dar uma olhada nele.

A enfermeira se levantou, deu a volta e pediu que ele se sentasse na cama de armar, mas ele não quis. A professora saiu e voltou à sala de aula. A enfermeira se inclinou sobre ele e pôs a mão em sua testa. Não parece que você esteja com febre, disse. Ele olhou para ela com seus grandes olhos marejados. Agora você pode abrir bem a boca, por favor? Ela passou o braço em volta dele, e ele se esquivou. Ora, o que foi? Está com medo de mim. Eu não vou te machucar.

Não, disse ele.

Preciso examinar você.

Ele virou a cabeça para o outro lado, mas ela o puxou para perto e examinou o rosto dele, olhou rapidamente em suas orelhas e apalpou seu pescoço. Em seguida, levantou a camisa dele para sentir se ele estava com febre e, então, encontrou os hematomas escuros nas costas e abaixo da cintura.

Ela olhou bem para ele. Richie, perguntou ela. Alguém fez isso em você?

Ele parecia apavorado e não queria responder. Ela o virou de costas e baixou as calças e a cueca do menino. Seu traseiro magro estava cheio de lanhos de um tom vermelho-escuro. Em alguns lugares, além das marcas, havia sangue coagulado.

Ai, meu Deus, disse ela. Não saia daí.

Ela saiu, entrou na sala ao lado e voltou imediatamente com o diretor. Mostrou as marcas a ele, levantando a camisa do menino. Eles começaram a fazer perguntas à criança, que estava chorando e negando com a cabeça, e não dizia uma palavra. Finalmente, eles chamaram a irmã dele, da quinta série, e perguntaram o que havia acontecido com o irmão. Joy Rae disse: Ele caiu do escorregador no parque. Foi um acidente.

O senhor pode sair um minuto?, pediu a enfermeira ao diretor.

Está bem, respondeu ele. Mas me avise. Precisamos fazer um relatório.

Vamos descobrir o que está acontecendo aqui.

O diretor saiu e, então, a enfermeira disse: Posso examinar você agora, Joy Rae?

Não tem nada de errado comigo.

Então pode me deixar ver, não é?

Você não precisa ver nada.

É só um minuto. Por favor.

De repente, a menina começou a chorar, cobrindo o rosto com as mãos. Não, disse ela. Não quero. Não tem nada de errado comigo.

Querida, não vou machucar você. Eu prometo. Preciso olhar, é só olhar. Preciso examinar você. Por favor, você deixa?

A enfermeira se virou para o irmãozinho. Agora, eu quero que você espere no corredor um minuto, precisamos ficar sozinhas. Ela o levou para fora e disse para ele esperar perto da porta.

Depois ela voltou para a sala e segurou a menina delicadamente pelos ombros. Não vai demorar nada, querida, prometo, mas preciso examinar. Lentamente, ela virou a menina. Joy Rae ficou parada, soluçando, com as mãos no rosto, enquanto, atrás dela, a enfermeira desabotoou o vestido azul e baixou sua calcinha, e o que ela viu no traseiro magro de Joy Rae foi ainda pior do que o que vira no irmãozinho.

Oh, querida, disse a enfermeira. Eu seria capaz de matar quem fez isso. Olhe só o que fizeram.

Uma hora depois, quando Rose Tyler, do Departamento de Serviço Social, entrou na sala da enfermeira, as duas crianças ainda estavam ali, esperando por ela. Haviam trazido refrigerante, biscoitos e dois ou três livros para ficarem folheando. E, logo depois que Rose chegou, um jovem policial, enviado pelo xerife, do tribunal do condado de Holt, entrou e posicionou um gravador. As duas crianças olharam para ele aterrorizadas. Ele conversou com elas, mas seus esforços não adiantaram muito. Elas o olhavam fixamente com os olhos esbugalhados e, quando ele não estava vendo, seus olhos caíam no grosso cinto de couro, no revólver e em seu cassetete. Rose Tyler teve mais sucesso em suas tentativas de diálogo, pois as crianças já a conheciam, e ela conversou com elas em voz baixa e em um tom delicado. Ela explicou que não aconteceria nada com elas, mas ela, o policial, a enfermeira e as professoras estavam todos preocupados com sua segurança. Tratava-se apenas de responder a algumas perguntas. Elas estavam entendendo. Pediu ao policial que saísse da sala e fotografou seus hematomas e as feridas, e depois, quando o policial voltou, começaram a entrevista, com Rose fazendo a maioria das perguntas. Para não influenciar as crianças e permitir que contassem a história com suas próprias palavras, eles evitaram perguntar coisas específicas demais, mas não adiantou, as crianças mostravam-se muito relutantes em falar qualquer coisa. Ficaram de pé, incomodamente na beira da cama, lado a lado, olhando para o chão, mexendo as mãos freneticamente, e foi Joy Rae quem falou pelos dois, embora, no início, ela também não tivesse respondido a muitas perguntas. Em geral, ela ficava em silêncio, com uma expressão de ressentimento e desafio. Aos poucos, contudo, ela foi começando a falar. E então acabou se abrindo.

Mas por quê?, disse Rose. O que o levaria a querer fazer isso com você?

A menina deu de ombros. A gente não arrumou a casa.

Quer dizer que ele esperava que vocês limpassem a casa?

Sim.

Vocês sozinhos? Só vocês dois?

Sim.

E vocês arrumaram? O trailer inteiro?

A gente tentou.

E foi só isso, querida? Alguma outra coisa que o deixou irritado?

A menina olhou para Rose, depois tornou a baixar os olhos. Ele disse que eu respondi a ele.

Foi isso que ele disse?

Foi.

E você acha que respondeu?

Isso não faz diferença. Ele disse que eu respondi.

Rose anotou em seu caderno e, depois de terminar, olhou para as duas crianças, olhou para o policial e, subitamente, sentiu que corria o risco de cair no choro e não parar mais. Ela já tinha visto tantos problemas no condado de Holt e todos esses problemas se haviam acumulado, instalando-se em seu coração. Mas aquele problema a deixara arrasada. Jamais conseguira ser insensível a nenhum desses problemas. Tentara, mas não conseguira. Ela olhou para as duas crianças dos Wallace, observou-as por um instante, e começou novamente a fazer perguntas à menina. Querida, disse, onde estavam a sua mãe e o seu pai quando isso aconteceu, enquanto isso estava acontecendo?

Eles estavam lá, respondeu a menina.
Eles estavam no mesmo aposento?
Não. A gente estava no banheiro.
Eles estavam na mesma sala quando ele começou a falar com você?
Estavam.
Mas eles não estavam no banheiro quando ele bateu em vocês?
Não.
Onde eles estavam?
Na sala da frente.
E o que eles estavam fazendo?
Não sei. A mamãe estava chorando. Ela queria que ele parasse.
Mas ele não parou? Ele não fez o que ela pediu?
Não.
Onde estava o seu pai? Ele tentou fazer alguma coisa?
Ele estava berrando.
Berrando?
Sim. No outro quarto.
Entendi. E você e o seu irmão estavam com ele no banheiro, ao mesmo tempo?
Não.
Ele levou vocês ao banheiro separadamente?
Joy Rae olhou para o irmão. Ele foi primeiro, disse ela. Depois, eu.

Rose olhou bem para a garota e para seu irmãozinho, depois balançou a cabeça e voltou o olhar para o corredor, imaginando como a garota devia ter se sentido ouvindo o irmão gritar atrás da porta do banheiro, o terror pelo que lhe aconteceria, e o rosto do homem ficando cada vez mais vermelho. Ela anotou outra vez em seu caderno. Então olhou para eles. Mais alguma coisa que você gostaria de nos dizer?

Não.

Nada mesmo?
Não.
Então, está bem. Obrigada por nos contar tantas coisas, querida. Você é uma menina muito corajosa.
Rose fechou o caderno e se levantou.
Mas você não vai contar para ele, não é?, perguntou Joy Rae.
Você quer dizer ao tio da sua mãe?
Sim.
O policial certamente vai querer falar com ele. Ele arranjou um problema sério. Isso, eu posso lhe prometer.
Mas você não vai dizer o que nós dissemos, vai?
Tente não se preocupar com isso. Vocês estão fora de perigo. A partir de agora, vocês estarão protegidos.

Rose Tyler e o jovem policial foram em carros separados em direção à zona leste de Holt, até o trailer dos Wallace, na Detroit Street. As ervas daninhas que cercavam o trailer estavam todas secas e empoeiradas, o inverno estava chegando, e tudo parecia sujo e desmazelado. Ainda assim, o sol brilhava. Eles foram até a porta juntos, bateram e esperaram. Algum tempo depois, Luther abriu a porta e parou na entrada, protegendo os olhos com a mão. Usava calça de moletom e camiseta, mas estava sem sapatos. Podemos entrar?, perguntou Rose. Luther olhou para ela. Precisamos conversar em particular.
Sim. Claro. Entrem, disse ele. Está tudo desarrumado aqui.
Meu bem, gritou ele para dentro de casa. Temos visita.
Rose e o policial entraram atrás dele. Havia um cheiro rançoso de doces, fumaça de cigarro e algo podre.
Betty estava estendida no sofá, afundada em almofadas e envolta por um velho cobertor verde. Não estou me sentindo muito bem, disse ela.
Você ainda está com dor de estômago?, perguntou Rose.
Dói o tempo inteiro. Nem consigo dormir.
Vamos precisar marcar outra consulta com o médico.
Mas eu queria saber de uma coisa. Seu tio está em casa?
Não. Ele não está aqui agora.

Ele está no bar, disse Luther. Ele vai lá quase todo dia. Não é mesmo, meu bem?

Ele vai todo dia.

Precisamos falar com ele, disse Rose. A que horas ele volta, vocês sabem?

Não dá para saber. Às vezes ele só volta à noite.

Acho que vou procurá-lo, disse o policial. Conversaremos mais tarde, disse ele a Rose, em seguida, foi embora.

Depois que ele foi, Rose sentou no sofá ao lado de Betty, fez um carinho no braço dela e sacou seu caderno. Luther entrou na cozinha, serviu-se de um copo de água, voltou e se sentou em sua poltrona estofada.

Você sabe por que o policial e eu viemos aqui hoje?, perguntou Rose. Sabe por que eu preciso conversar com você?

Os meus filhos, respondeu Betty. Não é?

Isso mesmo. Você sabe o que aconteceu, não sabe?

Sei, respondeu Betty. Seu rosto se franziu e ela parecia muito triste. Mas a gente não queria que ele fizesse isso, Rose. A gente não queria, jamais.

Ele não quis nem saber, disse Luther.

Mas vocês não podem deixar que ele maltrate suas crianças, disse Rose. Você deve ter visto o que ele fez com elas. É muito grave. Você não viu?

Eu vi depois. Tentei passar um creme para mãos. Achei que podia melhorar.

Mas você sabe que ele não pode ficar aqui depois de fazer uma coisa dessas. Você não entendeu? Você precisa mandá-lo embora.

Rose, ele é meu tio. Ele é o irmão caçula da minha mãe.

Eu sei disso. Mas , mesmo assim, ele não pode ficar aqui. Não importa quem ele seja. Você sabe muito bem disso.

Eu tentei impedir, disse Luther. Mas ele falou que ia quebrar a minha cara. Que ia pegar a mesa da cozinha e jogar em cima de mim se eu não ficasse quieto.

Ah, eu não acredito que ele vá fazer algo assim. Como ele conseguiria?

Foi o que ele disse. E sabe o que eu falei?
O quê?
Falei que eu também podia arranjar uma faca.
Pois é melhor você tomar cuidado com isso. Isso só vai piorar a situação.
O que mais você queria que eu fizesse?
Isso, não. Deixe que nós vamos cuidar disso.
Mas, Rose, disse Betty, eu amo os meus filhos.
Eu sei que você ama, disse Rose. Ela se virou para Betty e segurou sua mão. Eu acredito nisso, afirmou Rose. Mas você precisa melhorar. Se você não fizer nada, eles serão tirados de você.
Oh, não, Betty exclamou. Oh, Deus. Oh, Deus. O cobertor caiu de seus ombros no chão, ela esticou a mão livre e começou a arrancar os cabelos. Já levaram a minha Donna embora, exclamou, e então começou a chorar. Eles não podem me tirar mais.
Betty, disse Rose. Ela a puxou pelo braço. Betty, pare com isso e me escute. Acalme-se. Não estamos tirando os seus filhos de você. Não queremos jamais que algo assim aconteça. Só estou tentando fazer você entender como isso é sério. Você precisa fazer diferente agora. Você precisa mudar o que está fazendo.
Betty enxugou o rosto. Seus olhos ainda estavam úmidos e infelizes. Eu faço qualquer coisa que você disser, Rose, eu vou fazer. Só não tire os meus filhos de mim. Por favor, não faça isso.
E você, Luther? Você está disposto a fazer algumas mudanças também?
Oh, sim, senhora, respondeu ele. Vou mudar agora mesmo.
Certo. Bem, vamos ver se vai mesmo. Seja como for, vocês podem começar fazendo algumas aulas no grupo de pais à noite, na Assistência Social. Vou inscrevê-los. E virei visitá-los pelo menos uma vez por mês, para ver como vocês estão. Não vou avisar quando, simplesmente vou aparecer aqui. Além disso, vou vê-los no escritório, quando forem retirar os cupons de alimentação. Mas a primeira coisa, a coisa mais importante, é que vocês precisam prometer que não o deixarão ficar aqui. Vocês entenderam o que eu estou dizendo, não é?
Sim, senhora.

Vocês prometem?

Sim, respondeu Betty. Prometo.

Só espero que ele não quebre a minha cara, disse Luther. Assim que ele souber que falamos dele aqui hoje

Quando o policial entrou no longo salão escuro e obsoleto do Holt Tavern, na esquina da Main Street com a Third, Hoyt Raines estava lá nos fundos, jogando bilhar, apostando moedas de vinte e cinco centavos com um velho, e já havia começado a beber. Um copo de cerveja com espuma estava sobre a mesinha vizinha à mesa de bilhar, com um copinho vazio de destilado ao lado e um cigarro aceso no cinzeiro de lata. Hoyt estava inclinado sobre a mesa quando o policial entrou.

Raines?

Sim?

Preciso falar com você.

Pode falar. Não tenho como te impedir.

Vamos lá fora.

Para quê? Do que se trata?

Vamos lá fora comigo, disse o policial. Eu explico na delegacia.

Hoyt olhou para ele. Ele se inclinou sobre o taco, preparou sua tacada, encaçapou a bola sete e disse para ninguém: Oh, rapaz. Carambolas! Ele parou, deu a volta na mesa, bebeu um gole de sua cerveja e tragou seu cigarro.

Vamos, Raines, disse o policial.

Você ainda não me disse do que se trata.

Eu já disse que explico quando chegar lá.

Diga logo agora.

Você não vai querer que essas pessoas fiquem sabendo o que eu vou dizer.

O que diabos você quer dizer com isso?

Você vai ficar sabendo na delegacia. Agora vamos.

O velho se recostara na parede, olhava ora para o policial, ora para Hoyt, e o barista limitou-se a ficar olhando do outro lado do balcão.

Bem, só podem ser aqueles merdas desgraçados... disse Hoyt.

Estou aqui jogando bilhar. Bebeu mais um gole. Olhou para o velho. Você me deve esse jogo, e o anterior.

Ainda não acabou, disse o velho.

Ah, acabou sim. Está praticamente acabado.

Eu ia virar agora.

Você ia virar o seu rabo, isso sim.

E, com essa, ficaríamos empatados.

Escute aqui, seu velho filho de uma puta. Não existe nenhuma chance de você virar esse jogo e você ainda me deve o primeiro.

Vamos embora, disse o policial. Agora.

Estou indo. Mas ele está me devendo. Todo mundo viu. Ele está me devendo. Vou voltar à tarde.

Ele terminou o resto da cerveja, deixou o copo na mesa e tragou mais uma vez seu cigarro, antes de apagá-lo. Depois saiu andando na frente do policial. Na calçada, ele disse: Você veio de carro?

Está esperando por você, virando a esquina.

Eles deram a volta até a Third Street, entraram no carro e o policial dirigiu por dois quarteirões até a vaga reservada na extremidade leste do tribunal do condado. Conduziu Hoyt pelos degraus de concreto até à sala do xerife no subsolo, de onde eles o levaram por trás da recepção até uma mesa e o acusaram de abuso de menores e leram seus direitos. Então, eles o ficharam e tiraram suas digitais. Em seguida, levaram-no por um pequeno corredor até uma salinha sem janelas. Depois de fazê-lo sentar à mesa, o policial que o trouxera ligou o gravador, enquanto outro policial ficou apoiado na porta, assistindo.

Ele alegou que estava ensinando as crianças a ter disciplina. Não tentou negar nada. Ele se julgava com razão no caso. Disse-lhes que era a coisa certa a fazer. Disse que estava colocando um pouco de ordem na vida daquelas crianças. Agora, a que horas eu posso ir embora?, perguntou ele.

Haverá uma audiência sobre a fiança dentro de setenta e duas horas, respondeu o policial. O que você usou para chicoteá-los?

O quê?

Você os chicoteou com alguma coisa. O que era?

Deixe-me perguntar uma coisa. Você já viu essas crianças? Andando pela cidade? Elas precisam de disciplina, você não acha? E você acha que os pais algum dia farão algo a esse respeito? Pois eu acho que não. Eles nem saberiam o que fazer. Nem saberiam por onde começar. Então eu fiz um favor a eles. A todos eles. Algum dia eles vão me agradecer por isso. É preciso ter disciplina e ordem nesta vida, não é verdade?

É isso o que você pensa? Você acredita nisso?

Pode apostar que sim.

E você acha que uma menina de onze anos e um menino de seis precisam ser abusados fisicamente para aprender a ter disciplina?

Nem machucou. Eles vão superar.

Por enquanto, eles estão muito machucados. Eles não parecem nada bem. Temos fotos para provar. Há quanto tempo você vem fazendo isso com eles?

Do que você está falando? Foi só agora. Só uma vez. Não é algo que eu goste de fazer. É isso que você está pensando?

Você tem certeza disso?

Sim. Tenho certeza. O que eles falaram de mim?

Quem?

As crianças. Você falou com elas, não falou?

O que você usou para bater nelas?

Você insiste em bater nessa tecla.

Exatamente. Ainda não ouvi sua resposta. Diga o que você usou.

Que diferença isso faz?

Isso é o que nós veremos.

Está bem. Usei o cinto.

O seu cinto?

Isso mesmo.

Este que você está usando agora?

Eu não usei a fivela. Ninguém pode me acusar de bater com a fivela. Foi isso que eles falaram?

Ninguém falou nada. Nós estamos lhe perguntando agora. Não estamos falando com mais ninguém agora. Estamos falando com você. Você usou mais alguma coisa, não usou?

Talvez eu tenha usado as mãos algumas vezes
Você bateu neles com as mãos.
Talvez, sim.
Você está falando que usou os punhos? É isso que você está dizendo?
Hoyt olhou para ele, depois para o outro policial. Posso fumar aqui?, perguntou.
Você quer fumar?
Quero.
Pois então fume. Pode fumar.
Não tenho cigarro. Ficaram lá na recepção. Posso pegar um de vocês?
Acho que não.
Então posso comprar um seu?
Você tem dinheiro aí?
Você quer dizer aqui comigo? Do que você está falando? Vocês esvaziaram os meus bolsos quando me trouxeram para cá. Você sabe muito bem disso.
Então, acho que você não teria como comprar nenhum cigarro, não é mesmo?
Hoyt balançou a cabeça. Jesus Cristo. Que babaca!
Como é que é?, indagou o policial, aproximando-se da mesa. Você disse alguma coisa?
Hoyt desviou os olhos. Eu estava falando comigo mesmo.
É um mau hábito. E esse seu mau hábito pode lhe causar um mundo de problemas.

Quando os policiais do condado de Holt terminaram de interrogá-lo naquele dia, levaram-no de volta pelo pequeno corredor até a dupla fileira de celas. Havia seis no total, três de cada lado, e fediam a urina e vômito. Hoyt entrou na cela que lhe indicaram e sentou no catre. Algum tempo depois, recostou-se e dormiu.
No dia seguinte, no andar de cima, no tribunal, o juiz definiu sua fiança em quinhentos dólares. Hoyt tinha pouco menos de cinco dólares, não mais que isso. Então, eles o levaram de volta à cela no subsolo e lhe deram um macacão cor de laranja escrito

PENITENCIÁRIA DO CONDADO DE HOLT, em letras pretas serigrafadas.

Depois descobriu-se que a próxima sessão de apelações daquele distrito remoto seria dali a um mês, uma vez que ocorrera uns três dias antes, de modo que Hoyt precisaria ficar preso até a data de sua apelação. Quando ficou sabendo disso, ele amaldiçoou a todos e exigiu falar com o juiz.

Um dos policiais que estava por perto disse: Raynes, cale essa maldita boca. Ou eles vão mandar alguém vir fechar essa matraca.

Eles que experimentem, disse Hoyt. Vamos ver como vai acabar.

Continue assim, espertalhão filho da puta, disse o policial. E pode ser que alguém venha fazer algo além de experimentar.

Parte Três

20

Enfim, ele estava sozinho agora, sozinho como nunca antes na vida.

Ele e o irmão viviam quase trinta quilômetros ao sul de Holt, e haviam ficado sozinhos desde o dia em que, ainda adolescentes, descobriram que seus pais haviam morrido na caminhonete deles, um Chevrolet, num acidente na estrada suja de óleo, a leste de Phillips. Mas eles haviam ficado sozinhos juntos, e juntos tinham feito todo o trabalho que havia para fazer e comido e conversado e tomado as decisões juntos, e à noite eles iam dormir na mesma hora e de manhã acordavam ao mesmo tempo e saíam para mais um dia de trabalho, sempre um na presença do outro, sempre como se fossem um casal antigo, ou gêmeos que jamais poderiam viver longe um do outro, pois ninguém sabia o que poderia acontecer se fossem separados.

Mais tarde na vida, quando eles já estavam velhos, depois de uma série de circunstâncias insólitas, Victoria Roubideaux, a adolescente grávida, viera morar com eles, e sua vinda mudara a vida dos irmãos para sempre. Na primavera do ano seguinte, ela deu à luz a garotinha, e sua chegada mudara tudo outra vez. Aos poucos, eles se acostumaram à presença daquelas novas pessoas em suas vidas. Acostumaram-se ao modo como as coisas haviam mudado e começaram a gostar tanto dessas novas mudanças que quiseram que elas continuassem da mesma forma, dia após dia. Porque começavam a sentir que cada dia seria um bom dia, como se a nova ordem de coisas fosse o que eles sempre tinham desejado, mesmo que eles jamais tivessem sabido ou previsto isso de antemão. Depois, a garota terminara a escola e se mudara para Fort Collins, para fazer faculdade, e eles sentiram sua falta, ficaram com muitas saudades dela e da filhinha, porque, desde a partida das duas, para eles dois, foi como se tivessem sido privados de algo elementar ou essencial, como o próprio ar. Mas ainda puderam continuar conversando com a garota ao telefone e aguardavam ansiosamente por seu retorno nas férias e novamente no começo do verão, e de todo modo eles dois ainda podiam contar um com o outro.

Agora, o irmão estava enterrado no túmulo ao lado de seus pais, no cemitério do condado de Holt, ao nordeste da cidade.

Nos dias e nas semanas que se seguiram ao funeral, foi quase impossível convencer Victoria de que ela deveria voltar à faculdade. Ela não queria deixar Raymond sozinho, não na situação em que ele estava. Dizia que ele precisava da ajuda dela. Agora era a hora de ela ajudá-lo, assim como ele e o irmão a haviam ajudado dois anos atrás, quando ela se encontrara sozinha e sem rumo.

Então, ela ficou com ele pelo resto do mês de outubro e a maior parte de novembro. Depois, uma noite, no domingo seguinte ao Dia de Ação de Graças, depois do jantar, estavam sentados à mesa quadrada de pinho na cozinha, e Raymond disse:

Mas você precisa viver sua vida, Victoria. Você precisa ir embora.

Eu estou vivendo minha vida, respondeu ela. E a minha vida é aqui. Graças a você e ao Harold. Onde você acha que eu estaria sem vocês dois? Talvez eu ainda estivesse em Denver ou vivendo na rua. Ou com o Dwayne, no apartamento dele, o que seria ainda pior.

Bem, eu continuo muito feliz porque você voltou. Nunca vou esquecer isso. Mas você tem que seguir em frente agora e fazer o que disse que queria fazer da vida.

Isso foi antes da morte do Harold.

Eu sei, mas o Harold iria querer que você seguisse com a sua vida. Você sabe que essa seria a vontade dele.

Mas eu estou preocupada com você.

Estou bem. Continuo o mesmo velho tolo, mas muito resistente.

Não, você não está bem. Você acabou de tirar o gesso. Ainda está mancando.

Talvez um pouquinho. Mas isso não importa.

E o senhor Guthrie parou de vir ajudá-lo, como costumava fazer antes.

Eu falei para ele não vir mais. Já consigo me virar sozinho. Ele vai voltar quando eu precisar dele. Raymond olhou para a garota do outro lado da mesa, estendeu o braço e acariciou a mão dela. Você simplesmente precisa ir, querida. Está tudo bem agora.

Bem, eu sinto como se estivesse tentando se livrar de mim.

Não. Ora, nem pense nisso. Você vai voltar no verão e em todos os feriados até lá. Eu conto com isso. Eu ficaria chateado se você não fizesse isso. Entre nós há uma ligação que durará pelo resto da vida. Você não acha?

Ela olhou para ele fixamente por um longo tempo. Então, tirou a mão de debaixo da mão do velho, levantou-se e começou a tirar a mesa.

Raymond ficou olhando para ela. Você deve estar brava comigo agora, Victoria, disse ele. Acho que você está. É isso?

É melhor você nem tentar me convencer a ficar longe de casa.

Ora, Jesus amado, querida. Eu não tentaria convencer você de nada se houvesse outro jeito. Você não percebe? Vou ficar aqui solitário como um cachorro velho, sem você e a Katie.

Ela tirou os pratos, as travessas, os copos, os talheres, levou tudo para a bancada e jogou tudo dentro da pia. Um dos copos se quebrou. Ela cortou o dedo e ficou parada na pia, com os olhos escuros cheios de lágrimas. Seus cabelos pretos grossos caíram em seu rosto. Victoria era delicada, linda e muito jovem. Raymond se levantou da cadeira e parou ao lado dela, apoiando os braços em seus ombros.

E eu não estou chorando por ter quebrado esse copo, disse ela. Não vá pensar que é isso.

Oh, eu sei disso, querida, disse ele. Mas agora vamos lavar esses pratos antes de bagunçar as coisas ainda mais.

Eu não estou gostando disso, disse ela. Não me importa o que você diga.

Eu sei, disse ele. Cadê aquela esponja de prato? Vou lavar a louça.

Não. Você vai descansar, e sair daqui. Pelo menos a louça eu vou lavar. Vá para a sala e leia o seu jornal. É o mínimo, você não pode me impedir de lavar a louça.

Mas você sabe que o certo seria ir embora, não sabe?

Ela olhou para ele. Raymond estava analisando o rosto dela, seus olhos azuis muito claros estavam olhando fixamente para ela, com evidentes bondade e afeição. Mas eu não sou obrigada a gostar disso, disse ela.

Eu também não gosto, retrucou ele. Mas nós dois sabemos que precisa ser assim. Acho que não importa o que a gente quer. As coisas são assim mesmo.

Ela começou a lavar os pratos, e ele voltou para a sala e se sentou para ler em uma das duas poltronas reclináveis. No dia seguinte, eles puseram as malas dela no carro e ela voltou para Fort Collins com a filha. Ela voltou para o apartamento e, à tarde, foi procurar seus professores para saber como repor as aulas perdidas. Ela ficara muito mais atrasada nas atividades da turma do que havia considerado. Decidiu abandonar duas matérias e tentar alcançar a turma em outras três.

E, ao mesmo tempo, no condado de Holt, Raymond sentia-se completamente sozinho em sua velha casa cinzenta no interior. Não havia mais ninguém com quem conversar. Ele começou a sentir saudades da garota assim que ela foi embora. Sentia saudades do irmão. Era como se ele não soubesse para onde olhar ou o que pensar. Todos os dias ele se exauria de tanto trabalhar e voltava à noite exausto, cansado demais para cozinhar, de modo que apenas esquentava comida em lata. E, no lado de fora, o vento soprava constantemente e, das árvores, chegava o canto dos pássaros. De vez em quando, dava para ouvir o mugido dos bois e o relincho dos cavalos, todos esses ruídos que vinham dos pastos e dos cercados à noite chegavam até a casa. Raymond não tinha outras coisas para ouvir ou em que prestar atenção. Não ligava o rádio. Na televisão, só assistia ao noticiário das dez e à previsão do tempo para o dia seguinte.

21

Depois de sair da escola, ela pediu que ele voltasse para casa junto com ela pelo parque, entre as pilhas de folhas secas dos olmos, cruzando os trilhos que sumiam a distância para leste e para oeste, em longas faixas prateadas; e, quando chegaram, Dena lhe pediu para entrar e ele aceitou e, assim que eles entraram, viram que a mãe dela estava fora de si. Mary Wells havia piorado muito ultimamente.

Naquela tarde, quando Dena entrou em casa e a procurou, ela estava sentada em seu quarto na cama desfeita, fumava um cigarro e bebia gim em uma xícara de café, olhando pela janela com o olhar perdido, na direção do gramado invernal e das árvores escuras e desfolhadas da trilha do quintal dos fundos. Já cheguei, mamãe, disse Dena.

A mãe ergueu os olhos, levantando lentamente o rosto, como se estivesse despertando de algum sonho. É você?, perguntou ela.

Sim. O DJ está aqui comigo.

Seria bom vocês comerem alguma coisa.

O que tem?

Acho que ainda tem bolacha salgada. Cadê a Emma?

Ela está aqui também.

Cuide dela, por favor. Não vai te matar.

Mamãe, o DJ está aqui também.

Eu sei. Você já disse. Agora vai.

Mamãe, você precisa fumar?

Sim, preciso. E feche a porta ao sair. Não se esqueça da sua irmã.

Ela atrapalha.

Você ouviu o que eu disse.

A mulher saiu e os três em pé na cozinha passaram manteiga de amendoim nas bolachas salgadas, Dena encontrou um único copo limpo no armário e todos beberam leite do mesmo copo. Quando terminaram, ela disse: Vamos lá para fora.

Está frio lá fora, disse DJ.

Não está tão frio assim.

E eu?, perguntou Emma.

Você pode ficar em casa vendo televisão.

Não quero ver televisão.

Não dá para você vir com a gente. Vamos, disse ela. Se a gente quiser ir, é melhor sair agora.

No barracão do final da trilha de cascalho estava frio e começava a escurecer. Eles abriram o ferrolho, entraram e acenderam as velas, projetando uma suave luz amarelada na prateleira atrás deles e no carpete florido, e o bruxuleio chegava difusamente nos cantos gélidos e escuros. Eles se sentaram à mesa um de frente para o outro e se enrolaram em velhos cobertores.

Eu comecei da última vez, disse ela.

Acho que não.

Sim, fui eu.

Acho que eu fui o último.

Não, fui eu.

Ele pegou os dados e os jogou sobre o tabuleiro, então contou os movimentos e avançou sua peça sete casas.

Pronto, disse ela. Você me deve quinhentos dólares.

Deixa eu ver.

Ela mostrou a carta com os detalhes impressos, mostrando o valor em dólares caso alguém ocupasse a propriedade.

Está bem, disse ele. Ele tirou o elástico de seu maço de cédulas cor-de-rosa, verdes e amarelas, contou sobre a mesa e as estendeu para ela. Quando foi que ela começou a fumar?, perguntou o menino. Eu não sabia que ela fumava.

Quem?

A sua mãe!
Ela começou agora. A casa agora fica fedendo a cigarro.
Você podia trazer uns cigarros dela depois.
Para quê?
Para a gente fumar aqui.
Eu não quero. Ela olhou para ele primeiro e depois para o tabuleiro, recolheu os dados e os jogou, avançando nove casas.
Conta outra vez, disse ele.
Está certo.
Você passou pelo meu.
Eu sei. Eu vou pagar. Quanto é?
Ele olhou suas cartas e encontrou a certa. Quatrocentos dólares, respondeu ele.
Ela contou o dinheiro e ele guardou no banco. Agora é você, disse.
Ele jogou. Andou até a esquina do tabuleiro e tirou duzentos dólares do banco.
Você quer comprar?
Não tenho dinheiro suficiente.
Quer pedir emprestado ao banco? Você pode hipotecar.
Não gosto de hipoteca.
Então, o que você vai fazer? Decida.
Estou pensando. Ele olhou para ela. O seu pai nunca mais vai voltar?
Não sei. Talvez. Mas eu posso ir para lá.
Para o Alasca?
Por que não?
Eu gostaria de ir para o Alasca.
É frio, disse ela. Mas lá é diferente.
Como assim?
É diferente. Não é como aqui. O meu pai falou que você sempre precisa tomar cuidado com o que está fazendo lá. Caso contrário, pode morrer congelado. E lá eles têm ursos pardos de Kodiak.
Você vai jogar ou não?
Ela jogou os dados e contou suas casas.

Agora você caiu na minha.
Eu sei. Quanto é?
Duzentos dólares.
Só isso? Essa é fácil. Ela jogou as notas para ele. As notas deslizaram pelo tabuleiro como folhas amarelas e ele as guardou.
Lá no Alasca, no inverno, é sempre escuro, disse ele. Quase não tem luz no inverno.
Não no inverno inteiro, não.
Na maior parte do inverno, disse ele. Por uns quatro meses.
Isso não importa, disse ela. Talvez eu vá mesmo assim. Agora é a sua vez.

Toda tarde eles iam para o barracão depois da aula, sentavam, conversavam, jogavam jogos de tabuleiro e cartas e ficavam ali com as velas acesas, enrolados em cobertores. E, no final de uma dessas tardes, nos últimos dias de novembro, eles voltaram para a casa de Dena no frio e no escuro, e a mãe estava sentada com um homem na cozinha. Estavam bebendo cerveja diretamente das garrafas verdes e fumando cigarros do mesmo maço. Mary Wells havia passado batom pela primeira vez em semanas, e metade dos cigarros no cinzeiro estava manchada de sua boca vermelha. Ela os ouviu entrando pela porta da frente. Venha aqui, Dena, chamou ela. Eu quero que você conheça uma pessoa.

Eles entraram na sala e Mary Wells disse. Este aqui é o Bob Jeter. Ele é amigo da mamãe. Eu quero que vocês se conheçam.

Bob Jeter tinha um rosto magro, bigode e cavanhaque escuro. O cabelo loiro era muito mais claro que a barba e dava para ver a careca rosada brilhando por baixo do cabelo sob a luz da cozinha.

A sua mãe não tinha dito que você era uma mocinha tão bonita, disse ele.

Ela olhou para ele.

Você não vai desejar boa-tarde?, perguntou a mãe.

Boa tarde.

E quem é esse?, perguntou Bob Jeter.

Ele é o nosso vizinho, DJ Kephart.

DJ. Muito bem, DJ, como vão as coisas lá na rádio?

O menino olhou para ele e desviou o olhar. Não sei do que você está falando.

Certo, disse Mary Wells. Já chega. Agora vocês podem sair.

Quando voltaram para a sala, DJ sussurrou: Quem é ele?

Não sei, respondeu a menina. Nunca vi esse homem antes. Não sei quem ele é.

À noite, depois do jantar, depois de Bob Jeter ir embora, Dena perguntou à mãe: O que esse homem estava fazendo aqui? A mãe parecia cansada agora. A vivacidade aparente de antes havia sumido. É um amigo meu, respondeu.

O que ele quer aqui?

Ele é um amigo, como eu disse. Ele é vice-presidente do banco. Ele empresta dinheiro às pessoas. Outro dia eu estava conversando com ele sobre nossa situação, já que o seu pai não vai mais voltar.

Talvez ele volte.

Duvido. Ninguém mais quer que ele volte agora.

Eu quero que ele volte.

Você quer?

Quero.

Então, talvez ele volte. Mas agora me diga: o que você achou do senhor Jeter?

Não entendi por que ele ficou para jantar. Ele não tem a casa dele?

Sim. Ele tem a casa dele. Claro que ele tem a casa dele. Ele tem uma casa muito bonita.

Mais tarde, Dena quis ligar para o pai, mas, antes de pegar o telefone, a mãe disse: Se você conseguir falar com ele, diga que hoje eu recebi um amigo aqui em casa. Diga ao seu pai.

Eu não vou falar isso.

Você vai, do contrário não vou deixar você ligar.

Mamãe, eu não quero falar isso.

Conte a ele que eu tive visita aqui hoje à tarde. Não é só ele quem conhece outras pessoas. Ele precisa saber disso, lá naquele Alasca dos sonhos dele.

22

A advogada que a defensoria pública designou para ele era uma jovem ruiva. A jovem havia terminado a faculdade de direito três anos antes e, na manhã do julgamento, quando chegou ao Tribunal do Condado de Holt para conversar com Hoyt, havia recebido a ficha dele fazia menos de uma hora. Trazia uma pilha de papéis embaixo do braço, e eles se encontraram em uma sala de reunião simples e pequena no corredor do tribunal, com um policial esperando do lado de fora enquanto vigiava outro preso. Hoyt estava com seu uniforme laranja de prisioneiro e, depois de um mês de confinamento, parecia pálido e sujo. Ela colocou os papéis sobre a mesa e se sentou na frente dele.

Hoyt ficou observando enquanto ela folheava seu registro policial. Você é igualzinha a todos eles, né?, disse ele. Quer saber o que eu quero, vadia? Minha prioridade número um é sair desta merda de lugar.

Ela o encarou pela primeira vez. Você não pode falar assim aqui, disse ela. Não comigo.

O que tem de errado no jeito como eu falo?

Você sabe exatamente o que tem de errado.

Porra, disse ele. Eu estava começando a ficar excitado. Não estou acostumado a ter companhia. Ele sorriu para ela. Vou tentar me controlar.

Ela o encarou fixamente. Faça isso, disse ela. Ela fechou o registro. Pois bem, imagino que você não queira chegar ao julgamento. Não é mesmo?

Não sei. Você é quem sabe.

Acho que não.

Ora, o que é isso agora? Tem coisas que eu talvez queira dizer. E tenho o direito de ser ouvido.

Você tem certeza disso?

Ora, e por que não?

Porque provavelmente o seu caso não irá a julgamento antes de dois meses. Talvez até mais. Dependendo de quando marcarem a audiência. Isso significa que, nesse ínterim, você continuaria preso. Você não tem como pagar fiança, tem?

Não, eu não tenho como pagar fiança. De onde eu tiraria o dinheiro? Eles me trancaram aqui há vinte e nove dias.

Desse modo, você não vai querer ir a julgamento.

Eu disse que não queria.

Quando você disse isso?

Estou dizendo agora, declarou Hoyt. Quantos anos você tem afinal?

O quê?

Você é uma mulher de quantos anos? Você é muito bonita para ser advogada.

Ela o encarou do outro lado da mesa. Pegou uma caneta e começou a bater na mesa. Escute aqui, senhor Raines.

Sim, senhora, disse ele. Você tem toda a minha atenção. Ele sorriu para ela e se inclinou para a frente.

Sabe de uma coisa?, disse ela. Parece que você não está escutando. Porque você precisa parar com essa brincadeira idiota. Não preciso passar por isso. Tenho sete outros casos além do seu só esta manhã. Se o senhor continuar agindo assim, não resolveremos hoje, só nos veremos no mês que vem e o senhor pode descer de volta para a cela e esperar até lá. Agora, o senhor entendeu o que eu disse?

Porra. Ele se endireitou na cadeira e desdobrou as mangas de seu uniforme até cobrir os pulsos. Calma, ok? Você ficou toda tensa agora. Não fiz por mal. Só estou dizendo que você é uma mulher bonita. Não vejo mulher há um mês.

Esse é apenas um dos seus problemas, não é mesmo?

Sim, disse ele. Mas não por muito tempo. Assim que eu sair daqui, darei um jeito nisso.

Ela analisou a expressão no rosto dele. Pensou em dizer alguma coisa, mas se limitou a balançar a cabeça. Está bem, disse ela. Já falei com o promotor e negociei para você duas opções de acordo de confissão a seu favor.

Eu vou confessar o quê?

O que você vai confessar?

Sim. O que eu vou confessar?

Você vai se confessar culpado de infração, e não de abuso de menores. Tal como está registrado no relatório da polícia. Com um compromisso de que não ficará mais na prisão. Você se compromete a não ter mais contato com as duas crianças e a se manter afastado da casa dos pais delas. Você aceita todas essas condições?

Você acha que eu quero voltar para aquela casa depois de todos os problemas que eles me arranjaram?

Não é isso que estou perguntando.

Está bem, sim, eu aceito essas condições. Sim, eu não vou mais voltar lá e não terei mais nenhum contato com aquelas crianças. Satisfeita agora? O que mais preciso dizer?

Antes de você ser libertado, o juiz estabelecerá um período de condicional.

De quanto tempo?

Um ano, talvez dois. Essa é uma possibilidade. O aspecto positivo nessa possibilidade é que você sai da prisão ainda hoje. O negativo é que, se você violar a condicional, será condenado a cumprir sua sentença na cadeia. Você entendeu o que eu disse até agora?

Entendi. E o que mais?

Bem, existe outra possibilidade. A acusação pode ser reduzida à tentativa de cometer abuso de menores. Se você aceitar essa opção, você deixa a sentença a cargo do juiz. O positivo nesse caso é que, se você violar a condicional, a duração da pena na cadeia provavelmente seria inferior. O negativo é que talvez você não saia da prisão hoje. Dependendo da sentença que o juiz proferir.

Ela parou de falar e ficou olhando para ele.

O que foi?, perguntou ele.
Você entendeu o que acabei de lhe dizer?
Não é tão difícil assim. Entendi.
Qual acordo você quer que eu negocie?
Eu já falei o que quero. Quero sair da cadeia hoje.
Então você deve se confessar culpado. E assine esse formulário que eu vou lhe dar.
Precisa assinar alguma coisa?
É preciso que o senhor se comprometa antes de entrarmos na sala.
Ela tirou duas folhas de papel de sua pasta e virou a primeira folha, para que ambos pudessem vê-la. Em seguida, inclinou-se e começou a ler cada seção em voz alta, olhando para ele à medida que ia passando os parágrafos. Em conformidade com o Código de Processo Penal do Colorado, Artigos Cinco e Onze, relativos à Declaração de Culpa, declarou os direitos do réu e as condições às quais Hoyt aceitava se submeter, abrindo mão do direito de um julgamento, garantindo que ele compreendia os elementos da infração, que ele assinava a confissão de culpa voluntariamente e que não estava sob a influência de drogas ou de álcool.
Esses são os termos, disse ela. Se você entendeu e concorda com eles, assine.
E o que é esse outro papel que você tem aí?
São as condições gerais.
O que é isso?
A lista de condições que você deverá respeitar no período de liberdade condicional.
Por exemplo?
Ela leu em voz alta também. Dezesseis condições, dizendo que o réu se comprometeria a não violar nenhuma lei nem assediar nenhuma testemunha da acusação, a manter residência permanente, a não deixar o estado do Colorado sem permissão, a conseguir um emprego ou pelo menos tentar conseguir um, a não usar álcool em excesso nem outra droga perigosa.
Eu não preciso assinar esse?
Não, aqui não há nada para assinar. Isso é simplesmente para

sua informação, de modo que o senhor possa tomar uma decisão fundamentada. Só precisa saber e entender.

Certo.

Então, você está pronto para assinar o acordo?

Se isso vai me tirar daqui, eu assino qualquer coisa.

Não. Espere um minuto, disse ela. O senhor não vai assinar qualquer coisa. O senhor precisa entender exatamente o que está assinando.

Eu já entendi. Dá aqui a caneta.

Tem certeza?

Você quer que eu assine isso, não quer?

Cabe exclusivamente ao senhor decidir.

Você vai me deixar usar essa caneta ou não? Eu não tenho caneta. Eles têm medo de que eu esfaqueie alguém.

Ela estendeu a caneta e ele olhou para ela. Depois abaixou a cabeça sobre o papel, escreveu seu nome na primeira linha, e assinou a segunda, por fim, colocou a data. Aí está, disse ele. Ele empurrou o papel sobre a mesa.

Ela recolheu as duas folhas de papel e as guardou na pasta.

O que devo fazer agora?

Esperar com o policial na sala até ser chamado.

A mulher se levantou da mesa, pôs sua pilha de pastas de casos embaixo do braço e saiu porta afora. Ele ficou olhando para ela ao sair, observando sua saia e suas pernas. O policial que aguardava no corredor entrou, acompanhado do segundo detento, pôs as algemas nos pulsos de Hoyt outra vez e conduziu os dois pelo largo corredor até a sala onde esperariam seus casos serem chamados. O segundo detento estava com correntes nos tornozelos, além das algemas nos pulsos, e caminhava arrastando os pés lentamente.

Na sala, já havia diversas pessoas, sentadas e conversando. O policial levou Hoyt e o outro detento até um banco perto dos fundos da sala, eles sentaram, ficaram observando as outras pessoas entrando e tomando seus assentos.

Algum tempo depois, Hoyt se inclinou para o policial. Preciso mijar, disse ele.

Por que você não pensou nisso antes?

Não tinha por que pensar nisso antes.

Então, levanta, disse o policial. Vamos. Você também, disse ao outro detento. Antes que comece aqui.

Por que eu também preciso ir?

Porque eu estou mandando. Não vou te deixar aqui.

Eles foram até o corredor, passaram pelos advogados, que estavam conversando com seus clientes, e por outras pessoas em grupos sob as janelas altas e estreitas. Desceram a escada de madeira até o térreo, o outro detento andando de lado, um passo de cada vez, então o policial os levou ao banheiro público, que ficava atrás da escada. Tente não se mijar todo, disse ele a Hoyt.

Você não vai me ajudar com o zíper?, perguntou Hoyt. Eu sei que você adoraria.

Eu não encostaria em você nem com um aguilhão elétrico, seu filho de uma puta desgraçado.

Você vai perder essa oportunidade.

Deixe-me dizer uma coisa, Raines. Nem todo mundo no condado de Holt te acha bonito.

Há quem ache. Eu poderia fazer uma lista de muitas mulheres.

Nenhuma que eu conheça.

Você não conhece as mulheres certas.

Deve ser isso. Agora anda depressa com essa porra.

O outro homem também usou o mictório e eles subiram de volta até a sala do tribunal, sentaram e esperaram. O promotor entrou e a jovem defensora pública ruiva se posicionou do outro lado da mesa, diante dos bancos em que alguns outros advogados já estavam sentados.

O oficial de justiça entrou e conferiu o termostato, batendo com o dedo na caixinha e a observando antes de se sentar. Finalmente, o meirinho entrou por uma porta lateral e anunciou: Todos de pé, e o juiz entrou, um homem baixo e gordo de cabelos castanhos de toga preta, e todo mundo continuou de pé até ele se sentar atrás de sua mesa alta. Então, o meirinho disse: Podem sentar, e o juiz chamou o primeiro caso.

Faltava uma hora para Hoyt ser chamado. Ele ficou sentado ao lado do policial, mal conseguindo se manter acordado, enquanto vários réus do condado de Holt se levantavam quando seus nomes eram chamados e se aproximavam do púlpito entre as mesas dos advogados para ouvir o juiz. Um garoto avançou e o juiz fez um gesto para que ele tirasse o boné. O garoto tirou o boné. O juiz perguntou se ele havia contratado seguro de automóvel desde a última vez que eles se encontraram. O garoto respondeu que sim e mostrou um papel. Está bem, pode ir, disse o juiz. Depois foi a vez de uma mulher de calça jeans e camisa. O advogado dela se levantou e postou-se ao lado dela e disse à corte que um dos motivos do estado de estresse de sua cliente atualmente era um homem preso em Greeley e que ela também estava pronta para ir para a prisão naquele dia, às cinco horas. O juiz sentenciou a mulher a sete dias de detenção e mandou que ela se abstivesse de álcool por dois anos, informando-a de que ela deveria cumprir um ano de condicional supervisionada e prestar quarenta e oito horas de serviço público. Quando ele terminou de falar, a mulher se virou e saiu pelo corredor com duas amigas. O rosto dela tinha ficado vermelho e ela já havia começado a chorar. As amigas a abraçaram pela cintura e sussurraram todo tipo de palavras de estímulo.

Em seguida, o policial levou até o púlpito dos advogados o detento que chegara junto com Hoyt. O nome do sujeito era Bistrum, e ele se aproximou com seus passinhos arrastados. Ele era acusado de posse de maconha e de passar cheques sem fundos, mas o caso dele se revelou mais complexo que previsto, e o juiz mandou que ele voltasse só no dia 18 de janeiro. O homem se virou para olhar para uma garota alta sentada na terceira fileira e articulou em silêncio algumas palavras para ela, ela respondeu com um sussurro, e ele balançou a cabeça e deu de ombros, enquanto o policial o levava de volta se arrastando até o banco.

Quando o juiz anunciou Estado do Colorado contra Hoyt Raines, o policial fez um sinal para ele e disse: É você agora, babaca. Hoyt sorriu para ele e se aproximou. A jovem defensora pública se postou ao lado dele e se dirigiu à corte.

Meritíssimo, gostaríamos de avisar à corte que o senhor Raines decidiu se declarar culpado de infração de abuso de menor. Ele está plenamente consciente da acusação e foi aconselhado sobre seus direitos. Queremos submeter à corte esta cópia do acordo assinado pelo acusado.

Ela se aproximou do juiz e estendeu o formulário. Ele estendeu a mão e o recebeu, então ela voltou a seu lugar, ao lado de Hoyt.

O juiz olhou para o formulário. Senhor Raines, o senhor entende quais são os seus direitos neste tribunal?

Eu entendi, disse Hoyt.

E o senhor tem conhecimento das acusações contra o senhor?

Tenho. Mas nem por isso eu me orgulho delas.

O senhor não precisa se orgulhar. Mas o senhor precisa entender. E o senhor está dizendo a este tribunal que quer se confessar culpado da acusação de abuso de menor?

Acho que sim.

O que o senhor quer dizer com "acho que sim"?

Quero dizer que sim, sim.

O juiz ficou olhando para ele por algum tempo. Olhou de relance para os papéis que tinha diante de si, então se dirigiu ao promotor. Você acha que este caso tem base factual?

Sim, meritíssimo.

Qual é a sua recomendação no caso aqui do senhor Raines?

Meritíssimo, acreditamos que, uma vez que o senhor Raines já passou um mês preso, não será mais necessário mantê-lo encarcerado. Recomendamos que se cumpra um período de não menos de um ano de condicional e que o senhor Raines aceite sem discussão qualquer recomendação razoável de tratamento do oficial da condicional. Recomendamos também que o acusado evite qualquer contato com as crianças em questão e que ele não more mais na casa dos Wallace.

O juiz se virou para a jovem advogada. A senhora concorda com tudo o que acabamos de ouvir?

Sim, meritíssimo.

Senhor Raines, o senhor tem mais alguma coisa a dizer?

Hoyt negou com a cabeça.
Devo interpretar isso como um não?
Não. Não tenho mais nada para falar. De que adiantaria?
Isso vai depender do que o senhor disser.
Não há nada a dizer.
Então, o senhor será devolvido ao xerife e ele vai libertá-lo ainda hoje. O senhor deverá entrar em contato com o oficial da condicional dentro de vinte e quatro horas. Este tribunal ordena que o senhor cumpra um ano de liberdade condicional supervisionada. Além disso, o senhor deverá pagar os custos desta corte, além de uma multa de duzentos dólares, e prestar noventa e seis horas de serviço comunitário. O senhor evitará qualquer contato com as crianças dos Wallace e não residirá mais na casa deles. Alguma pergunta?
Hoyt olhou para a jovem defensora pública a seu lado e, quando ela balançou a cabeça, ele olhou para o juiz. Eu entendi, disse ele. Não tenho nenhuma pergunta.
Muito bem, disse o juiz. Porque eu não quero mais vê-lo por aqui, nunca mais. Esta corte já viu tudo o que queria do senhor, senhor Raines.
O juiz assinou o acordo e o estendeu ao meirinho, depois pegou outra pasta e chamou o próximo caso.
Hoyt se virou e foi andando para os fundos do tribunal. O policial se levantou e o acompanhou com o outro detento até o corredor. Então, desceu até o escritório do xerife, onde o outro sujeito foi devolvido à cela.
O policial ficou parado na frente de Hoyt e abriu suas algemas. Agora você pode ir buscar seus pertences, disse ele. E compareça ao escritório do oficial da condicional.
Eu tenho vinte e quatro horas para fazer isso.
Quer dizer que vai ser assim? Dificultando para todo mundo, como você sempre faz.
Você não tem mais porra nenhuma a ver com isso, disse Hoyt. O juiz me soltou. Estou livre, posso ir embora. E você pode ir se foder.

•

23

Em uma manhã de sábado do mês de dezembro, Tom Guthrie e seus dois filhos, Ike e Bobby, foram até a fazenda dos McPheron logo após o desjejum. Era um dia claro e frio. Soprava apenas uma brisa do oeste.

Ele desceram da velha caminhonete Dodge vermelha esmaecida de Guthrie e entraram no cercado dos cavalos, onde Raymond estava esperando por eles, ao lado do celeiro. Os dois garotinhos, de doze e de onze anos, eram magros e esguios, e estavam vestidos para aquele dia frio com calças jeans, jaquetas grossas, gorros de lã e luvas de couro. No cercado dos cavalos, Raymond já havia escovado e selado os animais, que, amarrados com a rédea solta no mourão da cerca, viravam a cabeça para olhar para os Guthrie, que se aproximavam.

Vocês chegaram bem na hora, disse Raymond. Estou quase pronto. Como vocês estão hoje, meninos?

Eles se entreolharam. Estamos bem, respondeu Ike.

Mas que ideia dos infernos vir para cá no sábado tão cedo, não é?

A gente não liga.

Ele serviu café da manhã para vocês antes de saírem da cidade?

Sim, senhor.

Que bom! Vai demorar um bocado até comermos à tarde.

Como você prefere fazer?, perguntou Guthrie.

Oh, eu acho que como sempre costumamos fazer, Tom. Vamos a cavalo entre eles, depois os juntamos no curral ali e começamos a separá-los. O que você acha?

Parece uma boa ideia, disse Guthrie. Você é quem manda.

Eles montaram nos cavalos e foram até o pasto. Os cavalos estavam descansados mas um tanto agitados, um pouco assustadiços no clima frio, mas logo se acalmaram. Do outro lado do pasto, os bois e as novilhas de dois anos e os bezerros grandes Black Whiteface estavam espalhados em meio às artemísias e à relva nativa, seus vultos escuros visíveis no aclive baixo soprado pelo vento. Enquanto caminhavam, Guthrie e Raymond conversavam sobre o tempo e sobre a neve que se prolongava naquele ano, e as condições do pasto, e Guthrie perguntou sobre Victoria Roubideaux. Raymond contou que ela havia telefonado na noite anterior. Ela parecia muito bem, disse ele. Aparentemente, ela estava indo muito bem na faculdade em Fort Collins. E ela viria para casa no Natal.

Os dois meninos vinham montados ao lado dos homens, sem conversar. Ficavam observando tudo o que havia para ver à sua volta, contentes por não estarem na escola e por fazerem qualquer coisa a cavalo.

Quando os quatro cavaleiros se aproximaram, as vacas velhas e suas novilhas e seus bezerros pararam de pastar e ficaram imóveis e atentos como cervos, observando a aproximação deles, e depois começaram a se afastar pelo pasto em direção à cerca ao longe.

Meninos, vocês podem assumir a dianteira delas, disse Guthrie. O que você acha, Raymond?

Isso mesmo. Passem à frente delas e as tragam para cá.

Os meninos tocaram seus cavalos e partiram atrás do gado, montados como vaqueiros dos velhos tempos sobre a relva nativa nas altas planícies sem árvores, sob um céu azul e puro como porcelana.

Eles arrebanharam o gado e o trouxeram de volta ao curral, depois prenderam os animais no brete, a leste do celeiro. Em seguida, desmontaram, soltaram as cilhas, deram água aos cavalos e os amarraram no mourão da cerca. Os cavalos ficaram parados e sacudiram as crinas, descansando com uma perna traseira dobrada. Seus flancos e pescoços estavam escuros por causa do suor, e havia uma espuma branca entre suas pernas traseiras.

Raymond e os meninos começaram a trabalhar nas vacas e nos bezerros, fazendo com que um par de vaca e bezerro por vez saísse do curral para se enfiar numa espécie de caminho cercado de tábuas, ao final do qual Guthrie esperava junto à cancela. Um dos meninos trotava atrás com um chicote, conduzindo-os por aquele caminho. Os bezerros ficavam perto de suas mães, mas, quando chegavam perto de Guthrie, ele fechava a cancela entre a vaca e o bezerro para separá-lo, enviando a vaca de volta para o pasto e o bezerro para outro cercado grande. Assim que eram separados, tanto as vacas como os bezerros começavam a mugir, gemer e chamar, girando em círculos. A poeira que subia no ar em meio ao barulho e à comoção incessantes pairava sobre os animais como uma nuvem marrom que era empurrada lentamente pelo vento fraco. Durante todo o tempo, os animais permaneciam agitados, avançando uns sobre os outros, depois paravam e se voltavam a mugir, e os bezerros no brete ficavam erguendo a cabeça, mugindo e gemendo, com a boca bem aberta, mostrando a língua cor de rosa e cheia de saliva, revirando os olhos e exibindo a parte branca. De vez em quando, uma vaca e seu bezerro se reconheciam junto à cerca e paravam para farejar e lamber através dos espaços estreitos entre as tábuas rústicas. Mas, quando a vaca se afastava, lentamente, rente à cerca, o bezerro erguia a cabeça e começava a mugir outra vez. Com o passar das horas, havia cada vez mais barulho e poeira.

No curral, Raymond disse: Agora, atenção, vocês têm que ter cuidado com essa aqui. Ela costuma ser um pouco agitada. Afastem-se dela.

Uma vaca preta alta veio trotando do curral com seu bezerro logo atrás. Os meninos conseguiram levá-los pelo caminho e conduzi-los na direção de Guthrie. No final do caminho, a vaca começou a correr em sua direção, avançando com a cabeça, como se quisesse chifrá-lo. Rapidamente, ele subiu na cerca, duas ou três tábuas acima, e, quando ela chegou perto com os chifres, ele chutou sua cabeça. Então, ela e o bezerro tomaram o caminho do pasto antes que ele conseguisse descer da cerca e fechar a cancela. Ike gritou: Quer que eu vá buscá-los, papai?

Não. Vou deixá-la em paz. Depois vamos trazer o bezerro pelo laço. Combinado, Raymond?

Combinadíssimo, confirmou Raymond.

Eles continuaram o trabalho com o gado nos cercados poeirentos naquele dia iluminado. O dia esquentara um pouco, o vento continuara fraco e eles começaram a suar em suas jaquetas grossas. Por volta de meio-dia e meia, eles terminaram.

E agora vamos para casa, para comer alguma coisa, disse Raymond. Acho que esses meninos estão precisando de algo para mastigar agora.

Não, a gente vai comer na cidade, disse Guthrie. Vamos almoçar no café. Mas primeiro vamos pegar esse bezerro.

Não, é melhor primeiro irmos para casa. Depois pegamos o bezerro. E ainda tenho uma carne moída que deixei descongelando. Vou jogar fora se vocês não vierem. Não vou conseguir comer tudo sozinho.

Eles saíram do curral e foram caminhando pelo cascalho até a casa e a varanda, onde, então, tiraram a poeira das calças, bateram o barro das botas e depois de entrar, tiraram as jaquetas grossas e os gorros. Raymond começou a cozinhar no velho fogão esmaltado depois de lavar as mãos e o rosto na pia. Os outros se lavaram depois dele e se secaram com o pano de prato da cozinha. Meninos, vocês podem me ajudar a pôr a mesa, disse Guthrie.

Tiraram pratos e copos do armário, e os puseram na mesa junto com os talheres, depois olharam na velha geladeira e tiraram os frascos de ketchup e mostarda. Mais alguma coisa?, perguntou Guthrie.

Você pode abrir essa lata de feijão, disse Raymond, para eu esquentar. Talvez um dos meninos possa ir buscar um pouco de leite.

Eles ficaram de pé na cozinha, olhando para ele, e, quando ele terminou, saíram de perto do fogão e foram se sentar à mesa para comer. Ele levou a frigideira grande e pesada para a mesa e passou dois hambúrgueres espetados com o garfo para cada prato. A carne estava mais do que passada, preta e dura como se tivesse saído de uma fogueira. Em seguida, ele levou a frigideira de volta para o fogão e se sentou. Podem começar a comer, disse ele, a não ser que alguém queira fazer uma oração primeiro. Ninguém quis. Ele olhou para eles. O que vocês estão esperando então? Oh, desgraça, esqueci de comprar pão de hambúrguer, não é? Bem, dane-se, disse ele. Ele se levantou, trouxe um saco de pão branco para a mesa e tornou a se sentar. Meninos, vocês podem comer esses hambúrgueres sem o pão apropriado, não é?

Sim, senhor.

Então, está certo. Vamos ver se isso ficou digno dos nossos paladares.

Eles passaram o prato de feijão quente pela mesa e puseram ketchup nos hambúrgueres. O ketchup se infiltrou e formou círculos cor de rosa nos pães. O pão ficou encharcado e se desfez nas mãos deles, de modo que precisaram se inclinar sobre a mesa e comer sobre os pratos. Não houve muita conversa. Os meninos olharam para o pai, ele apontou para os pratos e eles abaixaram a cabeça e continuaram comendo. Quando o feijão recomeçou a ser distribuído, cada um se serviu de outra farta colherada. Para a sobremesa, Raymond tirou quatro xícaras do armário, abriu uma lata grande de pêssegos em calda e percorreu a mesa, servindo em cada xícara metades amarelas de pêssegos, despejando a calda em partes iguais.

Nesse ínterim, Guthrie continuava a olhar ao seu redor. Havia peças de máquinas, pedaços de couro e velhas fivelas enferrujadas, tudo amontoado nas cadeiras e nos cantos.

Raymond, disse ele, você precisa sair de vez em quando. Ir à cidade, beber uma cerveja ou algo assim. Você deve se sentir muito sozinho aqui.

Às vezes é silencioso demais por aqui, disse Raymond.

É bom você pegar a caminhonete e ir à cidade um sábado à noite. Para se divertir um pouco.

Ora, não. Eu não saberia o que fazer na cidade.

Talvez você se surpreenda, disse Guthrie. Quem sabe você não arranja algum problema interessante ou uma bela confusão?

E se for algum tipo de confusão do qual eu não consiga mais me livrar?, perguntou Raymond. O que eu faria então?

Depois do almoço, saíram de novo, e os dois meninos foram a cavalo para o pasto entre as vacas, encontraram a preta alta, laçaram seu bezerro e, apesar da resistência, levaram-no com a perna presa de volta ao grande cercado com os outros. A vaca tentou correr atrás deles, mas eles conseguiram deixá-la para trás e levar o bezerro para dentro.

O gado ainda estava mugindo como antes. Continuariam mugindo e agitados por três dias. Então, as vacas ficariam famintas o bastante para ir ao pasto e suas tetas secariam. Quanto aos bezerros, Raymond precisaria buscar um pouco de feno na longa fileira de cocheiras no curral e jogar um balde de quirera sobre o feno, e também teriam de ficar atento por algum tempo, para que eles não comessem até passar mal.

Quando Guthrie e os meninos foram embora pela estrada do condado que os levaria a Holt, ainda podiam ouvir o gado a uma milha de distância.

Eles estão bem, não estão?, perguntou Bobby.

Sim, eles estão bem, respondeu Guthrie. Eles vão ter que estar. Todo ano é assim. Achei que vocês já sabiam disso.

Eu nunca tinha prestado atenção nisso antes, disse Bobby. Eu nunca participei dessa etapa.

Aquelas vacas e novilhas já estão prenhas de seus bezerros do ano que vem, disse Guthrie. Elas teriam de desmamar esses bezerros sozinhas se a gente não fizesse isso por elas. Elas precisam se fortalecer para o ano que vem.

Elas fazem muito barulho, disse Ike. Elas não parecem estar gostando muito disso.

Não, disse Guthrie.

Ele olhou para os filhos ao seu lado na caminhonete, descendo pelo caminho de cascalhos naquela tarde clara de inverno, para a região plana e aberta à volta deles, inteiramente cinzenta, marrom e muito seca.

Elas nunca gostam, disse. Acho que ninguém gostaria. Mas todo ser vivo neste mundo acaba desmamando, de um jeito ou de outro.

24

O cheque da aposentadoria da ferrovia havia chegado, e o velho queria sair, apesar do frio intenso. A temperatura começara a cai, noite após noite, chegando a dez graus negativos. Você não precisa vir, disse ele. Eu me viro sozinho.
Você não pode ir sozinho, disse DJ. Eu vou com você.
Ele voltou para o quarto e vestiu roupas mais grossas, depois voltou para a sala e pegou seu casaco xadrez e suas luvas no armário de tábuas no canto e os vestiu, então parou na porta com seu gorro na mão. Melhor se agasalhar bem, vô. Você se lembra do inverno passado, quando você quase morreu de frio?
Não se preocupe. Eu já saí em climas muito mais frios do que você imagina. Inferno, menino, eu trabalhei a vida inteira nesse frio.
Vestiu seu sobretudo preto pesado e pôs uma boina de veludo sobre a cabeça branca, com as abas balançando, soltas, ao lado de suas orelhas grandes. Então, enfiou as luvas de couro e olhou de relance para a sala. Apague aquela luz.
Eu vou apagar, assim que você sair. Estou esperando, disse DJ. Você pegou seu cheque?
Claro que peguei meu cheque. Está bem aqui na minha carteira. Ele tateou o bolso da frente de sua jardineira por baixo do sobretudo pesado. Vamos, disse.
Eles saíram e foram atingidos em cheio por uma rajada de vento vindo do sul que quase os deixou sem fôlego. Acima das luzes de Holt, o céu estava frio e límpido. Eles percorreram a rua que levava até o centro. Não havia trânsito. As luzes da casa

de Mary Wells estavam acesas, mas as persianas estavam todas fechadas. Havia montes de neve espalhados pelos quintais e sulcos de gelo endurecidos na rua.

Na Main Street, rumaram para o sul e prosseguiram, um ao lado do outro, com o vento soprando em seus rostos. Um carro passou, a descarga do escapamento subiu branca e serrilhada como fumaça de lenha, antes que o vento a tragasse. Atravessaram os trilhos da ferrovia e o sinal vermelho brilhou no oeste. Os silos de grãos pairavam sobre eles.

No pequeno distrito comercial de Holt, as imagens refletidas do garoto e do seu avô caminhavam ao lado deles nas vitrines das fachadas. O velho mancando, curvado em seu sobretudo grosso, cabisbaixo, e o menino um bocado mais baixo nas vitrines.

Na esquina da Third Street, eles atravessaram a Main Street e entraram no bar, um salão comprido, quente, cheio de fumaça e de rumor de conversas em voz alta, música country, partidas de bilhar em andamento nos fundos e a televisão ligada na estante de mãos-francesas sobre o balcão. O avô ficou observando ao redor enquanto ele ficou parado ao lado, esperando. Havia velhos sentados a uma mesa de madeira redonda junto à parede, e eles foram até lá.

Quem é esse que veio com você?, perguntou um deles. É o DJ? Você não acha que está bastante frio, garoto?

Sim, senhor. Demais. Ele pegou uma cadeira da mesa ao lado e sentou atrás do avô.

Demais, disse ele. Ah! Ah!

Não vai me dizer que vocês vieram andando, disse outro velho. Walt, você deve ter congelado a bunda vindo para cá.

Já vi dias mais frios, respondeu ele.

Todo mundo já viu. Só estou dizendo que está bem frio.

Estamos em dezembro, não?, disse o velho. Ora, mas cadê aquela garçonete? Preciso de uma bebida aqui. Quero alguma coisa para me esquentar por dentro.

Ela já vem. Espere um minuto.

Fique de olho quando ela passar, disse um homem de rosto vermelho do outro lado da mesa.

Quem é?
O nome dela é Tammy. Ela é nova.
Quem é?
A ex-mulher do Reuben DeBaca. Ela vem de um lugar perto de Norka. Olha ela lá. Lá vem ela.
A garçonete veio até a mesa. Era loira e bonita, de quadris largos e pernas compridas. Usava uma calça jeans desbotada e justa, com um furo deliberadamente feito na frente de uma coxa para mostrar a pele bronzeada por baixo, e uma camiseta branca decotada. Quando ela se inclinou para a frente, para tirar dois copos de cerveja vazios da mesa, todos os velhos sentados a observaram de perto. Você acabou de chegar?, perguntou ela ao velho.
Sim, respondeu ele.
Por que você não tira esse casaco e fica mais à vontade? Você vai começar a suar assim, depois vai pegar um resfriado quando sair outra vez. O que você vai querer beber?
Traga... disse o velho. Ele olhou para o bar. Traga um whiskey razoável.
Qual? Temos Jack Daniel's, Old Grand-Dad, Bushmills e Jameson's.
E a dose da casa é de qual whiskey?
De Old Crow.
É mais barato, não?
É o que você quer?
Sim.
E para a você?, perguntou a DJ.
Ele olhou de relance para ela. Uma xícara de café, por favor.
Você toma café?
Ele toma, disse o avô. Não consigo fazer o menino parar com isso. Ele toma café desde pequenininho.
Então está bem. Mais alguma coisa?
Traga um salgadinho para o garoto, disse um dos homens.
Café, salgadinho, whiskey. É só isso?
Você pode passar um pano nesta mesa?, pediu o homem de rosto vermelho. Tem uma mancha ali.

Ela olhou para ele, se inclinou e passou um pano úmido na mesa, e todos olharam para o decote de sua blusa. Está bom assim?, perguntou.

Ficou muito melhor, disse ele.

Seus velhos desgraçados, disse a mulher. Vocês deviam ter vergonha. Agindo assim na frente do menino. Ela foi buscar as bebidas.

Acho que ela está começando a me apreciar, disse o homem de rosto vermelho.

Ela está interessada é na sua conta bancária, disse um dos outros.

Talvez. Mas, com uma mulher assim, quem se importaria de gastar um pouquinho? É até necessário.

E o ex-marido?

É disso que estou falando. Ela já não é mais novinha. Ela não vai simplesmente cruzar os braços e ficar dentro de casa. Ela quer mais coisas desta vida. Ela sabe que existem mais coisas na vida que uma terra seca ao sul de Norka.

E você poderia dar esse algo mais a ela?

Por que não?

Bem, eu me lembro de você reclamando na semana passada que não conseguia mais fazer funcionar o que tem dentro de sua cueca. Depois da operação que você fez, quando o médico cortou aí embaixo.

Bem, é verdade, disse ele. Isso é verdade. Todos os homens da mesa riram. Mas uma mulher dessas, disse ele, é capaz de me dar uma vida nova. Talvez ela seja capaz até de ressuscitar os mortos.

O homem ao lado dele lhe deu um tapa nas costas. Vá contando com isso.

DJ olhou para o balcão no qual a mulher estava organizando os copos em uma bandeja. Era alta e bonita sob aquela luz azulada.

Ela trouxe o café, os salgadinhos e o whiskey à mesa, e o avô enfiou a mão no bolso da frente de sua jardineira, sacou sua velha carteira mole de couro e de lá tirou seu cheque da aposentadoria.

O que é isso?, perguntou ela.

Meu cheque. Da ferrovia.
Ela virou o cheque e olhou no verso. Você quer que eu o desconte para você?
É o que eu costumo fazer.
Você precisa assinar atrás, disse ela.
Ela ofereceu uma caneta, o velho se inclinou sobre a mesa e, rigidamente, assinou seu nome e devolveu a caneta e o cheque.
Tenho que ver se eles vão aceitar, disse ela.
Eles vão aceitar. Eu troco meus cheques aqui há muitos anos.
Só preciso confirmar, disse ela, e foi até o balcão.
Qual é o problema dela?
Ela só está fazendo o trabalho dela, vô, sussurrou DJ.
O velho ergueu seu copinho de whiskey e deu um longo gole. Beba logo o seu café, disse ele ao menino. Não fica gostoso depois que esfria.
A mulher voltou com um punhado de notas e algumas moedas trocadas, e estendeu o dinheiro ao velho. Ele tirou uma nota de um dólar e deu a ela. Obrigada, disse ela. Quer que eu traga mais alguma coisa? Eu não devia ter duvidado de você, não é mesmo?
Não, senhora, respondeu ele. Eu frequento este bar há muito tempo. Há mais tempo que você, imagino. E ainda pretendo continuar frequentando.
Espero que sim, disse ela. Quer mais alguma coisa?
Você pode me trazer outro desse daqui a pouco?
Claro, disse ela. DJ a observou caminhando até outra mesa.
Quando os velhos em volta da mesa começaram a conversar, o menino bebeu um pouco do café, depois deixou a xícara no chão, ao lado da cadeira, comeu alguns salgadinhos e sacou a lição de matemática do bolso do casaco e um lápis, e pôs as folhas de papel no colo. Um dos velhos disse: Por falar em pessoas que passam por cirurgias, e começou a contar a história de um homem que ele conhecia que não conseguia mais fazer seu instrumento funcionar, então o sujeito e a esposa foram ao médico. O médico examinou o sujeito e, depois, lhe deu uma agulha esterilizada e um frasco de fluido para injetar na pele do dito-cujo, quando ele e a mulher quisessem tentar de novo, e

mandou voltarem depois e dizer como tinha sido. O casal voltou na semana seguinte. Como foi?, perguntou o médico. O homem respondeu: Muito bem, ficou de pé por quarenta e cinco minutos. E então o que vocês fizeram?, perguntou o médico, e o homem respondeu: Bem, a gente fez o que tinha que fazer, o senhor sabe. Então, depois que a gente terminou, eu fui para a sala e me sentei no sofá, e fiquei assistindo televisão e comendo pipoca, esperando abaixar, para conseguir voltar para a cama. O médico se virou para a esposa do sujeito. Deve ter sido muito bom para a senhora também, disse ele. Um pesadelo, disse ela. Ele só teve fôlego para os primeiros cinco minutos.

DJ estava prestando atenção até que o avô começou a contar a história do veterano da Guerra da Coreia que estava trabalhando nos trilhos durante o inverno na região rural do sul de Hardin, em Montana. DJ já tinha ouvido aquela e continuou fazendo a lição de matemática que estava em seu colo. Mas, dessa vez, a história do avô foi totalmente diferente daquela que ele tinha ouvido, e ele não estava muito interessado em ouvir falar de um ex-soldado correndo atrás do capataz com uma pá.

A garçonete voltou algum tempo depois com outro copinho de whiskey para o avô, depois saiu e voltou com outra rodada para os outros. Depois que o velho pagou, ela se inclinou sobre o menino e disse baixinho: Por que você não vem aqui comigo?

Aqui?

Até o balcão. Ali é melhor para fazer a sua lição. É melhor para escrever no balcão.

Está bem, respondeu ele. Ele se levantou e se postou ao lado do avô. Eu vou até o balcão, vô.

Aonde?

Ali no balcão. Para terminar esses problemas de matemática.

Comporte-se.

Sim.

DJ seguiu a garçonete pelo salão, passou pelos homens e mulheres que conversavam e bebiam, e no balcão ela o ajudou a subir em uma das banquetas altas do canto e abrir sua lição de matemática, sobre a superfície polida. Ela deixou a xícara de café e os salgadinhos de milho ao lado dele.

O bartender se aproximou. Quem é esse aí?

Meu amigo, disse ela.

Ele é um pouco novo para vir beber no bar, você não acha?

Deixe-o em paz.

Não estou fazendo nada. Por que eu não o deixaria em paz? Só não quero que ele nos arranje problemas.

Ele não vai nos arranjar problema algum. Quem vai reclamar?

É melhor ninguém reclamar mesmo. Mas, se alguém reclamar, a responsabilidade será sua.

Não se preocupe.

Eu não vou me preocupar. Não recebo o suficiente para me preocupar com essas merdas. O bartender olhou para ela e se afastou.

Ela sorriu para DJ, foi para trás do balcão, trouxe um bule fumegante de café e tornou a encher a xícara dele. Não ligue para ele, disse a mulher. Ele sempre tem que dizer alguma coisa.

Não quero criar problemas para você.

Problemas?, indagou ela. Isso não é problema algum. Eu poderia lhe dizer o que é realmente um problema. Você não quer pôr um pouco de açúcar no seu café?

Não, obrigado.

Nem leite?

Não. Prefiro assim mesmo.

Bem, acho que você já deve ser doce o suficiente. Eu também tenho um menino, só um pouco mais novo que você, disse ela. Ele é uma gracinha como você. Amanhã vou me encontrar com ele. Ela ficou parada do outro lado do balcão, segurando o bule.

Ele não mora com você?, perguntou ele.

Ele mora com o pai. É melhor assim. Sabe como é, até eu me instalar melhor.

Entendi.

Mas, claro, eu sinto saudades dele.

DJ olhou para o rosto dela. Ela sorriu para ele.

E você? Onde estão seu pai e sua mãe?

Eu não conheci meu pai, respondeu ele. Não sei quem é.
É mesmo? E a sua mamãe? Onde ela está?
Ela morreu faz tempo.
Que pena, disse ela. Olha, desculpa. Bem, sinto muito por tocar nesse assunto.

DJ olhou para além dela, em direção ao espelho no fundo do bar, onde se viu refletido acima da fileira de garrafas, e viu os cabelos loiros da cabeça dela e as costas de sua blusa branca no espelho. Ele abaixou os olhos e pegou seu lápis.

Pode continuar com a sua lição, disse ela. Se precisar de alguma coisa, pode me chamar. Você acha que vai ficar bem aí?
Sim, senhora.
Estarei bem aqui se você precisar de alguma coisa.
Obrigado.
De nada, é um prazer, disse ela. Sabe de uma coisa? Você e eu poderíamos ser bons amigos, você não acha?
Talvez.
Bem, é melhor que nada. Uma resposta honesta. Ela depositou o bule sobre a chapa quente, saiu de trás do balcão e voltou a trabalhar entre as mesas.

Mais tarde, uma mulher de cabelos castanhos curtos e olhos muito azuis veio da extremidade do balcão e parou ao lado de DJ. A gente se conhece?, perguntou ela. Estou te observando há meia hora.
Não sei, respondeu ele.
Aquele ali não é o seu avô? Sentado ali com aqueles outros homens?
Sim.
Fui eu que o atendi à noite. Você não lembra? Eu vi você uma vez quando o visitou no hospital antes da escola. Antes de terminar o meu turno.
Talvez, disse ele.
É, eu tenho certeza disso.
Então, enquanto ela estava de pé ao lado dele na extremidade do balcão, Raymond McPheron entrou pela porta da frente do bar.

Ora, ora, vejam só, disse ela. Isso está parecendo uma reunião do turno da noite do hospital. Nunca imaginei que esse sujeito fosse se recuperar.

Raymond parou e tirou as luvas, enquanto olhava à sua volta. Usava seu chapéu Bailey e seu pesado sobretudo de lona de inverno. Ele passou o umbral e parou atrás dos homens sentados nas banquetas, esperando o bartender notar sua presença.
O que vai ser hoje?
Estou pensando, disse Raymond. O que você tem na serpentina?
Coors, Budweiser e Bud Light.
Vou experimentar a Coors.
O bartender tirou a cerveja e estendeu-lhe o copo por cima de um homem sentado, e Raymond lhe passou uma nota. O bartender fez o troco na caixa registradora embaixo do espelho e trouxe de volta. Raymond tomou um gole e se virou para ver as pessoas sentadas às mesas. Bebeu outro gole e enxugou a boca com a palma da mão, então desabotoou o casaco pesado.
A mulher que estivera parada ao lado de DJ se aproximou e tocou no ombro dele. Então, Raymond se virou para olhar para ela.
Tem lugar ali, disse ela. Por que você não fica com a gente? Raymond tirou o chapéu, segurando-o com uma mão. Você se lembra de mim, não? Ela sorriu para ele e deu dois passinhos, como se estivesse dançando.
Estou começando a me lembrar, respondeu ele. Eu diria que você deve ser a Linda May do hospital.
Isso mesmo. Você se lembrou. Fique aqui com a gente.
Onde?
Nos fundos do bar. Tem alguém mais que eu acho que você conhece.
Raymond pôs de volta o chapéu e seguiu a mulher, ao longo do balcão. Ao passar, os homens se viraram nas banquetas para olhar para ele, observando-o com a mulher. Ela parou ao lado de DJ. E esse rapazinho aqui?, perguntou ela. Você se lembra dele?

Acho que sim, respondeu Raymond. Este aí deve ser o neto do Walter Kephart. Não cheguei a ouvir como se chama.

DJ, respondeu o menino.

Como vai, filho?

Muito bem.

Seu avô está aqui com você?

DJ apontou para a mesa encostada na parede oposta ao balcão.

Estou vendo. Como ele está? Ele também está bem?

Sim, senhor. Ele se curou da pneumonia.

Que bom, disse Raymond. Olhou novamente para o menino e viu a lição no balcão. Parece que estamos interrompendo a sua tarefa. Talvez seja melhor deixarmos você terminar.

Já terminei. Só estou esperando meu avô querer ir embora.

A que horas você acha que ele vai querer ir embora?

Não sei. Ele está conversando.

Velho adora conversar, não é?, disse Raymond. Ele tomou outro gole e olhou de relance para a mulher a seu lado.

Fiquei surpresa de ver você aqui hoje, disse ela. Nunca achei que você saísse à noite.

Eu não costumo sair, disse Raymond. Nem sei o que estou fazendo aqui agora.

Você precisa sair de vez em quando. Todo mundo sai.

Deve ser assim mesmo.

Todo mundo sai. Pode acreditar. Que bom que você veio!

Você não trabalha hoje?

Não, disse ela. Hoje é minha noite de folga.

Bom. Isso explica como viemos parar aqui pelo menos.

O avô do menino se aproximou do balcão e se posicionou ao lado de DJ. Você está bem aí?

Sim.

Está na hora de ir para casa.

Como vai?, perguntou Raymond.

Quem é esse? É você, McPheron?

Mais ou menos. Sim, senhor.

Olha só quem veio também, disse o velho, olhando para a mulher. Você não é do hospital?

Isso mesmo, confirmou Linda May.

Bem. Então está certo. É um prazer encontrá-la aqui. Ele se virou para DJ. Vamos, garoto. Pegue seu casaco.

DJ desceu da banqueta, vestiu o casaco e enfiou seus papéis no bolso. Antes, quero me despedir dela, disse.

De quem?

Daquela moça que foi simpática comigo.

O velho olhou para os fundos do bar. Ela está ocupada, disse ele. Ela não vai gostar se você for incomodá-la.

Eu não vou incomodar.

Ele foi até as mesas de bilhar nos fundos do salão comprido e cheio de fumaça, onde ela estava conversando com alguns homens sentados. Eles estavam todos rindo e ele ficou esperando atrás dela, até que um dos homens disse: Acho que tem alguém aí atrás querendo lhe dizer alguma coisa.

A garçonete se virou.

Estou indo agora, disse DJ.

Ela foi até ele e ergueu a gola do casaco. Agasalhe-se bem.

Obrigado por toda a... Ele indicou o balcão atrás dele. Pelo lugar para eu fazer minha lição.

Tudo bem, querido. Ela sorriu para ele. Foi um prazer te conhecer. Agora você pode voltar às vezes. Certo? Ele assentiu e voltou até o avô.

Você acha que agora já podemos ir?, perguntou o velho.

Sim.

Então vamos.

Espere um pouco, disse Raymond. Vocês vão andando?

Nós viemos andando.

Deixe que eu levo vocês em casa.

Não precisa. Viemos muito bem até aqui.

Sim, mas agora esfriou.

Bem. O velho olhou de relance para a porta. Quero dizer, não me agrada a ideia de esse menino sair assim nesse tempo.

Linda May olhou para Raymond. Você nem terminou a sua cerveja. Por que você não os leva em casa enquanto eu guardo o seu copo na geladeira? Assim você volta.

Pode ser, concordou ele.

Volte mesmo, pediu ela.

Eles saíram e entraram na velha caminhonete amassada de Raymond, ele deu ré no estacionamento, virou na direção norte, na Main Street, seguindo as orientações de Walter Kephart, cruzou os trilhos, depois virou para oeste, chegou ao bairro ermo e parou na frente da casa deles. O velho e o menino saíram. Nós agradecemos muito pela carona, disse o velho.

Tente não ficar mais doente, aconselhou Raymond.

Isso não está mesmo nos meus planos.

O velho encostou a porta da caminhonete, mas ela não fechou, então Raymond se inclinou sobre o assento e a empurrou para abrir, depois bateu com força. Quando olhou para eles, os dois já estavam a caminho da porta de casa. Ele seguiu até o final do quarteirão, fez um balão no cruzamento, voltou para a Main Street e estacionou a uma quadra do bar. Por algum tempo, ele ficou sentado na cabine fria olhando para a fachada apagada da loja à sua frente. Que diabos eu acho que estou fazendo?, disse ele. Seu hálito virou fumaça no ar gelado. Não faço a menor ideia. Mas acho que vou fazer mesmo assim.

Ele saiu e voltou para o calor e o barulho outra vez, caminhando até a extremidade do balcão, onde Linda May estava. Quando ele chegou perto dela, ela sorriu e lhe devolveu seu copo de cerveja.

Bem, aí está você, disse ela. Eu não sabia se você ia voltar ou não.

Eu falei que talvez voltasse, disse Raymond.

Mas isso não significava que fosse mesmo voltar. Quando um homem fala talvez, isso não quer dizer nada.

Achei que isso significava alguma coisa, disse ele.

Talvez no seu caso signifique algo.

Ele aceitou o copo de volta e bebeu o resto da cerveja. Olhou à sua volta, e todo mundo parecia estar se divertindo muito.

Deixe-me pagar outra cerveja, disse ela. Essa é por minha conta.

Ora, não, respondeu ele. Senhora, acho que não posso aceitar. O certo seria eu pagar outra para você. Você aceitaria?

Mas a próxima é minha. Os tempos mudaram, disse ela.

Perdão?

Eu quero dizer que as mulheres de hoje são diferentes das mulheres do passado. Não é nada de mais a mulher pagar bebida para o homem no bar hoje em dia.

Eu não entendo nada disso, disse Raymond. Acho que nunca aprendi nada sobre mulheres. Só conheci a minha mãe e depois uma menina que foi morar com a gente.

Você está falando daquela menina com a bebê que foi visitar você no hospital?

Sim, senhora. Ela mesma. Chama-se Victoria Roubideaux. E a filhinha é a Katie.

Onde elas estão agora? Ainda moram com você?

Não, senhora, não o tempo todo. Elas foram embora para Victoria estudar. Em Fort Collins. Ela está fazendo faculdade.

Que bom! Mas você não poderia me chamar de outro jeito? Senhora me faz parecer mais velha.

Vou tentar, disse ele.

Bom, disse ela. Então por que você não me conta mais sobre elas?

Sobre Victoria Roubideaux e Katie?

Isso. Pelo visto, elas são muito importantes para você.

Ah, sim, são mesmo. Elas são praticamente tudo para mim.

Ele começou a conversar com Linda May sobre a menina e a criança, e contou como foi que acabaram indo morar com ele e seu irmão no rancho, dois anos e meio antes. Algum tempo depois, uma das mesas ficou vaga e eles se mudaram para lá, sentados de frente um para o outro, e ele deixou que ela lhe pagasse uma bebida, embora ele insistisse em pagar a rodada seguinte. Ele ficou ali sentado de chapéu e sobretudo até o lugar fechar, conversando com aquela mulher. Ele nunca tinha feito algo assim em toda a sua vida.

Já era tarde quando chegou à entrada da casa e parou diante do portão, na velha casa cinza. A temperatura havia caído a zero, e uma lua crescente pálida surgia no céu do leste. Ele saiu da caminhonete e seguiu pelo calçamento até a varanda. Lá dentro, a casa parecia vazia e silenciosa. Ele pendurou o casaco no cabide e entrou no banheiro, depois subiu a escada até o quarto. Acendeu a luz e tudo continuou silencioso e desolado. Olhou à sua volta e, enfim, se sentou na cama e tirou as botas. Despiu-se, vestiu o pijama listrado de flanela e ficou acordado embaixo dos cobertores pesados naquele quarto frio, sem conseguir dormir ainda, pensando na mulher da cidade e em como aquilo havia acontecido. O luar iluminava o quarto, lançando uma luz prateada na parede, e algum tempo depois ele dormiu e, em seu sono, sonhou com Victoria e Katie batendo à porta de uma casa que ele não reconheceu, em alguma cidade que ele nunca tinha visto na vida.

25

Quando eles saíram do Centro de Assistência Social do Condado de Holt, nos fundos do tribunal, já era noite e estava nevando. Haviam ficado uma hora na comprida sala de conferências, assistindo a uma aula de educação e cuidados parentais, enquanto Joy Rae e Richie, na sala de espera, brincavam com brinquedos multicoloridos, arranhados e entediantes e liam os livros de lombada quebrada. Durante a hora em que estiveram ali dentro, havia começado a nevar. Agora nevava intensamente, e a neve se acumulava nas sarjetas e no meio-fio das calçadas, atingindo em rajadas a fachada de tijolos escuros do tribunal.

Quando eles saíram, as crianças vestiram seus casacos baratos e grandes demais que haviam comprado na loja de saldos, e Betty pôs um casaco vermelho de lã que ia até as panturrilhas, preso na frente com alfinetes de segurança. Luther usava apenas uma capa preta fina, mas, mesmo assim, sentia calor.

Que inferno, disse ele quando saíram pela porta. Olha essa neve.

É melhor nos apressarmos. As crianças vão se resfriar.

Eles se afastaram do velho e alto edifício de tijolos do tribunal. Acima deles, o beiral do telhado ficava coberto pela neve que caía. Atravessaram a Boston Street e, àquela altura, não havia nenhuma marca da passagem de carros por ali. Nevava bastante sob a luz do poste de iluminação da esquina e eles seguiram em frente. As crianças iam arrastando os pés, fazendo longas marcas no chão, e começaram a ficar para trás.

Betty se virou para olhar para elas. Crianças, vamos logo, disse ela. Depressa. Assim, vocês vão ficar para trás.

Você não pode falar assim, disse Luther. Você tem que ser gentil com elas.

Eu sou gentil. Não quero que peguem um resfriado. Não devíamos ter vindo com elas nesse tempo.

Como a gente ia saber que ia começar a nevar enquanto estava lá dentro?

Bem, elas não deviam sair de casa nesse tempo. Vamos logo.

As crianças foram chutando e arrastando os pés na neve pelas calçadas. Havia uma atmosfera triste na cidade à volta deles. A neve abafava qualquer som e não havia mais nenhum pedestre além deles. Um único carro passou, sem barulho ou agitação, a um quarteirão de onde estavam, no cruzamento, solene e silencioso como um navio singrando um mar fantasmagórico. Atravessaram a Chicago Street, depois viraram na Detroit Street e chegaram em casa.

No trailer, subiram os degraus cobertos de neve e entraram na sala calçando meias. As de Richie haviam ficado encharcadas perto dos dedos, e seus tornozelos magros estavam arroxeadas.

Crianças, agora já para a cama e se aqueçam bem, disse Luther. Amanhã tem aula.

Viu só?, disse Betty. O que você acabou de me dizer sobre o modo de falar com as crianças? A professora falou que a gente precisa perguntar o que eles querem, e não só mandar.

Ah, é, disse Luther. Joy Rae, querida, você vai querer alguma coisa? Quer comer alguma coisa antes de dormir?

Eu quero chocolate quente, disse Joy Rae.

E você, Richie?

Eu quero refrigerante.

Ele pode tomar refrigerante à noite?

Eu não sei o que ele pode tomar, respondeu Betty. Ela não disse nada sobre refrigerante. Você tem que perguntar ao Richie.

Eu perguntei. Ele disse que quer refrigerante.

Que tipo?

Que refrigerante você quer, Richie? De morango? Tem de cereja também.

Morango, respondeu Richie.

Betty levou as bebidas e eles se sentaram à mesa da cozinha. Luther tirou uma embalagem de lasanha do congelador, pôs no micro-ondas e a bandeja saiu fumegando. Então, ele a serviu na mesa, Betty pegou pratos de papel que haviam sobrado de um aniversário e eles começaram a comer.

Quando terminaram, Luther e Betty levaram as crianças de volta para seus quartos e deixaram a porta de Richie aberta, para que ele pudesse ver a luz acesa do corredor. Então, Luther entrou no quarto do casal, tirou a roupa, deitou-se na cama de ceroulas e se esticou embaixo das cobertas. A cama cedeu e gemeu sob seu peso. Querida, chamou ele, você não vem para a cama?

Já estou indo, respondeu Betty. Mas ela ficou na sala e estava sentada no sofá agora, observando a neve que caía no quintal da frente e sobre a Detroit Street. Algum tempo depois, pegou o telefone, colocou-o no colo e telefonou para um número em Philips. Uma mulher atendeu.

Eu gostaria de falar com a Donna, por favor, disse Betty. Queria falar com Donna Jean.

Quem é?, perguntou a mulher.

É a mãe dela.

Quem?

A mãe dela. Aqui quem está falando é Betty Wallace.

Ah, é você, disse a mulher. Você não pode telefonar para cá. Você não sabe?

Eu quero falar com ela. Não vou fazer nada de mais.

É contra as regras.

Que mal isso pode fazer? A última coisa que eu quero no mundo é magoá-la.

Escute aqui. Você quer que eu traga a Donna para ela dizer que você não é mais mãe dela? É isso que você quer que eu faça?

Eu sou a mãe dela, insistiu Betty. Você não deveria dizer uma coisa dessas. Sempre serei a mãe dela. Fui eu que a trouxe ao mundo, ela saiu de dentro de mim.

Oh, não, disse a mulher. Não é o que diz a ordem do juiz. Agora a mãe dela sou eu. E nunca mais telefone para cá. Vou chamar a polícia. Já tive problemas demais por causa de Donna para você piorar ainda mais as coisas.

Que problemas? Aconteceu alguma coisa com a Donna?

Não interessa. O Senhor é meu pastor. Não preciso da sua ajuda. A mulher desligou o telefone.

Betty desligou o telefone e ficou imóvel no sofá. Então, começou a chorar.

Lá fora do trailer, a neve continuava a cair. Nevava intensamente no quintal da frente e na rua, e continuou a nevar até meia-noite, depois a nevasca começou a diminuir e à uma da manhã, parou de nevar por completo. O céu ficou limpo e estrelas frias e brilhantes apareceram.

Betty acordou, estava deitada no sofá. Fazia frio na sala, ela se levantou, foi para o quarto, tirou seu vestido fino e a calcinha, abriu o sutiã. Vestiu uma velha camisola amarela e se deitou ao lado de Luther na cama arriada. Trêmula e gélida, ela puxou as cobertas e se encostou nele. Então, começou a se lembrar do que a mulher lhe dissera. Do tom de voz dela. Você quer que eu traga a Donna para ela dizer que você não é mais mãe dela? Betty ficou deitada na cama ao lado de Luther, lembrando. Logo começou a chorar outra vez. Chorou baixinho por muito tempo e, enfim, adormeceu aconchegada ao dorso largo, quente e nu do marido.

26

Todo mundo comemorava o Natal em Holt. Nas igrejas, havia missas à luz de velas, nas salas das casas que davam para ruas tranquilas as famílias se reuniam, e na zona leste, junto à Highway 34, Monroe, o bartender, mantinha o Chute Bar & Grill aberto até as duas horas da manhã.

Hoyt Raines estava sentado em um reservado dos fundos com Laverne Griffith, uma mulher divorciada de meia-idade, voluptuosa e de cabelos ruivos, vinte anos mais velha que ele. Ela pagava a conta e estavam sentados um ao lado do outro à mesa de madeira arranhada, com as bebidas diante de si e um cinzeiro.

O Chute estava decorado para as festas de fim de ano. Guirlandas de lâmpadas vermelhas e verdes estavam penduradas sobre o balcão e borlas prateadas pendiam do espelho. Havia meia-dúzia de homens no balcão, bebendo e conversando, e uma velha dormia com a cabeça sobre os braços em uma mesa distante. Na *jukebox*, Elvis Presley estava cantando *I'll have a blue Christmas without you*. Um sujeito que estivera no balcão havia inserido moedas suficientes para tocar a mesma música oito vezes, mas depois saíra e fora embora em sua caminhonete.

Um dos homens que estavam no balcão se virara para olhar, com a expressão furiosa, para a *jukebox*. Ele se dirigiu ao bartender. Você não pode fazer nada?

O que você quer que eu faça?

Ora, você não pode desligar essa coisa ou algo assim?

Daqui a pouco ela para sozinha. É Natal. Você devia se divertir.

Estou tentando. Mas estou ficando maluco com essa maldita música.

Agora falta pouco. Tente esquecer. Deixe-me servir mais uma dose.

Você vai pagar?

Posso pagar.

Então, eu quero uma dose dupla.

Eu falei que é Natal, não carnaval.

O sujeito olhou para ele. O que diabos você quer dizer com isso?

Sei lá. Foi a primeira coisa que passou na minha cabeça. Digamos que quer dizer que eu vou lhe pagar uma dose, e não duas.

Estou esperando.

Sabe de uma coisa?, disse Monroe. É melhor você se animar um pouco. Você está começando a deixar todo mundo deprimido.

Não tenho como evitar. Eu sou assim.

Pois tente, pelo amor de Deus!

No reservado dos fundos, Hoyt havia passado o braço em volta de Laverne Griffith. Ela tirou um cigarro do maço sobre a mesa e o pôs na boca, ele pegou o isqueiro com a mão livre e o acendeu para ela, que soprou uma nuvem de fumaça, fechou os olhos e os esfregou, depois os abriu outra vez, piscou e olhou com a expressão tristonha para o outro lado da mesa.

Você está bem?, perguntou Hoyt.

Não, eu não estou bem. Estou triste e deprimida.

Por que você e eu não vamos para a sua casa quando fechar aqui? Isso vai fazer você se sentir melhor.

Ela tragou e soltou uma fumaça comprida e rala diante do rosto. Já conheço essa velha estrada, disse ela. Sei para onde leva.

Comigo, não. Você não me conhece.

Ela se virou para encará-lo. O rosto dele estava a poucos centímetros do dela, a boina puxando para trás a cabeleira grossa dele. Você se acha muito especial?

Eu sou diferente de tudo o que você já viu antes, disse Hoyt.

O que você tem de tão diferente?

Vou te mostrar. Vou te dar uma pequena amostra.

Não estou falando disso, disse a mulher. Isso, qualquer mulher arranja na hora que bem entender. Falo da manhã seguinte, quando a gente acordar.

Eu faço o café da manhã.

E se eu não quiser café da manhã?

Vou fazer um que você vai querer.

Ela tornou a tragar e ficou observando o salão. Aqui só fecha daqui a umas duas horas, disse ela. Ela se virou e aproximou o rosto do dele. Mas você pode me beijar.

Quando deu meia-noite, Monroe falou em voz alta: Feliz Natal, seus filhos da puta. Feliz Natal para todo mundo. Os homens no balcão apertaram as mãos uns dos outros, e um deles disse que deviam acordar a mulher que estava dormindo em cima da mesa e perguntar se ela sabia que dia era aquele.

Deixe-a dormir, disse outro. Ela está melhor dormindo. Escuta, disse ele a Monroe, me passe um desses enfeites. Monroe tirou algumas borlas prateadas do espelho do bar e o sujeito foi até a mulher, inclinou-se sobre ela e enfeitou a cabeça e os ombros dela. Como ficou?, perguntou ele. A mulher gemeu e suspirou, mas não acordou.

No reservado, Hoyt e Laverne se beijaram longamente depois do anúncio de que já era Natal. Oh, diabos, disse ela enfim. Vamos dar o fora daqui. Podemos voltar para o meu apartamento. Eles se levantaram do reservado.

Monroe anunciou: Vocês dois, feliz Natal. Dirijam com cuidado.

Hoyt acenou para Monroe, e eles saíram. Estava muito frio no estacionamento e ela foi dirigindo pelas ruas vazias e congeladas até seu apartamento, no segundo andar de um sobrado na Chicago Street, uma quadra ao sul dos silos. Eles foram caminhando até os fundos da casa, na grama congelada, e ele subiu atrás dela pela escada de madeira construída do lado de fora da casa, chegando a uma pequena varanda sob um toldo de folha de metal. Ela encontrou a chave na bolsa e abriu a porta. No apartamento, estava um calor sufocante, mas era bonitinho e arrumado, com pouquíssimos móveis. Ela fechou a porta e ele imediatamente a virou e começou a beijá-la. Jesus Cristo, disse ela, empurrando-o, deixe-me tirar o casaco primeiro. Preciso ir ao banheiro ainda.

Onde fica o seu quarto?, perguntou Hoyt.

Ali atrás.

Ela atravessou a cozinha, e ele deu alguns passos pela sala e entrou no quarto. Ali havia um edredom vermelho sobre a cama e uma penteadeira com espelho encostada na parede nua. O espelho refletia o quarto em um ângulo estranho, revelando um pequeno armário com uma lâmpada pendurada em um fio. Ele acendeu o abajur ao lado da cama e tirou a roupa, deixando-a cair no chão, foi para a cama e se cobriu. Ele se esticou confortavelmente, olhando para o teto, e pôs as mãos embaixo da cabeça.

Laverne entrou no quarto. Ora, por que você não fica à vontade?

Só estava te esperando.

Não demorou muito.

Venha para a cama.

Não fique me olhando, disse ela.

Como assim?

Não fique me observando. Ela se virou de costas, tirou a blusa e a calça, pendurou-as no pequeno armário, depois ficou parada olhando para longe dele. Então, tirou o sutiã preto e a calcinha preta de seda. Você está olhando?

Não.

Está, sim.

Só faço o que você mandar.

Até parece. Feche os olhos.

Ele olhou bem para ela e fechou os olhos. Então, ela se aproximou da cama. Laverne era muito branca e parecia macia, tinha um pouco de barriga, grandes seios caídos e pernas pesadas, e parecia triste naquela penumbra. Ela subiu na cama e deslizou para baixo das cobertas. Apagou o abajur do criado-mudo.

Você tem que ser delicado comigo, disse ela. Não gosto que me machuquem.

Não vou te machucar.

Primeiro me beije.

Ele se ergueu de lado e pôs uma mão no rosto dela e a beijou, depois tornou a beijá-la e ela continuou deitada em silêncio e fechou os olhos, e por baixo do lençol ele começou a passar a mão em seus seios flácidos e em sua barriga macia, e ela não disse mais nada, mas parecia contente, apenas se limitando a respirar. Ele continuou beijando e, algum tempo depois, ele se deitou sobre ela e começou a se mexer.

Quando ele terminou, viu que ela havia adormecido embaixo dele. Laverne, chamou. Querida. Ei. Olhou para o rosto adormecido dela, saiu de cima e se deitou ao lado dela debaixo das cobertas grossas, e logo ele também adormeceu.

No dia seguinte, ele acordou tarde e preparou um desjejum com ovos, café e torradas com manteiga, salpicou páprica nos ovos e arrumou tudo em um grande prato branco, trazendo para ela na cama. Ela se sentou com os cobertores sobre os ombros, seus cabelos ruivos amassados e desgrenhados, mas, naquela manhã, parecia de bom humor. O que você fez?, disse ela.

Eu não disse que ia preparar o café da manhã?

Ao meio-dia, eles saíram da cama e passaram a tarde e a noite assistindo aos desfiles festivos na televisão e aos velhos filmes românticos que passavam na época do Natal. E, nos dias e nas semanas seguintes, ela deixou Hoyt ficar ali em seu apartamento da Chicago Street, enquanto ela saía para trabalhar no Twilight, o asilo do Condado de Holt, onde trabalhava como enfermeira. Ele, por sua vez, arrumou um emprego como vaqueiro em um curral de engorda, a leste da cidade. Ele compareceu aos encontros com o oficial de condicional do tribunal, tal como o juiz ordenara, e ele e Laverne Griffith ainda estavam juntos em meados de fevereiro. Durante todo esse tempo, as coisas correram bem para Hoyt naquele pequeno apartamento do primeiro andar.

27

Na semana entre o Natal e o Ano Novo, eles passaram longas tardes no barracão ao lado da trilha. Fazia muito frio no barracão e a luz do sol quase não entrava pela única janela. Eles acendiam as velas na mesa e na estante preta, e tinham os cobertores. Para se esquentar ainda mais, passaram a se deitar lado a lado no tapete, sob o único foco de sol que entrava pela janela.

Ficavam deitados embaixo dos cobertores e conversavam. Ela havia começado a falar bastante da mãe. Ele também contava da mãe dele, lembrava-se de um dia de verão em que ela estava sentada na sombra, na varanda dos fundos de uma casinha em Brush, Colorado. Na ocasião, vestia uma blusa vermelha sem mangas e bermuda, e mexia os dedos dos pés na terra junto aos degraus da varanda. Havia esmalte vermelho nas unhas dos pés dela, e a terra era macia como pó.

A garotinha respondeu, lembrando de quando, certa vez, o pai a pegara no colo, ainda pequena, e a pôs nos ombros, abaixando-se para passar pela porta da cozinha. A mãe estava preparando um caldo branco no fogão, e ela se virou e sorriu, olhando para eles. Então o pai disse algo engraçado, mas ela não conseguia lembrar o que era. A mãe riu, ela só se lembrava disso.

Certa tarde, enquanto estavam deitados no chão do barracão, ela se virou para DJ e olhou bem para o rosto dele naquela luz fraca. O que aconteceu com você aqui?

Onde?

Essa pequena cicatriz meio curva aqui.

Eu bati em um prego, respondeu.

Havia uma cicatriz branca com a forma de uma meia-lua ao lado do olho dele.

Eu também tenho uma cicatriz, disse ela. Ela tirou o cobertor e abaixou a gola da camisa para ele ver.

Algumas tardes, ele levava bolacha salgada, queijo e uma garrafa térmica com café da casa do avô. Também levava livros para eles, embora ele lesse mais do que ela. Havia algum tempo que ele vinha pegando livros emprestados do velho edifício de granito da biblioteca Carnegie, na esquina da Ash Street; a bibliotecária era uma mulher magra e infeliz que cuidava da mãe inválida quando não estava trabalhando. Durante o dia, comandava a biblioteca como se fosse uma igreja. O garoto tinha encontrado uma estante de livros de que gostava e os levava para casa de quinze em quinze dias, no verão e no inverno, e agora se acostumara a trazê-los para o barracão, para ler deitado no chão, ao lado dela.

Cada vez mais frequentemente, Dena se abandonava aos devaneios e às fantasias, até porque o pai não estava mais com a família, e uma nova desolação havia invadido sua casa, com sua mãe triste e solitária. No barracão, às vezes eles podiam ficar em silêncio ou trocando apenas algumas palavras e depois, vendo que ele estava lendo, ela começava a provocá-lo, fazendo cócegas no rosto dele com um fio, soprando em sua orelha, até ele pôr o livro de lado e começar a empurrá-la. Então, eles começavam a se empurrar e lutar, e uma vez, quando ela estava por cima com o rosto perto do dele, ela deixou a cabeça cair de repente e o beijou na boca, e ambos pararam e ficaram se encarando, e ela o beijou outra vez. Depois, ela se virou de lado.

Por que você fez isso?

Fiquei com vontade, disse ela.

Certa vez, uma tarde, durante a semana do Natal, a irmãzinha dela abriu a porta do barracão e os encontrou lendo no chão embaixo dos cobertores. O que vocês estão fazendo?

Feche a porta, disse Dena.

A garotinha entrou, fechou a porta e continuou olhando para eles. Por que vocês estão aí no chão?

Por nada.
Deixa eu entrar aí também?
Você tem que ficar quietinha.
Por quê?
Porque eu estou mandando. Porque a gente está lendo.
Tudo bem. Eu fico quieta. Me deixa entrar aí.
Ela se arrastou para debaixo dos cobertores com eles.
Não, você tem que ficar do outro lado, disse Dena. O meu lugar é do lado dele.

Por algum tempo, as duas irmãs e o menino ficaram deitados no chão debaixo dos cobertores, lendo livros na penumbra das velas. Enquanto o sol se punha, na trilha de cascalhos, os três conversavam baixinho, bebiam café da garrafa térmica, e durante esse breve tempo, o que estava acontecendo em suas próprias casas parecia ter pouca importância.

28

Na tarde do primeiro dia do ano, quando chegou em casa, depois de dar ao gado a ração de inverno — feno e paletas de proteínas deixados no chão congelado, diante das vacas, que se agitavam desordenadamente — ele tirou as galochas e a capa de lona na porta da cozinha e entrou para se barbear e se lavar. Em seguida, subiu para o quarto e vestiu uma calça escura e a camisa azul nova de lã que Victoria lhe dera de presente no Natal. Quando ele desceu de novo para a cozinha, Victoria estava preparando galinha e bolinhos recheados em uma grande caçarola azulada para o jantar de Ano Novo, e Katie estava na cadeira junto à mesa misturando farinha e água em uma tigela vermelha. Ambas tinham um pano de prato branco amarrado na cintura, os cabelos grossos e negros de Victoria estavam presos para não cair no rosto, que estava corado do calor do fogão.

Ela se virou para olhar para ele. Você está muito elegante, disse ela.

Vesti a camisa que você me deu.

Estou vendo. Ficou bem em você. Bem mesmo.

Então, como posso ajudar?, perguntou ele. O que mais você precisa fazer para deixar tudo pronto para o jantar?

Você pode pôr a mesa.

Raymond estendeu uma tolha branca sobre a mesa de nogueira na sala, posicionada no centro embaixo do lustre, e tirou do armário a velha porcelana com botões de rosa que a mãe ganhara de presente de casamento tantos anos antes. Então, distribuiu os pratos, copos e talheres. O sol baixo da tarde entrava pelas janelas sem cortinas e se derramava sobre os pratos. A luz do sol brilhava nos vidros à mesa.

Victoria veio até a sala para ver como ele estava se saindo e olhou atentamente para a mesa. Vem mais alguém para jantar?

Ele olhou brevemente para ela e se virou para olhar pela janela em direção ao estábulo e ao curral para além do caminho de cascalho. Acho que podemos dizer que sim, disse ele.

Quem é?

Uma pessoa que eu conheci.

Alguém que você conheceu?

Você também conheceu ela.

Ela? Uma mulher vem jantar com a gente?

É uma mulher lá do hospital.

Como ela se chama?

O nome dela é Linda May. Ela estava no turno da noite quando eu estava internado lá por causa da perna.

Uma mulher de meia-idade e cabelo castanho curto?

Acho que sim. Sim, acho que deve ser ela.

Victoria olhou para os pratos e os copos alinhados em ordem sobre a toalha de mesa branca. Por que você não me avisou?

Raymond estava de costas para ela. Não sei por que exatamente, respondeu ele. Acho que fiquei com medo. Não sabia o que você podia achar disso.

A casa é sua, disse ela. Você pode fazer o que quiser.

Isso não é verdade, disse ele. Não fale assim. A casa é tanto sua como minha. Já é assim há um bom tempo.

Eu sei disso.

Bem, é isso mesmo. Ele se virou para ela. Isso, eu lhe garanto.

Mas não entendi por que você não me disse que vinha mais alguém jantar aqui hoje.

Oh, diabos, querida, você não consegue perdoar o erro de um velho? Um velho que não sabe como fazer uma coisa que ele nunca fez na vida?

Ele ficou ali parado diante dela com sua camisa nova azul, com uma expressão no semblante que ela nunca tinha visto ou imaginado. Então, ela se aproximou dele e pôs a mão em seu braço. Desculpa, disse ela. Vai dar tudo certo. Está tudo bem. Que bom que você a convidou.

Obrigado, disse ele. Eu estava torcendo para você não se sentir ofendida. Eu só pensei em convidá-la para jantar, foi só isso. Não pensei que houvesse algum mal nisso.

Não há mal algum nisso, disse Victoria. A que horas você disse para ela chegar?

Raymond olhou para seu relógio. Daqui a meia hora, mais ou menos.

Você explicou a ela como chegar aqui?

Ela me disse que sabia onde era. Parece que ela já havia perguntado sobre a gente na cidade.

Ah, é?

Foi o que ela me falou.

Naquela tarde, Linda May foi dirigindo até o cercado de arame farpado da frente da casa em seu carro, um Ford conversível creme com uns dez anos de uso. Quando desceu, ficou observando a casa cinza, os trechos de neve suja e os três olmos baixos desfolhados no quintal ao lado, depois atravessou o portão e chegou à varanda. Antes que ela pudesse bater, Raymond abriu a porta. Entre, disse ele, entre.

Pelo visto, estou no lugar certo.

Sim, senhora.

Você tem que me chamar de Linda, disse ela. Você não pode esquecer.

É melhor você entrar. Está frio aí fora.

Ela entrou na cozinha e viu a garota segurando a filha no colo junto ao fogão.

Elas são a Victoria Roubideaux e a pequena Katie.

Sim. Eu me lembro delas, de quando você estava no hospital. Como vai, Victoria?

Victoria deu um passo adiante e elas apertaram as mãos. Linda May tentou tocar em Katie, mas a garotinha se virou, escondendo o rosto no ombro da mãe.

Daqui a pouco ela fica mais simpática.

Deixe-me guardar o seu casaco, disse Raymond.

Ele pendurou o casaco dela ao lado de sua capa e de sua jaqueta de lona no pino ao lado da porta. Linda May usava calça preta e uma blusa vermelha e havia argolas prateadas em suas orelhas. Alguma coisa está cheirando bem, disse ela.

Está quase pronto, disse Victoria. Por que vocês não se sentam e eu já sirvo?

Posso ajudar em alguma coisa?

Acho que não precisa.

Raymond levou sua convidada até a sala de jantar.

Que mesa linda!, exclamou ela. Tudo está muito lindo.

Essa mesa era a mesa da minha mãe. Ela está aí nesse mesmo lugar há não sei quantos anos.

Posso ver?

Como assim?

Debaixo da toalha.

Deve estar um pouco empoeirada por baixo.

A mulher levantou a toalha branca e observou a superfície polida, então se abaixou para ver seu enorme pedestal. Ora, isso deve ser de nogueira mesmo, disse ela. Uma verdadeira antiguidade.

Sem dúvida, é velha, disse Raymond. Mais velha até que eu. Por que você não senta?

Obrigada, disse ela.

Eu já volto.

Ele foi até a cozinha, onde Victoria tirava a comida do fogão. E o que eu faço agora?, perguntou ele.

Você pode levar a Katie e sentar para comer?

Claro. Venha, queridinha. Você já quer jantar? Ele se inclinou para pegá-la no colo, depois se afastou para olhar seus olhos escuros e redondos, que eram exatamente iguais aos olhos da mãe, e afastou o cabelo preto brilhante do rosto da menina. Ele a levou no colo até a sala e a colocou no cadeirão de madeira, diante de Linda May. A garotinha ficou olhando para o outro lado da mesa, depois pegou o próprio guardanapo e o examinou com grande interesse.

Victoria chegou com a caçarola fumegante de galinha e bolinhos recheados, além de outra travessa com purê de batata, e voltou para buscar um prato de pães quentes e um de vagem refogada com toucinho. Raymond ficou de pé na cabeceira até ela se senta. Em seguida, sentou-se na cadeira de frente para ela, entre Linda May e Katie.

Você faz a oração?, pediu Victoria.

Raymond foi pego de surpresa. Como?

Você pode fazer a oração, por favor?

Ele olhou de relance para Linda May e depois para Victoria. Acho que eu posso tentar. Mas já faz um bocado de tempo que eu não faço isso. Ele inclinou a cabeça grisalha. Seu rosto estava muito vermelho e a testa branca transpirava. Senhor, disse ele. Em primeiro lugar, queríamos agradecer pela comida nesta mesa. E pelas mãos que a prepararam. Fez uma pausa longa. Todas olharam para ele. Ele prosseguiu. E por esse dia luminoso lá fora que nós temos hoje. Outra pausa. Amém, disse ele. Agora você acha que podemos comer, Victoria?

Sim, respondeu ela, e passou para Linda May a galinha e os bolinhos recheados.

Linda May era quem mais falava, enquanto Victoria e Raymond ouviam e respondiam às suas perguntas. Victoria ficou servindo a menina. Depois do jantar, eles a ajudaram a tirar a mesa, depois ela levou Katie de volta ao quarto do andar térreo, pôs a garotinha na cama, se deitou com ela e leu uma história até ela pegar no sono, depois continuou deitada no quarto escuro escutando, pela porta aberta, Raymond e a mulher conversando.

Eles já haviam lavado juntos a louça na pia da cozinha e haviam passado à saleta. À volta deles, o velho papel de parede florido escuro e cinzento, manchado e escurecido nos cantos após uma chuva muito tempo atrás. Quando Linda May entrou na saleta, sentou-se na poltrona de Raymond, e ele olhou para ela com certa hesitação, e só então se sentou na poltrona que sempre fora do irmão.

Querido, disse ela, que jantar maravilhoso!

Foi a Victoria quem fez tudo. Nunca ensinamos nada disso a ela.

Sim. Ela olhou para dentro da sala de jantar. A luz do teto lançava um forte clarão sobre a toalha branca. Não sei como vocês dois conseguem morar assim tão longe, disse ela. É solitário, você não acha?

Eu sempre morei aqui, respondeu Raymond. Não sei como seria viver em outro lugar. Tenho um vizinho a uns dois quilômetros e meio ao sul, se precisar de alguma coisa.

Fazendeiro como vocês?

Bem, eu não diria que somos exatamente fazendeiros.

Como vocês dizem?

Acho que o certo seria chamar a gente de rancheiro. A gente cria gado. Velhos miseráveis rancheiros de gado, ou algo assim.

Dito assim, parece que vocês passam fome.

Passamos uma ou duas vezes. Ou quase.

Qual é o tamanho do rancho?

Da terra, você quer dizer?

Sim.

Bem, nós temos praticamente três *sections*. Tudo incluído.

Quanto é isso? Não sei o que é *section*.

É equivalente a seiscentos e quarenta acres. É praticamente tudo pasto, o que a gente tem. Temos muito feno de cevadinha durante todo o verão, mas não plantamos muita coisa. Bem, eu continuo falando "nós". No caso, eu. Ainda não sei como vou fazer a forragem no ano que vem.

Como você vai fazer?

Vou pensar em alguma coisa. Talvez contrate alguém.

Deve ser muito difícil agora sem o seu irmão.

Não é mais a mesma coisa. Nada é parecido. O Harold e eu, a gente ficou junto a vida inteira.

Você tem que seguir em frente; é o jeito.

Ele olhou para ela. É o que todo mundo está falando, disse ele. Eu também falo muito isso pra mim. Mas não sei o que isso quer dizer ainda. Ele olhou pela janela atrás dela, onde a noite caíra. A luz do terreiro se acendera e projetava longas sombras.

Ela ficou sentada olhando para ele. Fiquei surpresa ao vê-lo no bar naquela noite, disse.

Sim, não é do meu feitio, disse ele. Eu também fiquei surpreso de ter ido lá.

Você acha que vai voltar lá?

Imagino que sim. É possível.

Espero que sim.

Ela estava sentada com uma perna dobrada embaixo de si, na grande poltrona reclinável dele. Sua blusa vermelha parecia muito vívida contra o cabelo escuro.

E eu queria agradecer por me convidar para jantar hoje, disse ela.

Bem, sim, senhora. Como eu disse, foi a Victoria quem fez tudo sozinha.

Mas foi você que me convidou. Eu moro nessa região há algum tempo e conheci muita gente, mas acho que nunca tinha entrado em uma casa antiga de rancho antes.

O nosso avô construiu esta casa. Ele e a nossa avó. Eles vieram em 83 de Ohio. Mas de onde você é afinal, posso saber?

De Cedar Rapids.

Iowa.

Sim. Estava na hora de mudar.

Eles não têm bons hospitais por lá?

Sim. Claro que têm. Mas a minha vida meio que desmoronou, então pensei em me mudar para cá. Achei que podia começar tudo de novo, tentar viver nas montanhas. Mas só cheguei até aqui e depois desabei. Mas quem sabe um dia eu não chego até Denver?

Quando você está pensando em fazer isso?

Ainda não sei. Acho que depende. Só estou aqui há um ano.

Às vezes um ano pode ser muito, observou Raymond.

Às vezes pode ser tempo demais, disse ela.

Quando Linda May estava se aprontando para ir embora, Victoria saiu do quarto para dar boa-noite. Eles estavam na cozinha, e Raymond pegou o casaco de Linda May, segurou-o enquanto ela vestia e a companhou até o carro dela, que estava estacionado perto do portão. Lá fora, no ar frio, tudo parecia gelado e o chão congelado era duro como aço.

Mais uma vez obrigada, disse ela. Não deixe de ir à cidade por esses dias.

Tome cuidado na estrada, recomendou ele.

Ela entrou em seu conversível e deu a partida, e o motor pegou, mas logo desligou. Quando ela tentou de novo, o motor só fez um ganido e um clique. Ela girou a maçaneta e abaixou o vidro. Não está pegando, disse ela.

Parece que é a bateria. É velha?

Não sei. O carro veio com essa bateria quando eu o comprei, há um ano.

É melhor eu empurrar. Vou buscar o casaco.

Ele voltou para dentro da casa e tirou o casaco e o chapéu pendurados na cozinha. Victoria estava guardando a louça seca nos armários. O que houve? perguntou.

Preciso empurrar o carro dela.

Saia agasalhado.

Ele deu a volta no Ford, onde Linda May ainda estava ao volante, e, depois de atravessar o caminho de cascalho em direção à garagem, entrou na caminhonete. Deixou o motor ligado por um instante, depois parou atrás do carro dela e desceu para ver a altura dos parachoques. Quando ele chegou pelo lado do carro e abriu a porta, ela estava tremendo com os braços cruzados.

Você está bem?, perguntou ele.

Está muito frio mesmo.

Quer voltar para dentro de casa?

Não. Vamos em frente.

Você sabe o que tem que fazer, não?

Dar a partida quando estiver andando, disse ela.

E deixe ligado. Mas só quando chegar à estrada, quando estiver com velocidade suficiente.

Raymond fechou a porta, voltou para a caminhonete e avançou um pouco. Os para-choques se tocaram e ele a empurrou lentamente pelo caminho de cascalho até a via secundária e depois até a estrada escura, com seus faróis brilhantes na traseira do carro dela. Linda May acelerou, o cascalho ricocheteou nos para-choques, o carro avançou com um solavanco e ela começou a se afastar, com os faróis e as lanternas acesos. Ela acelerou, a poeira se levantava embaixo deles na estrada seca, e ele a seguiu por quase um quilômetro, para garantir que estaria tudo bem com ela. Em seguida, reduziu, parou e ficou observando as lanternas vermelhas indo embora na escuridão.

Victoria estava sentada à mesa da cozinha quando ele entrou. Ela havia preparado mais café. Raymond tirou o casaco e o chapéu, e ela se levantou ao ver o rosto dele tão sombrio e avermelhado.

Ora, você está quase congelando, disse ela.

Deve estar fazendo zero grau lá fora. Ele cobriu as orelhas com as mãos em concha. Esta noite vai esfriar muito.

Eu fiz mais café para você.

Você fez, querida? Achei que você já estaria dormindo.

Queria ter certeza de que você voltaria bem para casa.

Você ficou preocupada?

Eu só queria ter certeza, disse ela. Você conseguiu fazer o carro dela pegar?

Sim. Ela já está voltando para a cidade. Bem, espero que já esteja quase em casa agora.

29

Em um dia claro e frio de janeiro, Rose Tyler estacionou sem aviso prévio na frente do trailer, pegou a bolsa e o caderno e seguiu pelo caminho coberto de lama e neve até o trailer desbotado. Galhos secos de bromo e lilás apareciam através da neve ao lado do caminho, como minúsculos arvoredos irregulares de caules cinzentos. A varanda de tábuas fora varrida recentemente, ao menos isso havia sido feito. Ela bateu à porta de metal e aguardou. Bateu outra vez. Ficou olhando para a rua vazia. Nada se mexia. Virou-se para bater outra vez e aguardou mais um pouco. Ela já estava descendo os degraus da entrada quando a porta se abriu atrás dela.

Luther estava parado na porta, vestindo uma calça de moletom, mas sem camisa. É você, Rose?, perguntou.

Sim. Você não ia abrir para mim?

Não ouvi você bater. Ele se afastou para ela entrar. A Betty ainda não acordou.

Já passa das dez. Achei que vocês dois estariam acordados.

A Betty não dormiu na noite passada.

O que houve?

Não sei. É melhor você perguntar a ela.

Hoje eu vim falar com vocês dois. Para ver como estão as coisas.

As coisas vão bem, Rose. Acho que temos passado muito bem.

Por que você não vai pôr uma camisa e chamar a Betty? Assim, podemos conversar um pouco.

Bem, eu não sei se ela vai querer acordar.

Por que você não pergunta?

Ele sumiu no corredor e ela examinou a sala e a cozinha. Havia pratos e caixas de pizza largados em toda a superfície plana, além de sacos plásticos cheios de latas de refrigerante encostados na geladeira. Estava passando um *game show* na televisão, no canto da sala.

Luther veio pelo corredor usando uma camiseta, e Betty veio arrastando os pés descalços atrás dele, parecendo cansada e desmazelada, com um roupão cor-de-rosa. Ela havia escovado o cabelo, que pendia dos dois lados do rosto. Olhou para Rose e, em seguida, para a televisão. Aconteceu alguma coisa, Rose?, perguntou.

Não que eu saiba. Eu tinha dito que viria de vez em quando. Faz parte da ordem judicial. Você não lembra?

Eu não estou me sentindo bem.

Ainda o estômago?

As costas também. Doeu muito esta semana.

Sinto muito.

Não consigo mais dormir. Preciso descansar durante o dia.

Sim, mas você sabe que agora eu venho visitar sem avisar antes, não sabe? Você se lembra que conversamos sobre isso?

Eu sei, respondeu Betty. Quer sentar?

Obrigada.

Rose se sentou em uma cadeira perto da porta e olhou de relance para a televisão. Luther, você pode desligar isso, por favor?

Ele desligou a televisão e sentou no sofá ao lado de Betty.

Pois bem. Como vão as coisas?, perguntou Rose. Luther, você disse que estava tudo bem.

Está tudo muito bem, confirmou ele. Acho que estamos bem.

Como estão a Joy Rae e o Richie?

Bem. O Richie ainda tem problema na escola. Como antes.

Que tipo de problema?

É difícil saber. Ele não fala.

São aqueles meninos que não largam do pé dele, disse Betty. Eles não deixam o Richie em paz um minuto sequer.

Por que você acha isso?

Ele não faz nada. O Richie é um bom menino. Não sei o que eles têm contra ele.

Vocês tentaram falar com a professora?

Não vai adiantar.

Mas vocês podiam pelo menos tentar. Talvez ela saiba o que está acontecendo.

Não sei, não.

E a Joy Rae?

Ah, agora ela está muito bem, respondeu Luther. Ela já está lendo melhor que eu.

É mesmo?

Melhor que a Betty até. Não é, Betty?

Betty assentiu.

Melhor que nós dois juntos, acrescentou Luther.

Fico contente por ela estar indo tão bem, disse Rose. Ela é uma menina inteligente. Rose olhou para a sala ao seu redor. A neve derretia no telhado e gotejava diante da janela. Agora, eu queria saber do Hoyt, disse ela. Ele veio aqui?

Não, senhora, disse Luther. Não queremos que ele venha aqui. Ele não é mais bem-vindo nesta casa.

Você precisa insistir para ele continuar longe. Você entende isso, não? Ele não pode vir para cá.

A gente não quer nada com ele. A gente não viu mais o Hoyt. Não é, Betty?

A gente viu ele aquela vez no mercadinho.

A gente viu ele uma vez no mercadinho, mas a gente não falou com ele. A gente nem deu bom-dia. Só fomos para o outro lado, não foi?

E a gente nunca mais vai falar com ele, insistiu Betty. Não importa o que ele diga.

Isso mesmo, disse Rose. Ela olhou bem para eles, mas não tinha certeza se diziam a verdade. O grande rosto vermelho de Luther estava úmido de suor, e Betty parecia simplesmente ausente e enjoada, seus cabelos sem vida caindo no rosto. Rose examinou a cozinha. Está bem, disse ela, que bom que o Hoyt não tem aparecido, mas isso deve continuar assim. Agora, preciso falar com vocês sobre outra coisa. É importante que vocês e as crianças vivam em um lugar limpo e seguro. Vocês sabem disso.

Então, vocês precisam melhorar um pouco a situação da casa. As coisas não estão limpas e arrumadas como deveriam. Vocês podem fazer melhor que isso, não acham?

Eu falei que não estava passando bem, Rose, disse Betty.

Eu sei disso. Mas o Luther também pode ajudar, não pode, Luther?

Eu já estou ajudando, disse ele.

Você precisa se esforçar mais um pouco. Você pode começar lavando a louça. E esvaziando o cesto de lixo. Você precisa levar essas latas de refrigerante lá para fora. Isso atrai barata.

No inverno?, perguntou Luther.

É possível que sim.

Bem, alguém pode roubar as minhas latas se eu deixar lá fora.

Você pode deixar na varanda.

Não acho possível juntar barata no inverno.

Seja como for, essas latas vazias não devem ficar na cozinha. Não devem ficar perto de onde vocês comem.

Luther olhou para ela, e então ele e Betty desviaram o olhar para a janela da frente, com semblantes duros e obstinados.

Rose ficou olhando para eles. Como vocês estão fazendo com o dinheiro, perguntou ela. Ainda estão separando em envelopes e pagando as contas em dia?

Sim, senhora.

Então, muito bem. Vocês têm alguma pergunta?

Luther olhou para Betty. Eu não tenho nenhuma pergunta. Você tem, querida?

Não, respondeu Betty.

Fiquei sabendo que vocês têm ido ao curso de orientação parental.

Luther assentiu. Só faltam duas aulas, a professora falou.

Sim. Bem, parece que está tudo direitinho. Fico contente. Então, acho que vou embora. Mas logo eu volto.

Rose guardou o caderno na bolsa, e Luther abriu a porta para ela. Lá fora em seu carro, quando ela olhou de volta pelo retrovisor, ele ainda estava parado descalço na varanda, esperando que ela fosse embora, e Betty nem apareceu do lado de fora.

30

No Ano Novo, Victoria Roubideaux voltou para Fort Collins com Katie, para começar o segundo semestre das aulas e, uma semana após a partida, Raymond telefonou para Linda May, no meio da tarde. Quando ela atendeu, ele disse: Você acha que estará em casa daqui a uma hora mais ou menos?
Sim. Por quê?
Eu queria passar aí um minuto.
Eu vou estar em casa.
Na lista, dizem que o endereço é um, oito, três, Cedar.
Sim. É isso mesmo.
Raymond desligou e foi para Coop Implement Store, uma loja de ferramentas agrícolas, e foi passando pelas estantes de utensílios e gavetas de pinos, parafusos e rolos de fios elétricos. Prosseguiu até os fundos, onde ficavam penduradas as pás de neve, em ganchos, como armas medievais reunidas em um castelo ou um arsenal. Ele procurou nas prateleiras de baterias automotivas, lendo as breves etiquetas coladas dos lados, e finalmente escolheu uma e a levou até o caixa. O caixa disse: Raymond, essa não é potente o suficiente para sua caminhonete.
Não é para a minha caminhonete.
O caixa olhou para ele. Então, está certo. Eu não sabia que você tinha um carro. Só não queria que você levasse a bateria errada e precisasse voltar para trocar. Você vai pagar no cartão ou em dinheiro?
Ponha na conta do rancho, disse Raymond.
O caixa digitou o valor na registradora e ficou esperando,

olhando para o vazio, pegou a nota quando apareceu e a colocou sobre o balcão. Raymond assinou e dobrou sua via. Em seguida, apoiou a bateria no quadril, foi embora, largou a bateria no banco da frente e entrou. No sinal vermelho do cruzamento da estrada com a Main Street, ele olhou para a esquerda em direção ao posto Gas and Go, para o carro solitário estacionado em frente, e olhou para a direita na Main Street, onde apenas alguns carros passavam àquela hora do dia. Quando o sinal abriu, ele seguiu por três quarteirões e virou para o norte, na Cedar Street. A pequena casa branca de madeira dela ficava no meio da quadra, e o Ford conversível em frente estava coberto de neve, da ocasião em que o limpa-neve havia passado por ali. Havia mais neve amontoada na calçada, em pilhas que haviam derretido e congelado ao longo da noite, e a grama do inverno já surgia seca e marrom nas bordas geladas. Ele foi até a porta e bateu. Ela atendeu na hora, usando uma camiseta azul-clara e calça de moletom, com o cabelo castanho curto bem-penteado. Eu fiquei na janela esperando por você, disse ela. Você foi tão misterioso ao telefone.

Acabei de comprar uma coisa para você. Você pode me emprestar as chaves do seu carro?

O que você vai fazer?

Eu comprei uma coisa para o seu carro.

Bem, entre, disse ela. As chaves estão aqui dentro. Mas ainda não entendi o que você quer fazer.

Ele ficou esperando na entrada enquanto ela foi para o quarto buscar a bolsa. Olhou pela porta aberta. Acima do sofá, da sala havia uma gravura emoldurada de um campo de lavandas imerso em neblina, com uma ponte de pedra e um lago brumoso de nenúfares. Era verdejante e luxuriante, diferente de qualquer lugar do condado de Holt. Ela voltou e lhe deu as chaves. Não vai ligar, disse ela, se é isso que você está pensando. Eu tentei ontem.

Ele pôs a chave no bolso, foi até o carro dela, procurou embaixo do volante e destravou o capô. Então, sacou uma chave de fenda e duas chaves-inglesas de sua caixa de ferramentas na caminhonete e levou a bateria nova até o Ford, apoiando-a no para-choques enquanto abria o capô. Tirou a bateria velha e instalou a nova. Após limpar os contatos dos cabos com o canivete, ele prendeu os cabos nos pinos e os aparafusou no mesmo lugar.

Linda May, de casaco e cachecol, saiu e parou ao lado dele na rua. Ele não havia percebido sua chegada até que olhou por baixo do capô aberto.

Ora, mas o que é isso?, perguntou.

Entre, disse ele. Tente agora. Ele lhe passou a chave.

Ela pegou a chave. Você trocou a bateria?

Vamos ver se essa funciona.

Ela entrou no carro e Raymond parou ao lado, diante da porta aberta. O motor gemeu, desligou e tentou pegar. Ela olhou para ele e ele assentiu. Quando ela tentou de novo, o motor gemeu, cuspiu, sacudiu e, finalmente, pegou, e uma descarga de fumaça preta subiu detrás do carro.

Acelere um pouco. É preciso esperar um pouco.

Obrigada, disse ela. Muito obrigada. Que coisa gentil de se fazer! Quanto eu te devo?

Você não me deve nada.

É claro que devo.

Não, disse ele. Bem, que tal você me servir uma xícara de café? Digamos que estava em oferta, um saldo do que sobrou do Natal. Só achei que você podia querer passear pela cidade. Vou levar essa bateria velha para a loja e eles jogam fora para você.

Ele bateu o capô e pôs a bateria velha na caçamba da caminhonete enquanto ela ficou parada na rua olhando para ele.

Você não quer entrar agora?, disse ela. Está frio aqui fora.

Se não for incomodar.

Meu Deus! Claro que não.

Eles entraram e ele foi atrás dela até a cozinha, onde o sol do fim da tarde penetrava pela janela dos fundos. Tirou o chapéu e o deixou na bancada, depois puxou uma cadeira e se sentou junto à mesa. Seu cabelo grisalho estava amassado dos lados, na altura da faixa do chapéu. Ela foi até o fogão e acendeu o fogo na chaleira. Pode ser chá?, perguntou ela. Café, só tenho instantâneo.

O que você tiver está bom.

Ela tirou diversos chás do armário. Potes vermelhos e caixinhas quadradas decoradas com figuras e latas redondas de chá a granel.

Qual deles você prefere?, perguntou ela.

Oh. Um chá comum.

Tenho chá-verde, chá preto e todos esses de ervas.

Tanto faz. Você escolhe.

Mas eu não sei o que você quer. Você precisa escolher.

Qualquer um. Raramente bebo chá.

Posso fazer um café instantâneo.

Não, senhora, chá está ótimo.

Agora não me chame mais assim, pediu ela.

A chaleira começou a apitar, ela serviu a água fervente em uma grande caneca marrom e pôs dentro um saquinho de chá preto. Ele a observava, de costas. Ela estava perto do fogão. Para si mesma, ela preparou uma xícara de chá-verde e pôs as colheres nas canecas, levando-as em seguida para a mesa. Você usa açúcar?

Acho que não.

Você é bastante indeciso. Ela se sentou diante dele.

Não. Acho que tenho certeza.

Mas aconteceu alguma coisa?

Raymond olhou à sua volta e se deteve na janela sobre a pia. Nunca estive na cozinha de uma mulher antes. Só na da minha mãe.

Nunca?

Não que eu me lembre. E acho que eu me lembraria.

Bem. Relaxe. Está tudo bem, você sabe. Você me fez um grande favor. Isso é o mínimo que eu poderia fazer.

Ele mexeu o chá com a colher, mesmo não tendo colocado açúcar, depois deixou a colher sobre a mesa e bebericou. O saquinho subiu e queimou sua boca, então ele o pescou com a colher e pôs a colher de volta na mesa. Bebericou novamente e, olhou para o chá e depôs a caneca no tampo.

Ela estava olhando para ele. Não gostou?, perguntou ela.

Não, senhora. Só vou deixar esfriar um pouco. Ele olhou para

as fotografias em uma das paredes, havia uma menina ao lado de um carvalho. Quem é essa da fotografia?
   Essa aqui?
   Sim.
   Bem, essa é a minha filha, Rebecca.
   Oh. Eu não sabia. Você nunca mencionou que tinha uma filha.
   Oh, tenho, sim. Essa é uma das minhas fotos favoritas dela. De quando ela ainda era muito pequena. A gente não se fala muito hoje em dia. Ela não me aceita.
   Não te aceita? Como assim?
   Oh, aconteceu uma coisa entre nós duas, quando morávamos em Cedar Rapids. Depois que o pai dela foi embora.
   Vocês brigaram?
   Você diz eu e a Rebecca?
   Sim, senhora.
   Mais ou menos isso. Seja como for, ela saiu de casa e não voltou mais. Isso já faz dois anos. Não tenho mais nem pensado nisso. Ela deu uma risada triste. Pelo menos não tenho mais pensado muito nisso.
   Foi por isso que você se mudou para cá?
   Por isso, e por outras coisas. Você tem certeza de que não quer que eu prepare um café instantâneo? Você não está bebendo o seu chá.
   Não. Mas obrigado, mesmo assim. Esse está bom. Ele bebeu um pouco do chá, deixou a caneca na mesa e limpou a boca. Olhou pela janela e, em seguida, para ela. Acho que eu e a Victoria nunca brigamos. Também não sei por que haveríamos de brigar.
   Ela é um amor de menina.
   Sim. Ela é.
   Mas vocês conviveram pouco, não foi?
   Como assim?
   Bem, ela só morou com você por pouco tempo, não?
   Ela foi morar com a gente há dois anos. Vai fazer dois anos e meio. A princípio, foi um pouco difícil, mas as coisas foram se ajeitando. Pelo menos da minha parte. Não posso falar por ela.
   Foi uma sorte para ela conhecer você.

Se isso for verdade, disse Raymond, a recíproca também é verdadeira.

Ela sorriu para ele, depois se levantou, levou as canecas para a pia e jogou os saquinhos de chá no lixo.

Acho que estou atrapalhando, disse ele.

Eu poderia oferecer um jantar, mas preciso me arrumar para ir trabalhar.

Você vai trabalhar hoje à noite?

Sim.

Eu também preciso ir para casa.

Ele se levantou, foi até a bancada, pegou seu chapéu e olhou dentro da coroa, depois olhou de relance para ela e se dirigiu à porta da frente. Ela veio atrás dele. No caminho, ele olhou mais uma vez para o quarto. Na sala, ele pôs o chapéu. Se você quiser, posso desligar seu carro ao sair.

Sim, se você puder. Eu tinha me esquecido.

Vou deixar a chave sobre o banco.

Mais uma vez, obrigada, disse ela. Muito obrigada.

Por nada, senhora. Foi um prazer.

Ele desligou a ignição do carro e deixou a chave no assento, depois entrou na caminhonete e deu a volta no quarteirão, até Date Street. Em seguida, virou para o sul, em direção à estrada. Agora estava ficando escuro, o crepúsculo súbito de um dia curto de inverno, o céu se apagando, a noite caindo. Nas esquinas, os postes da rua estavam acesos e lampejavam. Quando ele chegou à rodovia, aguardou por alguns instantes no sinal fechado. Não havia ninguém atrás dele. Estava tentando decidir. Sabia o que lhe esperava em casa.

Virou à direita e foi até o Shattuck's Café, no limite oeste de Holt, entrou e, sentado a uma mesinha junto à vitrine da entrada, ficou observando os grandes caminhões de grãos e os carros passando na Highway 34, com seus faróis acesos na escuridão da noite e o rastro de fumaça sumindo no ar frio.

Quando a garçonete adolescente veio anotar seu pedido, ele disse que queria um sanduíche de rosbife quente e purê de batata, além de uma xícara de café puro.

Você quer mais alguma coisa?, indagou ela.
Vocês não têm o que eu quero.
Como assim?
Nada, disse ele. Estava só pensando em voz alta. Quero uma fatia de torta de maçã. E com sorvete de baunilha, se tiver.

31

O Dia dos Namorados caiu em um sábado, e Hoyt trabalhou das seis da manhã às seis da tarde no pasto de engorda a leste da cidade, tocando gado na poeira e no frio e medicando gado no brete ao lado do celeiro, onde um novilho preto com diarreia sanguinolenta lhe dera um coice no joelho, depois se aliviara em sua calça jeans enquanto tentava conduzir o animal para dentro do cercado. No final do dia, ele pegou uma carona para a cidade com Elton Chatfiel, em sua velha caminhonete.

Eles resolveram parar para tomar uma cerveja no Triple M da estrada, a fim de tirar a poeira de suas gargantas, e uma hora depois foram convidados para jogar carteado nos fundos. Nas duas horas seguintes, os quatro velhos jogadores de *pitch* conseguiram tirar de Hoyt vinte e cinco dólares e de Elton, quase quinze. Depois, pagaram uma dose de whiskey a cada um com seu próprio dinheiro.

Nesse ínterim, Laverne Griffith ficara esperando por Hoyt desde as cinco e meia da tarde, e já havia passado por inúmeras emoções até a hora em que ele chegou em casa. Ela ficara triste e melancólica, e por algum tempo se preocupara que tivesse acontecido alguma coisa com ele, mas, por um bom tempo, ela simplesmente sentiu pena de si mesma, de modo que às nove da noite ela já estava furiosa. Estava esperando na cozinha, bebendo gim com a luz apagada, quando o ouviu subir os degraus e abrir a porta da frente.

Laverne, está pronta, meu bem?, perguntou disse.

Seu filho da puta, você foi pra onde?

Cadê você? Por que não acende a luz?

Estou aqui na cozinha. Se é que lhe interessa.

Ele foi até a cozinha no escuro e tateou em busca do interruptor, depois olhou para ela. Ela estava sentada à mesa, vestida com sua roupa de festa, uma blusa preta e uma calça jeans branca, e havia blush em seu rosto e rímel em seus cílios. O copo de gim sobre a mesa, à sua frente.

Que diabos, meu bem, disse Hoyt, você está linda. Ele se inclinou para a frente e beijou seu rosto.

Mas você não, disse ela. E você está fedendo a bosta de vaca.

Um novilho me cagou inteiro hoje cedo, enquanto eu tentava levá-lo para o brete. Só vou tomar uma ducha, e estarei pronto em dois minutos.

Nem se dê ao trabalho. Ela olhou para ele e deu as costas. Eu não vou mais sair.

Como assim não vai mais sair?

Você nem trouxe uma caixa de bombons, trouxe?

Bombons?

Hoje é Dia dos Namorados, seu filho da puta. Você nem sabia. Eu não significo nada para você. Só um lugar para ficar e trepar quando te dá vontade. Só isso que eu sou para você.

Oh, diabos! Você ficou aborrecida. Amanhã eu compro bombom. Eu trago cinco caixas de bombons, se é isso que você quer.

Ele se inclinou e a beijou outra vez. Em seguida, pôs o braço em sua cintura e enfiou a mão pelo decote da blusa dela. Ela deu um tapa na mão dele.

Pare já com isso, disse ela.

Qual é o problema?

O problema é você.

Diabos, eu estou pronto. Assim que eu tomar um banho.

Não vou sair com você. Eu já disse. E é melhor você também dar o fora da minha casa.

Querida, o que deu em você?, perguntou ele. Nem parece a minha menina falando assim.

Laverne pegou o copo de gim e deu um longo gole. Ele ficou

olhando para ela. Você precisa parar de beber. Isso sim. Você já está bêbada e a gente ainda nem saiu de casa.

Ele tirou o copo dela, foi até a cozinha e despejou o gim na pia. Laverne se levantou da cadeira. Foi cambaleando até ele e deu um tapa forte na cara dele.

Nunca diga o que eu posso ou não posso fazer na porra da minha própria casa. Os olhos dela estavam ensandecidos. Ela levantou a mão e deu outro tapa na cara dele.

Sua puta maluca, disse ele.

Sem pestanejar, ele bateu na cara dela com a mão espalmada. Então, ela virou de lado e caiu sentada no chão de uma vez.

Eu vou tomar banho, disse ele. E você sossega esse rabo. Depois nós vamos sair e passar a noite fora.

Quando ele entrou no banheiro, ela se levantou e pegou uma colher comprida de metal que estava usando para mexer o chili, e foi atrás dele. Ele estava sentado no vaso, tirando as botas, e ela começou a bater na cabeça e nos ombros dele com a colher pesada, sujando o rosto e a jaqueta dele de chili.

Diabos, berrou Hoyt. Sua puta idiota. Pare já com isso.

Ele se levantou e a segurou pelos ombros, virando-a no pequeno banheiro. Nenhum dos dois falava, mas ambos ofegavam furiosamente. Em seguida, ele agarrou a mão dela e a torceu para trás, até ela soltar a colher. A colher caiu no chão com estardalhaço. Então, ele a soltou, mas imediatamente ela arranhou desesperadamente o rosto dele, ele a empurrou com força e ela caiu de costas na cortina do chuveiro, tentando se agarrar, e arrancou a cortina da vara, caindo deitada na banheira.

Olha só o que você fez, disse ele. Está satisfeita agora?

Ajude-me aqui, gemeu ela, com os olhos marejados de lágrimas. Ela estava enrolada na cortina.

Você vai parar?

Ajude-me aqui.

Promete que vai parar?

Eu vou parar. Está bem? Já parei. Seu filho de uma puta.

É melhor você se comportar.

Hoyt afastou a cortina, pegou a mão dela e recuou, em posição de espera, mas ela simplesmente ficou olhando para ele. A maquiagem havia escorrido e seus olhos estavam manchados de rímel. Sem dizer nada, ela saiu correndo do banheiro, cruzou o apartamento até o armário do quarto, onde pegou todas as camisas dele, com cabide e tudo, e foi correndo até a sala. Ele estava parado na porta da cozinha e, quando viu o que ela estava fazendo, correu para impedir, mas ela já havia aberto a porta e jogado suas camisas lá fora no meio da noite, suas camisas de flanela de trabalhar e suas camisas finas de caubói também, todas esvoaçaram e pousaram no chão como em um sonho ou uma fantasia.

Pronto, gritou ela. Já joguei. Agora fora. Dê o fora, seu desgraçado asqueroso. Não quero mais nada com você.

Então, Hoyt bateu na cara dela com o punho fechado.

Ela caiu de costas contra a porta, ele abriu a porta e foi pulando os degraus buscar suas camisas, agachando e levantando no quintal ao recolhê-las do chão.

Laverne se levantou e bateu a porta, passou a chave e ficou olhando pela janelinha estreita, ofegante. Limpou o nariz com a manga da camisa, deixando uma mancha de muco no rosto. Agora, seu rosto macio de mulher parecia uma máscara de Halloween. Seu cabelo castanho estava todo desgrenhado.

Hoyt subiu os degraus da entrada pisando pesado com as camisas debaixo do braço e tentou girar a maçaneta. Sua puta maldita, disse. É melhor você me deixar entrar.

Nunca.

Sua puta maldita. Melhor abrir essa porra.

Prefiro chamar a polícia.

Ele esmurrou a porta, depois se afastou e avançou com o ombro, olhando, furioso, para ela pela janelinha.

Você vai se arrepender disso, avisou ele.

Eu já me arrependi. Eu me arrependi de ter te conhecido.

Ele cuspiu na direção do rosto dela pela janelinha e o cuspe escorreu lentamente no vidro. Parou e ficou olhando por um instante para ela, depois desceu os degraus. Olhou ao redor, mas as casas da rua estavam todas apagadas e silenciosas. Ele foi caminhando em direção ao centro até Albany Street, e escondeu as camisas embaixo de um arbusto na frente do tribunal, depois seguiu até o bar da Third com a Main. Ainda estava com suas roupas de peão, a camisa de flanela, a jaqueta jeans com manchas de chili e sua calça jeans suja de estrume. Entrou e foi direto ao balcão.

À meia-noite, ele estava gesticulando embriagado na banqueta, ao lado de um velho morador chamado Billy Coates, que tinha cabelo branco comprido e sujo, e morava sozinho em uma casa coberta de impermeabilizante de alcatrão ao norte da ferrovia. Fazia uma hora que Hoyt vinha contando a ele sua história trágica, até que Coates finalmente disse: Tem o sofá se você não tiver mais para onde ir.

Não tenho para onde ir, murmurou Hoyt.

Eu tenho um cachorro, mas é só você tirar o animal do sofá. Ele não vai te incomodar.

Quando o bar fechou, eles foram caminhando até Albany Street para buscar as camisas de Hoyt. As camisas estavam duras e congeladas, e Hoyt as recolheu e as levou como pranchas debaixo do braço, então foi seguindo Billy Coates até a casa dele, do outro lado dos trilhos, e imediatamente adormeceu no sofá na sala da frente. O velho vira-lata ganiu por um tempo, mas acabou se encolhendo no chão ao lado do velho aquecedor a óleo, e todos — o homem e o homem e o cão — dormiram pesadamente até o meio-dia do domingo.

32

Em fevereiro, quando os bezerros começaram a nascer, Raymond acordava duas ou três vezes no meio da noite congelante para dar uma olhada nas vacas, que davam sinais de abatimento e cujas tetas haviam começado a inchar. Nos dias anteriores, ele já tinha levado o gado para o curral e para a cocheira ao lado do celeiro. Uma vez ali, ele aproveitava para conferir se o focinho e as patas da frente já estavam expostos e se pareciam normais; do contrário, ele teria de pegar a vaca em trabalho de parto e puxar o bezerro com a corrente e o fórceps até sair, e depois costurar a vaca e tratar com antibiótico. Assim, por semanas a fio de dias totalmente iguais, Raymond estava muito cansado, exaurido além do que se podia imaginar. Ele ainda tinha as tarefas diárias para fazer e dar feno aos animais como sempre, um trabalho que, por si só, já seria excessivo para uma pessoa, mas ele estava fazendo tudo sozinho agora, desde que seu irmão morrera, no outono passado. Apesar disso, continuou. Seguia em uma espécie de torpor. Pegava-se adormecendo à mesa da cozinha, ao meio-dia e à noite, e às vezes, logo depois de acordar, também de manhã, quando sentava para um mirrado desjejum solitário e apressado. Acordava uma ou duas horas depois, com o pescoço duro, as mãos amortecidas e a boca seca de ter respirado com a boca aberta por tanto tempo, com a cabeça recostada na cadeira. A comida que tinha diante de si ficava mais do que fria no prato e o café na mesa já nem mesmo estava morno na xícara. Então, ele se endireitaria, acordaria e olharia à sua volta, consideraria a luz ou a falta de luz pela janela da cozinha, e se forçaria a levantar da velha mesa de pinho e a vestir a capa de lona e as galochas outra vez, além do gorro de lã, e a sair no frio do inverno de novo. E depois ele caminharia até o curral e a manjedoura para começar tudo outra vez. Essa rotina, dia e noite, durou pouco mais de um mês.

Então, já era começo de março quando ele sentiu que havia descansado o suficiente para se permitir uma única noite de folga na cidade e dirigir até o bar da Main Street.

Ele saiu na noite fresca, vestindo outra vez suas roupas de passear na cidade e seu chapéu Bailey. Fizera a barba, se lavara e passara uma colônia que Victoria lhe dera de Natal. Era um sábado à noite, o céu sobre sua cabeça estava limpo, sem nenhuma nuvem, as estrelas nítidas e vívidas, como se estivessem tão perto quanto o mourão da cerca de arame farpado que se erguia acima da vala, ao lado da faixa alta e estreita de asfalto. Tudo à sua volta era nítido e visível. Raymond amava tudo o que estava vendo, só que jamais diria isso dessa maneira. Talvez ele pudesse dizer que tudo era assim como devia ser, nas planícies altas no fim do inverno, em uma noite fresca e límpida.

Em Holt, ele estacionou em frente à sede do *Holt Mercury*, que já estava fechado e às escuras àquela hora da noite, e foi andando um quarteirão, passando em frente às lojas apagadas da esquina. Dentro do bar, tudo estava como de hábito. O mesmo barulho e a mesma música country desolada, os homens jogando bilhar nos fundos e a televisão ligada em um volume muito alto sobre o balcão, o salão comprido tão cheio e enfumaçado quanto em dezembro — tudo igual, só que talvez agora um pouco mais intenso, e um pouco mais de alegria, uma vez que era sábado à noite.

Ele ficou parado na porta e não viu ninguém com quem pudesse sentar. Então, foi até o balcão, como fizera da outra vez, pediu um copo de cerveja, recebeu a bebida, pagou e depois se virou para observar o salão. Deu um gole em seu copo e passou a palma da mão para limpar a boca. Então viu que ela também estava lá outra vez, sentada sozinha em um reservado, olhando inclinada de lado. Seu cabelo castanho curto havia crescido um pouco, mas era Linda May.

Ele pegou seu copo de cerveja e foi passando pelas mesas dos fregueses até o reservado dela, parando uma única vez para deixar alguém passar na sua frente. Então, ela o viu vindo em sua direção e se recostou, olhando para ele sem se mexer, sem nenhuma expressão em seu semblante. Ele parou em frente ao reservado, tirou o chapéu e o ficou segurando ao lado do corpo.

Raymond, disse ela. É você? Ela falou alto demais. Usava uma blusa vermelha desabotoada no decote e, no pescoço, usava um colar de prata, além de argolas de prata em suas orelhas. Seus olhos pareciam brilhantes demais.

Sim, senhora, disse ele. Acho que sim.

O que você está fazendo?

Bem. Eu resolvi sair de noite. Achei que seria bom. Como eu fiz daquela vez.

Ela parecia analisá-lo. Faz muito tempo que você chegou?, perguntou ela.

Não. Não muito.

Como você está?

Estou bem, acho. Acho que estou muito bem. Andei meio ocupado. Ele olhou para o cabelo castanho dela e para seus olhos brilhantes. E você?

Ela começou a dizer alguma coisa, mas se virou para olhar para trás, e depois se virou outra vez para frente, pegou seu copo e bebeu um gole.

Senhora?, chamou ele. Você está bem?

O quê?

Eu perguntei se você está bem. Você me parece um pouco atordoada.

Estou bem.

Como está o seu carro?

Ela olhou para ele. Meu carro?

Sim, senhora. Daquela vez ele não quis pegar.

Ah, sim. Não, está funcionando. Obrigada por me dar a bateria.

Agora ele pega sempre. Ela fez um pequeno gesto com o copo. Você não quer sentar?

Se não for incomodar...

Não. Por favor.

Ele se sentou diante dela, pôs o copo de cerveja sobre a mesa e deixou o chapéu no assento a seu lado.

E como vai aquela menina e seu bebê?, perguntou ela.

Victoria? Elas estão muito bem, acho. Voltaram para Fort Collins.

Outra vez, ela olhou para os lados, virando-se para os fundos do salão, e então seus olhos se alteraram. Raymond acompanhou seu olhar e viu um ruivo alto com uma barriga considerável se aproximando deles. Ele parou e ficou ali por um tempo, então se sentou ao lado de Linda May e pôs o braço sobre os ombros dela. Mal saí de perto e você já arranjou companhia, disse ele.

Este é um amigo meu, disse ela. Raymond McPheron. Eu atendi o Raymond no hospital uma vez.

Imagino que você a tenha atendido bem.

Sim.

Como vai, meu velho?

Raymond olhou para ele do outro lado da mesa. Acho que eu não sei o seu nome, disse ele.

Ora, que diabos, você não me conhece? Achei que todo mundo aqui me conhecia. Eu sou da concessionária Ford.

Eu tenho um Dodge, disse Raymond.

Isso explica tudo, disse o homem. Cecil Walton, disse ele. Ergueu a mão no ar sobre a mesa e Raymond olhou para a mão dele e a apertou uma vez, brevemente.

Posso lhe pagar uma bebida — como você disse que se chama mesmo?

O nome dele é Raymond, disse Linda May. Eu falei antes.

É verdade, falou mesmo. Mas eu esqueci. Algum problema com isso?

Não fique com raiva.

Pois bem, Ray, posso lhe pagar uma bebida?

Eu já tenho uma aqui, respondeu Raymond.

Que tal a próxima? Eu vou pedir alguma coisa. E sei que essa pequena dama aqui também quer. Não quer? Ele olhou para ela.

Quero, respondeu ela.

O sujeito olhou para o meio do salão e começou a acenar com a mão. Continuou olhando, acenou e assobiou entre os dentes. Linda May estava sentada ao lado dele, apoiada no ombro da camisa verde de veludo dele. Pronto. Ela me viu, disse o sujeito. Está vindo.

A jovem garçonete loira veio trazendo uma bandeja do balcão cheia de copos vazios equilibrados. Parecia cansada. Já quer outra rodada, Cecil?, perguntou ela.

O que você acha?

Não sei. Estou muito cansada. Então, o que vai ser?

A mesma coisa para mim e para ela. E mais o que o meu velho amigo aqui quiser.

Eu não vou querer nada, obrigado, disse Raymond.

Beba alguma coisa, Ray.

Acho que não.

Tem certeza?

Sim.

A loira saiu e voltou através do salão lotado em direção ao balcão. O sujeito sentado diante de Raymond ficou olhando a mulher se afastar de calça justa, depois se inclinou e beijou o rosto de Linda May. Eu já volto, disse ele. Quero conversar com esse cara aqui do lado. Ele veio outro dia procurar um carro novo, vou vender para esse idiota. Você pode continuar e pôr o papo em dia com seu amigo.

Ele se levantou, foi até uma mesa vizinha, onde um homem gordo estava sentado com duas mulheres, e puxou uma cadeira e se sentou. Ele disse alguma coisa e todos riram. Linda May estava atenta a tudo o que ele fazia.

Você tem certeza de que está bem?, perguntou Raymond.

Ela tornou a se virar. Sim. Por quê?

Por nada, acho. Acho que vou para casa.

Você acabou de chegar.

Sim, senhora, eu sei.

Mas aconteceu alguma coisa?

Não aconteceu nada. Este é o melhor dos mundos, não é mesmo?

Não entendi. Por que você veio aqui hoje? O que você achou que ia acontecer?

Acho que não tinha uma ideia formada a esse respeito. Acho que só pensei em entrar, beber uma cerveja e ver se você estava aqui.

Mas por onde você andou? Já se passaram quase dois meses.

Eu andei meio ocupado.

Mas, meu Deus, você achou que eu ia ficar esperando? Foi isso que você pensou? Você não sabe nada de nada, não é?

Não, senhora. Acho que não sei mesmo. Ele se levantou do reservado. De todo o modo, cuide-se.

Raymond?

Foi um prazer revê-la, disse ele.

Pegou seu copo, seu chapéu e se afastou. Bebeu o resto da cerveja e deixou o copo no parapeito da janela, ao lado da porta da frente, afundou bem o chapéu na cabeça, como se esperasse uma ventania e saiu do bar. Ficara menos de quinze minutos ali dentro.

Foi caminhando pela calçada larga, passou em frente às lojas apagadas e entrou em sua caminhonete . Em seguida, rumou para o sul, deixando a cidade. Não havia nenhum carro ou outro veículo na estrada. Em casa, estacionou na garagem e andou de volta através do caminho de cascalho.

Quando chegou à cerca de arame, parou e ficou olhando para o estábulo dos cavalos e para o curral das vacas. Então, ergueu a cabeça e ficou olhando para as estrelas. Ele falou em voz alta. Velho burro desgraçado, disse. Seu velho ignorante filho da puta.

Depois, ele tornou a olhar para a frente, passou pelo portão, entrou na casa escura e silenciosa e fechou a porta.

Parte Quatro

33

Ela já estava com 16 anos, e Betty e Luther não a viam havia doze anos, desde que o juiz mandou levá-la embora, colocando-a em uma série de famílias adotivas em Phillips. Uma garota loira, alta, formosa, com um corpo comprido e olhos azuis como os da mãe, seu nariz comprido e fino como o do pai e o rosto aquadradado. Ela não era filha de Luther. Jamais conhecera o pai preso na Penitenciária Estadual de Idaho, cumprindo pena de dez anos por assalto e roubo à mão armada, nem tinha vontade de conhecê-lo. Betty o conhecera num verão de muitos anos antes, quando ela também era formosa e tinha um corpo esguio, e ele desaparecera apenas um mês depois. Ninguém tinha visto ou ouvido falar dele em Holt. Betty dera à filha seu nome de solteira, Lawson, e os dois primeiros nomes de sua querida mãe falecida, Donna Jean.

A garota apareceu uma noite no final de março no trailer de Luther e Betty, três horas depois de terem ido dormir. Ela ficou parada na porta no frio até Luther vir atender com apenas uma cueca velha. O que você quer?, perguntou ele.

Eu sou a Donna, respondeu ela.

Quem?

Donna. Você nem me reconhece?

Ela ficou ali parada olhando para ele, usando apenas uma capa de chuva preta e fina, sem cachecol, sem luvas. Cheirava a cigarro e vinho barato.

Donna?, repetiu ele.

Sim.

Como eu vou saber que é você?

Porra, sou eu. Quem mais poderia ser? Deixe-me entrar. Estou congelando aqui fora. A minha mãe não está em casa?

Ela está. Ela estava tentando dormir.

Pede para ela acordar. Não vou fazer nada. Fui expulsa de casa. Preciso de um lugar para passar a noite.

Acho que você pode entrar.

Ele se afastou, dando passagem a ela, e a garota alta e loira entrou na sala, olhando à sua volta. Luther voltou para o quarto e acordou Betty.

O que foi?, perguntou ela.

É melhor você levantar e ver.

Por quê?

Venha ver você mesma.

Betty se levantou da cama, vestiu seu roupão e foi caminhando, sonolenta, para a sala. Não me diga, disse, olhando para a menina. É você mesma?

Sim, disse a menina.

Oh, Senhor. Oh, minha garotinha. Betty atravessou correndo e lançou os braços em torno do pescoço dela. A garota ficou rígida. Betty começou a soluçar, acariciando a cabeça da filha. Oh, meu Deus. Oh, meu Deus. Ela recuou um pouco para olhar para ela. Faz tanto tempo que eu não te vejo. E olhe para você. Tão crescida. Eu estava torcendo. Rezando todo dia. Não estava, Luther?

Sim, senhora, disse ele. Às vezes mais de uma vez ao dia.

O que aconteceu?, perguntou Betty. Tentei ligar, mas da última vez a mulher com quem você mora nem me deixou falar com você.

Eu fui expulsa, falou a menina. Ela se afastou dos braços de Betty.

Ela foi expulsa, disse Luther. Foi por isso que ela veio. Procurar a mãe.

Preciso de um lugar para ficar, disse a garota. Foi por isso que eu vim.

Você ainda não disse o que aconteceu, querida.

Foi aquela mulher, disse a garota. Ela é uma piranha maldita. É isso que ela é. Ela não me deixava fazer nada. Eu tinha que ir sempre à igreja com eles, e ela tentou me impedir de ver o Raydell.

Quem é esse?

Um garoto que eu conheço.

E qual é o problema dele?

Nada mesmo. É só preconceito. Ele é metade negro e metade branco. Ela não gostava da metade preta.

Onde ele está agora? Ele está aqui?

Aqui? Por que ele estaria aqui? Ele voltou para Phillips. Ele mora lá.

Então, como você veio até aqui, querida?

Peguei uma carona com um caminhoneiro. Eu estava na beira da estrada esperando carona, congelando a bunda no frio.

Não acho que você deva sair a essa hora da noite. Pode acontecer alguma coisa.

O que pode acontecer?

Qualquer coisa.

Oh, ele não tentou fazer nada. Eu não ia deixar nem ele tentar.

Mesmo assim, é perigoso sair no frio a essa hora da noite.

O que mais eu poderia fazer? Achei que você poderia me deixar ficar um pouco.

Sim, querida, claro que você pode ficar. É tão bom te ver. Está com fome? Quer que eu faça alguma coisa para você comer?

Queria fumar um cigarro.

Você fuma?

Sim.

Betty olhou à sua volta. Mas, em geral, nós não deixamos ninguém fumar dentro de casa, disse ela. Por causa da Joy Rae e do Richie.

Quem são esses?

Você nem conheceu, não é? Sua meia-irmã e seu meio-irmão.

Nunca ouvi falar neles antes.

Bem, pois são seus irmãos. Você tem parentes que nem sabia ter.

Isso mesmo, disse Luther. Aqui, você tem todo tipo de parente. Ele deu um sorrisinho. Mas vocês duas vão querer ficar acordadas conversando. Eu preciso voltar para a cama.

Quando ele saiu da sala, Betty pegou a mão da garota e a levou até a mesa da cozinha. Por que você não senta aqui um pouco? Pelo menos, posso preparar uma bebida quente. Sei que você deve estar com sede.

A garota olhou para a cozinha. Está uma bagunça, disse ela.

Eu sei, querida. Mas, se você fala assim, me magoa. Eu andei doente.

Bem, mas está uma bagunça mesmo.

Eu vou arrumar. Betty tirou alguns pratos sujos da bancada e empilhou alguns na pia, então pôs a tampa de um pote de vidro na frente da menina.

Para que é isso?

Pode fumar, se for só um pouquinho. É a sua primeira noite aqui, meu bem. Estou muito feliz que você veio para casa.

Ela se instalou ali, naquela primeira noite, no sofá da sala. Pela manhã, eles a apresentaram a Joy Rae e Richie. As duas crianças olharam para ela desconfiadas e não falaram nada. Depois que foram para a escola, ela voltou a dormir até o meio-dia, e depois tomou um banho, enquanto Betty preparava o almoço.

Logo a garota começou a ficar entediada no trailer e saiu, e foi na direção do centro. Era uma tarde fria e com muita ventania. Com sua capa de chuva preta, ela ficou perambulando pelas lojas. Entrou na Weiger's Drug e, na loja de departamentos Schulte's, ficou olhando para as roupas dos cabides pendurados nas araras de metal. Experimentou um vestido cor-de-rosa de noite, comprido, com um corpete curto, enquanto a vendedora a observava, agitada. O vestido ficou bem em seu corpo alto e fez com que parecesse mais velha e mais sofisticada. Ela se examinou por muito tempo nos espelhos, virando para ver como o vestido ficava de lado e de costas, fazendo com as mãos como vira as mulheres fazendo nas revistas, depois tirou o vestido, devolveu-o ao cabide e o estendeu para a funcionária. Mudei de ideia, disse.

Não gostei desse. Saiu novamente, atravessou a Second Street e foi caminhando até o meio da quadra, até a Duckwall's.

Na Duckwall's, ficou vagueando por entre os corredores, escolheu diversos itens, os analisou e, cerca de quinze minutos depois, enquanto a mulher do caixa fechava uma compra, ela embolsou um batom e uma caixinha de rímel e sombra. Em seguida, afastou-se lentamente para olhar espelhos de mão e bolsas, e voltou para a frente da loja, até as prateleiras de cartões comemorativos, e ali ficou por algum tempo lendo os dizeres. Por fim, saiu da loja e seguiu pela calçada larga.

Quando ela voltou ao trailer, as crianças haviam retornado para casa, e Betty então disse a Joy Rae para deixar a irmã mais velha se mudar para seu quarto. Vocês podem dormir na mesma cama. Algum dia vocês tinham de acabar se conhecendo.

Joy Rae ficou contrariada e assustada, mas a garota disse a ela: Eu tenho uma coisa para te mostrar.

O que é?

A garota se dirigiu à mãe. A gente vai se dar bem, disse ela.

Claro, vocês são irmãs, disse Betty.

Elas seguiram pelo corredor e entraram no quarto organizado de Joy Rae. Senta aqui, disse a garota, e fecha a porta.

O que você vai fazer?

Não vou te machucar. Senta. Eu quero te mostrar uma coisa.

Joy Rae se sentou na cama e a garota tirou o batom e o rímel da Duckwall's da bolsa. Vou te mostrar como se maquiar, disse ela. Quantos anos você tem?

Onze.

Bem, porra... Eu já estava beijando os garotos e usando brilho labial Make a Promise com essa idade. Você está muito atrasada. Ainda parece criança demais. Meio magrinha.

Joy Rae desviou o rosto. Não é culpa minha. É que eu sou assim.

Olha, não se preocupa com isso. Vou dar um jeito em você. Os meninos dessa cidadezinha de merda vão ficar loucos por você. Eles vão querer te engolir. Ela sorriu. Vão sonhar com isso.

O que você vai fazer?

Vou te mostrar. Levanta o rosto. Isso. Muito bem, você é muito linda, sabia disso?

Não.

Você é. Estou vendo agora. Você também vai ficar bonita. Como eu.

A garota se inclinou sobre a meia-irmã e passou rímel em seus cílios e delineador preto nos olhos. Pare de piscar, disse ela. Assim fode tudo, é isso que você quer? Não pode piscar enquanto eu estou fazendo isso. Ela ajustou levemente o ângulo do queixo da irmãzinha, girou o batom, depois cobriu o lábio superior e fez uma única mancha precisa no inferior. Agora aperta os lábios, disse ela. Isso, assim mesmo. Mas não muito.

Assim?

Assim. Ela mostrou, depois se afastou outra vez. Não quer ver como ficou?

Sim.

Ela deu um passo para trás e pegou um espelho de mão na cômoda, estendendo-o para ela. O que você acha?

Joy Rae se olhou no espelho, ergueu a cabeça e virou o rosto. Seus olhos se arregalaram. Nem parece que sou eu.

A ideia é essa.

Posso ficar assim?

Por que não? Eu não vou te impedir. Garota, agora você está pronta.

Então, ela acendeu um cigarro e sentou ao lado da irmã na cama.

Quando Betty as chamou para jantar, Joy Rae veio com a maquiagem ainda no rosto, e sentou em sua cadeira de sempre, olhando fixamente para o outro lado da sala, esperando.

Ora, ora, disse Luther. Quem é essa? Olha só a minha garotinha.

Betty olhou para ela e disse: Olha, não sei se ela tem idade para usar isso.

Ela precisava aprender, disse a garota. Quem iria ensinar se não eu?

Sentaram-se à mesa e comeram filé salisbury congelado, batatas fritas e pão, com sorvete de sobremesa. Joy Rae falou muito pouco enquanto comiam, e simplesmente se limitou a ficar olhando para todo mundo com seus novos olhos estranhos.

Depois do jantar, quando todo mundo foi dormir, a garota ligou para Raydell em Phillips e ficou conversando com ele durante muito tempo. Está com saudade?, perguntou ela. Me diz o que você faria se pudesse me ver agora. E a resposta dele fez a jovem rir.

Na manhã seguinte, Betty permitiu que Joy Rae fosse de batom à escola, mas só no intervalo alguém falou alguma coisa para ela. Três meninas foram até ela e perguntaram se ela havia trazido o batom consigo, e ela respondeu que pertencia à irmã mais velha. Quiseram saber desde quando ela tinha uma irmã mais velha e Joy Rae disse que sempre tivera, só que elas nunca tinham se visto antes. Quiseram saber quando poderiam conhecê-la. Quem sabe ela não podia maquiá-las também?

No dia seguinte, no final da tarde, ela voltou à Duckwall's e começou a percorrer os corredores. Quando se viu segura de que não havia ninguém olhando, enfiou um porta-níquel feminino, exposto em uma mesa, no bolso de sua capa de chuva. Então, tornou a perambular pelos corredores e, após algum tempo, seguiu em direção à saída da loja. Mas a vendedora parou bem na frente dela. Você não está pensando em pagar por isso?

Por isso o quê?

Pelo porta-níquel que está no seu bolso. Eu vi você pegando. Ela enfiou a mão no bolso dela e tirou o objeto.

Ah, esqueci que tinha posto aí.

Você queria roubar.

Não ia roubar porra nenhuma.

Claro que ia.

A vendedora chamou o gerente no escritório dos fundos, uma homem magro e alto com uma pequena pança rígida. O que houve? perguntou ele.

Essa menina roubou esse porta-níquel.

Eu não ia roubar.
Ia, sim.
Você sabe que sair sem pagar é crime, não?, disse o gerente.
Eu não ia sair sem pagar, seu babaca idiota. Eu esqueci que estava no meu bolso.
É melhor você controlar essa boca suja. E ir se sentando aí. Ele apontou uma cadeira perto da porta. Ligue para a polícia, Darlene, disse ele à vendedora.
A vendedora ligou. A garota se sentou na cadeira e ficou olhando e esperando com uma expressão furiosa. O gerente parou perto dela. Algum tempo depois, a viatura estacionou na frente da Duckwall's, e um policial de uniforme azul-marinho com um cinto de couro e um revólver entrou na loja, e o gerente explicou o que havia acontecido. Foi isso mesmo? perguntou o policial.
Não, respondeu a garota.
Qual é a sua versão da história?
Eu não ia roubar nada. Só esqueci de pagar, só isso. Esqueci que isso estava no meu bolso.
Você tem dinheiro para comprar?
Dos bolsos da capa, ela tirou cigarros, fósforos e uma bolsinha de plástico que continha apenas moedas.
Ele olhou para ela. Nunca te vi por aqui antes, disse ele. Como você se chama?
Donna Lawson.
Onde você mora?
Estou na casa da minha mãe e do marido dela, na Detroit Street.
Quem são eles?
Luther e Betty Wallace.
O policial olhou bem para ela. Está certo, disse. Ele se virou para o gerente. Pode deixar que eu cuido disso agora.
Não quero mais essa moça aqui na loja.
Ela não vai mais voltar aqui. Não se preocupe.
É bom mesmo.
O policial levou-a pelo braço até a viatura, abriu a porta de trás e ela entrou. Ele deu a volta, sentou atrás do volante, deu ré e foi até a Detroit Street, parando na frente do trailer. É aqui, não?

Sim, confirmou a garota. Ela fez menção de sair.
Aonde você vai?, perguntou ele. Eu mandei você sair?
Não.
Então espere até eu mandar você sair. Feche a porta.
Ela obedeceu. O que você quer?
Vou lhe dizer uma coisa antes de entrarmos. Dessa vez, eu vou lhe dar uma chance. Mas é bom você tomar cuidado. Ou você vai acabar arranjando um grande problema, um problema maior do que você imagina que é possível nesta vida.
Mas eu não fiz nada.
Sei. Eu já ouvi essa história antes. É golpe. Mas nós dois sabemos disso. Porque eu sei o que uma garota como você é capaz de fazer. Eu já vi isso muitas e muitas vezes. E também aposto que você nunca esteve no banco de trás de um carro.
Como assim?
Você entendeu muito bem.
Vai se foder.
Exatamente. Continue assim. Mas não se esqueça de mim. Está me entendendo?
A garota ficou sentada, olhando para ele no retrovisor.
Eu perguntei se você está me entendendo.
Sim, disse ela. Entendi. Tudo bem agora? Já entendi.
Certo. Vamos logo acabar com isso.
Eles saíram do carro e foram pelo caminho de terra até o trailer. Lá dentro, o policial disse a Betty e Luther o que haviam acusado a garota de ter feito. Ele disse que a jovem não devia ficar vagando pelas ruas e que eles deviam tomar mais cuidado e mantê-la sob controle. E por que ela não está na escola?, perguntou ele.

Ela acabou de chegar,, respondeu Luther. Ainda não tivemos tempo de matriculá-la na escola.

Bem, é melhor ela ir para a escola logo. Do jeito que está, fica com muito tempo livre. Eu vou voltar aqui depois para confirmar.

Quando ele foi embora, Betty e Luther tentaram conversar com Donna, mas, cinco minutos depois, ela não aguentava mais. Oh, vão se foder, disse ela, e voltou para o quarto e se deitou na cama de Joy Rae. Ela não veio jantar. Levou o telefone para o quarto e ligou para Raydell, pedindo que ele fosse buscá-la. Raydell disse que estava tarde. É melhor você vir logo me buscar, caralho, disse ela. Melhor você vir me buscar já.

Ela ficou no quarto com Joy Rae até as onze horas naquela noite. Então, Raydell parou o carro na frente do trailer e buzinou, e ela veio até a sala, onde Betty e Luther estavam sentados no sofá. Nem tente me impedir, disse ela.

Betty começou a chorar e Luther disse: Você não pode ir embora. Pense na sua mãe.

Vá se foder, seu gordo broxa. E eu não suporto mais a minha mãe. Olhe só para ela. Ela me dá nojo. Essa não é a minha família. Eu não tenho família nenhuma.

Então, ela bateu a porta e saiu correndo até o carro. Ela entrou ao lado do rapaz e o carro foi embora, roncando pela Detroit Street, na direção da estrada e da saída da cidade.

Ouvindo o carro se afastar rapidamente, Betty se atirou no chão e começou a se debater, gemer e espernear. Ela chutou a mesa de centro. Luther se inclinou sobre ela, tentando acalmá-la. Vai dar tudo certo, querida, disse ele. Vai ficar tudo bem. Ela falou aquilo sem pensar. As duas crianças, Joy Rae e Richie, saíram de seus quartos e ficaram paradas no corredor, olhando para os pais, sem nenhuma surpresa pelo que estavam vendo! Após algum tempo, viraram-se e voltaram para a cama.

No quarto, Joy Rae vasculhou a penteadeira, mas o batom e o rímel haviam sumido. Ela se olhou no espelho de mão. Só havia um resquício de vermelho apagado em sua boca.

34

Naquela noite, ela estava deitada no quarto dos fundos com o homem loiro do banco. Dena e Emma estavam dormindo no quarto que dava para o corredor. Era uma noite de primavera, a janela estava aberta para o ar fresco entrar, e Mary Wells e Bob Jeter estavam conversando baixinho no escuro. Você não precisa ir embora, disse ela. Eu não ligo para os vizinhos. São só duas velhinhas viúvas que moram aqui do lado. Elas vão fofocar de qualquer jeito.

É melhor eu ir, disse ele.

Por favor, pediu ela. Ela estava deitada de lado olhando para ele, o braço por cima do peito dele. Não está bom aqui? Fica comigo.

Mas e as suas filhas?

Elas já estão começando a se acostumar. Elas já gostam de você.

Não gostam, não.

Por que você diz isso?

Elas não gostam nem um pouco de mim. Por que elas iriam gostar?

Por que não? Você é simpático com elas.

Eu não sou o pai delas.

Fique, disse ela. Só mais um pouco.

Não posso.

Por que não?

Porque não.

Porque você não quer ficar.

Não é isso, disse ele. Ele se libertou do braço dela, virou-se e se levantou da cama. No escuro, começou a recolher suas roupas. Movendo-se no quarto, ele bateu o pé na perna de uma cadeira. Esbravejou.

O que foi?, perguntou ela.

Nada.

Vou acender a luz. Ela acendeu o abajur do criado-mudo e ficou observando o homem se vestir. Diferentemente de seu marido no Alasca, aquele homem vestia as próprias roupas de forma meticulosa. Ele enfiou a cueca, ajustando a altura do elástico na cintura, depois vestiu a camisa e a calça, e ficou de pé, afastando os joelhos para sustentar a calça enquanto enfiava a camisa para dentro. Em seguida, afivelou o cinto de couro com uma fivela fina de latão, sentou-se na cama e calçou as meias escuras e os sapatos escuros. O cabelo dele estava desgrenhado e ele parou com os joelhos dobrados diante do espelho da penteadeira dela e penteou bem seu cabelo loiro e fino e também o bigode e o cavanhaque. Então, vestiu o paletó e abotoou os punhos da camisa.

Ela estava deitada de lado com o lençol por cima, olhando para ele. Um de seus ombros estava à mostra, e reluzia e ficava muito bonito naquela luz. Me dá um beijo antes de ir, pediu ela.

Ele deu um passo até a cama e a beijou, depois percorreu o corredor sem fazer barulho e saiu pela porta da frente, no ar frio da noite. Ela se levantou da cama com o lençol enrolado no corpo e foi atrás dele. Ficou observando o carro dele se afastar na rua vazia, vendo-o passar sob a luz do poste da esquina, depois dobrar na Main Street e desaparecer de seu campo de visão. As sombras do poste pareciam bonecos de palitos compridos expulsos de detrás das árvores e, por toda a rua, havia fachadas silenciosas de casas apagadas. Ela sentou na sala escura. Uma hora depois, acordou tremendo de frio e voltou para a cama.

Depois dessa noite, uma semana se passou sem que ele telefonasse à noite, como costumava fazer. Ela esperou até o meio da semana seguinte e, ainda assim, ele não ligou. Então, ela ligou duas vezes para ele no meio da noite, em sua sala escura, mas ele deu uma desculpa, dizendo que não podia falar, e da segunda vez que ela telefonou ele desligou assim que ela disse o nome dele. No dia seguinte, pela manhã, ela foi visitá-lo no banco.

O escritório ficava nos fundos, no canto, com um vidro que dava para o corredor, e ela podia vê-lo sentado atrás de sua mesa falando ao telefone. A mulher da recepção perguntou se podia ajudar, mas Mary Wells disse: Não, você não pode me ajudar. Eu vim falar com ele. Então, ele terminou a ligação, e ela entrou no escritório dele, como se tivesse vindo falar sobre um empréstimo ou uma segunda hipoteca.

O que você quer?, perguntou ele.

Eu vim te ver.

Não posso falar agora.

Eu sei. Mas você não fala mais comigo ao telefone. Então, eu tive que vir até aqui. Você não gosta mais de mim, é isso?

Ele pegou uma caneta prateada comprida da escrivaninha e a segurou entre os dedos.

É isso, não é? Você pelo menos deveria me dizer.

Acho que a gente precisa dar um tempo, disse ele. Só isso.

Dar um tempo?, repetiu ela. Que covarde...

Ele ficou olhando fixamente para ela e então se recostou em sua poltrona.

Você é um covarde, não é?, indagou ela.

Não.

É um sim. Você é. Agora entendi. Você queria se divertir, mas não quer saber de complicação. Você não passa de um menino.

Acho melhor você ir embora, aconselhou ele. Tenho muito trabalho hoje. Mais tarde eu te ligo.

Mais tarde você me liga?

Sim.

Não, você não vai mais me ligar. Você pensa que eu sou burra? Que eu são tão patética assim? Ela se levantou. E agora você precisa trabalhar, não é?

É claro. Aqui é o meu escritório. É aqui que eu trabalho.

Que interessante, disse ela. E você gostaria que eu fosse embora, não é? Você quer que eu saia e não faça nenhum escândalo. Não é isso? Ela olhou para ele. Ele não disse nada. Está bem, disse ela. Então ela se inclinou sobre a mesa dele e derrubou todos os papéis no chão.

Ele se levantou e a agarrou pelo pulso. O que diabos você está fazendo?

Ela se desvencilhou dele e atirou o telefone dele no chão. É isso que eu acho de você e do seu trabalho. Seu covardezinho de merda. Seu menininho covarde.

Agora você vai embora?

Sabe de uma coisa? Acho que vou. Porque, quer saber? Eu não quero mais nada com você. Agora eu é que não quero mais. E não me ligue nunca mais. Se uma noite você se sentir sozinho e começar a se lembrar de como era na cama comigo e de como eu era boa para você, e então quiser me ligar, para ver se pode passar na minha casa rapidamente, não faça isso. Eu vou te esquecer antes disso, seu moleque assustado, seu covardezinho de merda. Eu nem vou atender o telefone. Nunca mais quero falar com você.

Ela saiu do escritório envidraçado dele. Os caixas e as pessoas na fila dos caixas e a mulher da recepção estavam todos olhando para ela. Ela os encarou de volta e então parou. Ela parou bem no meio da agência e se dirigiu a todos eles.

Ele não é muito bom de cama, disse ela. Não sei se vocês já sabiam disso. Ele nunca foi muito bom de cama. Eu mereço coisa melhor. Então, ela saiu, atravessou a rua, entrou no carro e voltou para casa.

Uma vez em casa, ela desabou. Mal conseguia se levantar para fazer café da manhã para as meninas ou prepará-las para a escola, e costumava estar ainda na cama, bebendo gim e fumando, quando as meninas voltavam, à tarde. Elas entravam no quarto dela e ficavam na porta, paradas, olhando para a mãe. Às vezes elas se deitavam na cama ao lado dela e dormiam ali, naquele lugar que costumava ser tão gostoso e confortável. Agora era mais comum as duas irmãs brigarem quando estavam em casa, e ela mandava parar, mas outras vezes ela simplesmente se levantava, batia a porta, acendia um cigarro e voltava a se deitar.

Lá fora, as árvores diante de sua janela, no caminho de cascalho, começavam a brotar e a formar as primeiras folhas, naqueles dias mornos do início da primavera. Mas ela permanecia na cama, fumando e bebendo, olhando para o teto, para as luzes que se moviam através da superfície lisa e branca quando a noite caía, e durante todo esse tempo ela ficava perdida em seus pensamentos conturbados. A única coisa de que ela se orgulhava era o fato de não ter voltado a telefonar para Bob Jeter. Ela sentia certa satisfação por isso. E esperava que ele também estivesse sofrendo bastante.

35

Quando Victoria Roubideaux voltou para casa de Raymond, nas férias de primavera, trouxe consigo um rapaz. Era um rapaz alto e magro, de óculos de armação de metal e cabelo preto bem curto, e usava uma pequena argola de ouro na orelha. Eles chegaram na casa uma noite, nas sombras azuladas sob a luz do terreiro, com Katie no colo. Quando entraram na cozinha, Raymond saiu da janela, onde estivera observando, e Victoria beijou-o como sempre e ele a abraçou e também a garotinha. Quero que você conheça Del Gutierrez.

O menino deu um passo à frente e apertou a mão de Raymond. Victoria me falou muito sobre você, disse ele.

É mesmo?, perguntou Raymond.

Sim, ela falou.

Então, eu estou em desvantagem aqui. Acho que nunca ouvi falar em você.

Eu te falei dele, disse Victoria. Da última vez que nos falamos por telefone. Acho que você está fingindo que nunca falei.

Talvez você tenha falado. Eu não me lembro. Seja como for, entrem, entrem. Bem-vindos a esta velha casa.

Obrigado. Que bom estar aqui!

Bem, é bastante tranquilo. Nada como na cidade. De onde você é, filho?

Denver.

Da cidade.

Sim, senhor. Vivi lá a vida inteira. Até ir para a faculdade.

Bem, por aqui as coisas são um pouco diferentes. Mais lentas. De todo o modo, se você é amigo da Victoria, é bem-vindo.

Eles foram até o carro e trouxeram as malas para dentro. Em seguida, Victoria preparou um jantar leve. Foi uma refeição silenciosa e constrangida. Victoria ficou falando praticamente sozinha. Depois, Raymond levou a garotinha para a sala, sentou com ela no colo na poltrona reclinável, leu o jornal e conversou com ela um pouquinho, enquanto a mãe e o menino lavavam a louça. A princípio, Katie ficou tímida com ele, mas foi ficando mais afetuosa durante o jantar e agora já estava dormindo, encolhida, no ombro dele. Raymond olhou para a cozinha, por cima do jornal. Não sabia o que eles estavam falando, mas Victoria parecia feliz. A certa altura, o rapaz se inclinou para ela e a beijou, então se virou e viu que Raymond estava olhando para eles.

Victoria fez a cama para Del Gutierrez no antigo quarto de Harold lá em cima, e Raymond assistiu ao noticiário das dez e à previsão do tempo na televisão, depois desejou boa-noite e subiu. Por algum tempo, ele ficou acordado para ver se conseguia ouvir alguma coisa, mas não conseguiu ouvir nada. Após algum tempo, pegou no sono, depois acordou, quando o rapaz veio pelo corredor para entrar no quarto dele e fechou a porta. Ele ficou ali pensando em quanto tempo fazia desde que ouvira pela última vez alguém se mexendo no quarto do irmão.

Na manhã seguinte, o rapaz o surpreendeu. Ele estava bebendo café na mesa da cozinha quando Raymond desceu na luz oblíqua dos primeiros raios da manhã. Nunca imaginei que você fosse acordar tão cedo, disse Raymond.

Achei que podia ajudar em alguma coisa, disse o rapaz.

Alguma coisa?

Lá fora. Qualquer coisa que você precise fazer.

Raymond ficou olhando à sua volta, na cozinha. Você fez café?

Sim.

Será que podemos dividir?

Sim, senhor. Posso servir uma xícara?

Oh, eu acho que ainda sei onde guardo as xícaras. A não ser que elas tenham saído do lugar ontem à noite.

Ele tirou a sua xícara de sempre, serviu-se de um pouco de café e ficou olhando pela janela, de costas para o rapaz. Depois, ele terminou e deixou a xícara na pia. Está bem, disse ele. Você pode vir comigo, se é o que você acha que quer fazer. Preciso alimentar os animais, depois a gente volta para tomar café da manhã.

Está certo, disse o rapaz.

Você trouxe uma roupa mais quente?

Eu trouxe uma jaqueta.

Você vai precisar de algo mais grosso.

Raymond tirou a jaqueta de lona acolchoada do irmão do pino ao lado da porta e ofereceu a ele. As luvas estão no bolso lateral. Você tem um gorro?

Eu não costumo usar.

Tome, use esse. Ele estendeu o velho gorro de lã vermelho de Harold. Não quero nem pensar no que a Victoria diria se eu deixasse as suas orelhas congelarem logo no primeiro dia.

O rapaz vestiu o gorro velho. Com seus óculos de armação de metal e as abas soltas do gorro para trás, ele parecia um desses imigrantes míopes de muito tempo atrás.

Bem, disse Raymond. Acho que você consegue. Ele pôs o casaco, o gorro e as luvas, e eles saíram.

Atravessaram o portão de arame e foram até o pasto a leste do celeiro, onde o antigo trator Farmall vermelho desbotado pelo sol estava engatado à carreta de feno, ao lado da pilha de fardos. Um vento frio soprava do oeste, o céu escurecido por fileiras de nuvens. Raymond mandou o rapaz subir na pilha e ir jogando os fardos para baixo, enquanto ele ia empilhando o feno na carreta. Assim, eu acho que vamos carregar bastante, com você aqui, disse ele.

Trabalharam por quase uma hora. O rapaz ia atirando fardo atrás de fardo, e os fardos iam caindo com estrondo na tábua gasta da carreta. Raymond ia reempilhando os fardos enfileirados. Após algum tempo, o rapaz tirou a jaqueta e eles continuaram trabalhando. Então, Raymond mandou que o jovem parasse, desceu da carreta e sentou no banco do trator. Agora vamos, disse ele.

Onde eu fico?, perguntou o rapaz.

Fique aqui na barra de tração. E segure firme. Você não vai querer cair e ser esmagado por essas rodas de carreta. O rapaz vestiu a jaqueta outra vez e subiu atrás de Raymond, segurando no encosto do banco de metal, e eles foram aos solavancos pelo pasto, balançando no terreno irregular de uma trilha por entre touceiras de artemísias e iúcas, até onde as vacas e os bezerros pastavam e se encostavam uns nos outros, esperando o alimento matinal.

Raymond freou. Você acha que consegue dirigir esse trator?

Não sei. Nunca dirigi um antes.

Sobe aqui. Eu vou te mostrar.

Eles trocaram de lugar, e Raymond mostrou qual era a marcha usada para o trator simplesmente andar para a frente, mostrou os dois pedais de freio, a embreagem e o acelerador de mão.

Imagino que você já tenha usado um câmbio.

Pelo menos isso, eu conheço.

Não tem segredo algum. É só continuar dentro do terreno e deixar o veículo andar. Acelere um pouquinho quando for preciso, para subir qualquer aclive.

O menino sentou no banco de metal e eles seguiram, o trator balançando e arquejando.

Você vai precisar sair por aqui, disse Raymond. Siga essa trilha de terra batida até lá onde costumo alimentá-los.

Até lá?

Você acha que consegue?

Sim.

Então, tudo certo. Vamos alimentar esse gado.

Raymond subiu na carreta e puxou o cordão do primeiro fardo, esticou o cordão na vertical, desfez o fardo e espalhou o feno pela lateral da carreta no chão. Então, eles seguiram lentamente em frente, conforme ele soltava e espalhava o fardo seguinte, e as vacas famintas e os bezerros começaram a se juntar e a comer, formando uma longa fila atrás da carreta sacolejante, todos cabisbaixos, com uma nuvem de vapor e hálito quente sobre eles. Do trator, o rapaz olhou para trás, para ver como estavam as coisas, e viu o velho trabalhando sem parar, jogando feno solto no chão. Então ele tornou a olhar para frente e reparou em uma reentrância profunda no chão à frente deles, onde o terreno ficara oco. Ele virou rapidamente para se desviar da greta, mas o canto da carreta de feno entalou no sulco profundo do pneu do trator, até a primeira tábua, inclinando a carreta em um ângulo agudo e perigoso, erguendo-a mais de um metro acima do chão. Raymond berrou com ele. O rapaz se virou para ver e pisou no freio, então tornou a se virar para trás. Raymond se segurava para não cair. O rosto do rapaz ficou pálido. Oh, que merda, disse ele. O que foi que eu fiz?

Você virou demais. Não pode virar bruscamente desse jeito quando está puxando uma carreta. Agora vire o suficiente para o outro lado.

Eu estraguei a carreta?

Ainda não. Mas vire bastante e vá devagar.

Talvez seja melhor você vir aqui e dirigir.

Não. Continue assim. Você está indo bem. Mas vá devagar.

Não sei se consigo fazer isso.

Agora vamos. Tente.

O rapaz se sentou no banco, virou o volante para a esquerda e, lentamente, foi soltando a embreagem. O trator virou bruscamente e, o canto da carreta se soltou do sulco do pneu do trator, rachando um pouco a madeira. Então, o pneu ficou livre e a carreta de feno voltou à posição horizontal.

Agora endireite, berrou Raymond. Mas bem devagar ou você vai fazer a carreta entalar de novo no pneu.

O menino continuou dirigindo em frente, com a carreta balançando atrás do trator, e quando ele olhou para trás, Raymond fez sinal para ele continuar. Ele dirigiu bem lentamente, olhando para a frente, além do tubo de escapamento, através do terreno batido e frio. Algum tempo depois, Raymond berrou para ele parar, depois desceu da carreta e subiu na traseira do trator. Por hoje, chega. Leve-nos até o pasto agora.

Acho melhor você dirigir.

Como assim? Você está indo bem. Mas mude de marcha agora.

Não queremos ir todo o trajeto até em casa nesse ritmo de vovozinha.

E o que eu fiz de errado lá?

Isso acontece. É só não fazer de novo. Preste atenção da próxima vez e vai dar tudo certo. Agora vamos tomar café da manhã.

O rapaz trocou de marcha, e eles saíram do pasto aos solavancos. Raymond desceu para fechar o portão e o rapaz estacionou do lado de dentro da cerca, desligou o trator, e juntos foram caminhando até a casa embaixo das nuvens ralas.

Não sei como você consegue fazer tudo isso sozinho, disse o rapaz.

Não?

Não, senhor. Parece muita coisa para uma pessoa só.

Raymond olhou para ele. O que mais posso fazer?

O rapaz balançou a cabeça e eles foram em frente.

Na cozinha, a garotinha estava sentada à mesa pintando em um livro de colorir, e Victoria estava em pé diante do fogão. Quando ela viu Del Gutierrez usando o velho casaco de lona de Harold e seu velho gorro de lã, com as abas soltas caindo ao lado das faces vermelha, disse: Agora espere aí. Fiquem aí parados que eu vou buscar minha câmera.

Não, não vai, disse Raymond. Deixe-o em paz. O Del e eu estávamos trabalhando, alimentando o gado. Não é momento de tirar foto.

Eu preciso me aquecer, não?, disse o rapaz.

Você parece bem aquecido, disse Victoria. Olhe só para você. Então, ela deu uma risada e eles ficaram parados olhando para ela, os dentes brancos e regulares, o seu cabelo negro e grosso que lhe caía nos ombros, seus olhos negros e brilhantes, e ambos se sentiram ao mesmo tempo desajeitados e sem palavras na presença de tamanha beleza, ao vê-la assim, vindos do frio e do vento que levantava a poeira, ao encontrá-la à espera deles, divertida, rindo de algo que eles haviam feito. Isso fez Raymond subitamente se lembrar do irmão, e ele não quis correr o risco de ficar constrangido e começar a chorar, de modo que ele não disse nada. Ele se virou para o outro lado, e ele e o rapaz penduraram os casacos ao lado da porta e se lavaram na pia.

Victoria havia deixado o desjejum pronto para eles. Ela trouxe os pratos de ovos, bacon e torradas com manteiga, e serviu as xícaras de café. Todos se sentaram à mesa de pinho da cozinha. A garotinha esticou os braços e disse: *Poppy*, então Raymond pegou-a no colo e eles começaram a comer.

Você acha que pode fazer dele um rancheiro?, perguntou Victoria.

Raymond parou de comer. Não sei, respondeu ele. Ele olhou para a jovem. Acho que ele pode bem virar um rancheiro. Hoje ele trabalhou muito bem.

Você o deixou dirigir o trator?

Sim, senhora. E ele fez muito bem. Ele se virou para olhar para o rapaz. Claro que eu não posso dizer o mesmo desse brinco que ele está usando. Imagino que, depois de um tempo, esse furo na orelha feche, mas eu não tenho experiência nesse tipo de coisa.

O rosto do rapaz ficou vermelho e ele levou a mão à orelha. Então, sorriu para Victoria do outro lado da mesa.

Acho que ele deve continuar assim como está, disse ela. Eu gosto.

Na sexta daquela semana, Victoria e Del Gutierrez resolveram ir ao cinema em Holt. Não importava o filme, eles só queriam sair de casa e fazer alguma coisa sozinhos, e Raymond os encorajou a jantar no Wagon Wheel Café na frente do cinema. Ele dera ao rapaz quarenta dólares por tê-lo ajudado no serviço do rancho. Antes de saírem, ele entrou no quarto de Victoria e fechou a porta. O que foi?, perguntou ela.

Não foi nada, respondeu ele. Então, disse a ela, num sussurro alto de velho:

Ele é muito trabalhador, sabia?

Do que você está falando?, perguntou ela.

Que esse rapaz fez um trabalho muito bom esses dias. Ele trabalha duro.

Você acha mesmo?

Acho, sim.

Ele me contou o que aconteceu da primeira vez que ele dirigiu o trator.
Ele não precisava ter contado.
Ele disse que você não se incomodou. Que você não gritou com ele nem nada.
Bem, não quebrou nada, e todo mundo precisa ter uma chance. Ele foi muito bem. De todo o modo, queria dizer que talvez você devesse pensar em continuar com ele.
Victoria olhou para Raymond. Ele a observava bem de perto. O que você quer dizer com isso?, perguntou ela.
Só queria dizer que talvez com esse você deva continuar. Eu aprovo. Gostei dele.
Está parecendo que você quer me apressar, disse ela.
Não estou te apressando, disse ele. Diabos, não quero apressar nada. Ele pareceu ofendido diante daquela insinuação. Só estou dizendo que esse rapaz não me parece nada mal. Não quis dizer nada além disso. Agora, vocês dois podem ir jantar e eu fico cuidando da Katie. Será um prazer. Só estou dizendo que esse rapaz e eu, acho que a gente se deu bem. E eu vou lhe dizer mais uma coisa. Acho que ele te ama mais do que tudo também.
Talvez, disse ela. Mas eu já fui iludida uma vez. Não estou com pressa de me iludir de novo.
Eu sei, querida. Seria impossível não se sentir assim. É claro. Mas isso não significa que você tenha que acabar assim como eu.
E aquela mulher que você costumava encontrar?
Que mulher?
Linda May. A mulher que veio aqui no jantar de Ano Novo.
É justamente o que eu estou dizendo, disse Raymond. Eu não entendo nada desse tipo de coisa. Talvez eu tenha imaginado que havia alguma coisa com ela, mas posso lhe garantir que ela não fazia ideia de que tinha alguma coisa comigo. Não, a única coisa que eu quero é que você seja feliz.
Eu estou feliz, disse ela. Você não percebe? E boa parte dessa felicidade se deve a você. Então, você acha que eu posso me arrumar para sair hoje à noite com o Del?

Sim, senhora. Acho que você deve. Vou sair daqui e deixá-la em paz.

Victoria vestiu a blusa azul de *cashmere* que realçava seu cabelo preto e uma saia cinza curta, e o rapaz estava com uma calça jeans preta nova e uma camisa xadrez. Eles foram no carro dela até Holt para jantar e assistir a um filme. Depois que eles saíram, Raymond e Katie ficaram na cozinha. Ele esquentou o que havia sobrado do pernil e molho, com purê de batata e creme de milho, e a garotinha se sentou em seu cadeirão à mesa. Enquanto eles comiam, ele ficou olhando para ela e observando. Ela dava colheradas enquanto falava, e assim continuou sem interrupção, falando de tudo que lhe viesse à cabeça, sem precisar que Raymond comentasse alguma coisa, embora ele estivesse prestando atenção a tudo o que a menina dizia, fosse a respeito de uma colega de turma da creche dela em Fort Collins que ele não conhecia, fosse um cachorro branco e preto que latia no quintal embaixo do apartamento delas. Para a sobremesa, ele tirou da geladeira um pote de sorvete de chocolate, e eles comeram enquanto ela seguia falando, sentada em seu cadeirão à mesa da cozinha e como uma espécie de carola de igreja em miniatura, de olhos negros, em algum bazar de garagem, uma minúscula presbítera ávida pelo som da própria voz. Depois, eles limparam juntos a cozinha, e ela ficou de pé em uma cadeira ao lado dele para ajudar a enxaguar os pratos, sempre falando. Então, foram ao banheiro e ela subiu em um banquinho de madeira diante da pia e escovou os dentes. Em seguida, ele a levou para o quarto de baixo, ela vestiu o pijama e ambos se deitaram na antiga cama de casal. Raymond começou a ler. Ele não chegou a ler muito. Três páginas depois, ele já estava cochilando. Ela o cutucou e tocou seu rosto enrugado com a mão, tateando seu queixo com barba por fazer e a pele solta do pescoço. Ele acordou e se virou para olhar para ela, então forçou a vista, pigarreou, e leu mais uma página do livro dela e tornou a cochilar. Então, ela se deitou bem perto dele e adormeceu também.

Quando Victoria e Del Gutierrez chegaram em casa, à meia-noite, o velho e a garotinha estavam deitados na cama com a luz forte do teto acesa. Raymond roncava terrivelmente, com a boca bem aberta, e a garotinha estava aconchegada no ombro dele. O livro que ele começara a ler repousava ao lado, em meio aos quadrados da colcha.

36

No começo da noite de um sábado, Mary Wells saiu da cama e levou as meninas para o supermercado da Highway 34, no limite da cidade, para fazer compras que havia alguns dias não eram feitas. Não havia nada para comer em casa e, para Mary Wells, era indiferente se havia ou não comida, mas as meninas estavam com fome. Na estrada, a leste de Holt, um homem de St. Francis, Kansas, puxava uma carreta de gado atrás de sua caminhonete Ford, com cinco touros Simmental puro-sangue. A princípio, ele pretendia vender os touros no outono, mas a esposa ficara doente, e ele não conseguira vendê-los, devido aos cuidados diários e às idas apressadas ao hospital, e finalmente, aos extenuantes e amargos preparativos do funeral da mulher. Agora, ele estava levando os touros até Brush, para o leilão de segunda-feira, com a intenção de alimentá-los e deixá-los descansando no domingo, e garantir que bebessem o bastante para que o peso aumentasse e ele pudesse obter o máximo, mesmo não sendo o momento oportuno para vender touros.

Ele não estava correndo muito. Ele nunca corria quando estava levando gado na carreta, e fizera questão de reduzir por causa do trânsito daquela hora, especialmente diante do brilho do sol que incidia em seu para-brisa. Ele entrou em Holt e, de repente, um carro surgiu na frente dele, saindo do estacionamento do mercado.

Mary Wells estava dirigindo o carro. Dez minutos antes, ela avistara Bob Jeter parado na frente da geladeira de carne no mercado da Highway 34, ao lado de uma mulher loira, e Bob Jeter estava com o braço em volta da cintura dessa mulher.

Sua filha mais velha, sentada no banco do passageiro a seu lado, viu a caminhonete vindo na direção delas e berrou: Mamãe! Cuidado! O homem de St. Francis fez o possível para frear, mas, como trazia todo aquele peso atrás de si, a caminhonete bateu na lateral do carro, arrastando-o até o outro lado da rodovia, até bater contra um poste de luz que se partiu ao meio e caiu, levando consigo toda a fiação.

A menina mais nova, Emma, sentada no banco traseiro, atrás da mãe, foi lançada contra o porta-malas e desmaiou. A cabeça de Mary Wells bateu contra a janela do lado do motorista e, quando suas ideias clarearam, descobriu que não conseguia mexer o braço esquerdo. Já havia começado a latejar. A seu lado, Dena fora atirada para a frente e para o lado, e um pedaço de vidro do para-brisa havia aberto um rasgo profundo na sobrancelha direita e na bochecha da menina. Quando o carro balançou e parou, ela levou as mãos ao rosto. As mãos dela ficaram cobertas de sangue e ela começou a gritar.

Querida, chamou Mary Wells. Oh, meu Deus. Ela afastou o cabelo do rosto da filha. Olhe para mim, disse ela. Deixa a mamãe ver. Oh, Jesus. Havia sangue escorrendo pelo rosto até a camisa, e a mãe enxugou, tentando contê-lo.

Do outro lado da rua, um homem no estacionamento voltou correndo para o mercado e chamou uma ambulância, que chegou minutos depois, e os socorristas saíram correndo, abriram a porta do carro e puseram Mary Wells e as duas meninas dentro da ambulância, levando-as às pressas ao pronto-socorro do Holt County Memorial, na Main Street, a poucos quarteirões dali.

A caminhonete, o trailer para o gado e a carreta ainda estavam bloqueando o trânsito, e os cinco touros pretos e brancos haviam caído fora do trailer no momento do impacto. Homens de outros carros e caminhonetes estavam tentando conduzi-los para um cercado improvisado de veículos na beira da estrada, mas um dos touros continuava solto por ali, escorregando no asfalto, gemendo, com a pata traseira esquerda quase cortada em dois na altura da articulação, com a metade inferior pendurada e arrastando atrás de si. O touro continuou cambaleando, tentando pisar com a pata no chão, enquanto o sangue jorrava incessantemente na pista. O homem de St. Francis ficava seguindo o touro, aos gritos: Alguém dê um tiro nele. Diabos, alguém dê um tiro nele. Mas ninguém atirou. Enfim, um homem sacou um rifle da cabine de sua caminhonete e estendeu-lhe a arma. Tome aqui, disse ele. É melhor você mesmo fazer isso.

Um patrulheiro que orientava o trânsito avistou o rifle e veio correndo até eles. O que você pensa que está fazendo? Você não pode atirar aqui.

Santo Deus, mas eu vou, disse o homem de St. Francis. Você quer deixar o animal sofrendo assim? Já vi muito sofrimento por hoje.

Você não vai disparar esse rifle.

Você acha? Saia da minha frente.

Ele se aproximou do touro, apoiou o rifle no ombro e encostou a ponta do cano na cabeça do touro. Então, puxou o gatilho. O touro desabou imediatamente no asfalto, rolou de lado, estremeceu e finalmente ficou imóvel, seus olhos negros fixos na lâmpada do poste. O homem de St. Francis ficou olhando para o touro morto no chão. Devolveu o rifle ao dono, depois se virou para o patrulheiro. Agora pode me prender, com mil diabos!

O patrulheiro olhou de relance para ele. Não vou te prender. Como posso te prender? Vou ter que lidar com essa maldita confusão agora. Mas você não devia ter feito isso. Não dentro dos limites da cidade.

O que você teria feito?

Não sei. Provavelmente a mesma desgraça que você acabou de fazer. Mas isso não quer dizer que esteja certo. Meu Deus, existe uma lei que proíbe disparar arma de fogo dentro dos limites da cidade.

No hospital, o médico sedou a menina mais velha e deu dezessete pontos no rosto dela, enquanto Mary Wells aguardava do lado de fora do pronto-socorro, sem conseguir mexer o braço, que pendia dolorosamente, apoiado na palma da outra mão. Ela estava chorando baixinho e não deixou ninguém cuidar de seu braço enquanto não terminassem a cirurgia da filha. Na cama junto à parede, agora a menina mais nova estava retomando a consciência. Sentia muita dor de cabeça e havia arranhões no braço e um galo roxo se formando em sua testa. Embora ainda precisassem deixá-la em observação ao longo da noite, parecia que ela se recuperaria e ficaria bem.

O médico terminou de suturar o rosto da menina mais velha e a levaram na maca até o pronto-socorro. Ela ainda estava desacordada, e seu rosto estava ferido e amarelado onde não havia curativos. Mary Wells ficou de pé olhando para ela.

Isso tudo vai cicatrizar, disse o médico. Foi um corte só. Ela teve sorte de não ter sido no olho.

Vai ficar alguma cicatriz?, perguntou Mary Wells.

Ele olhou para ela. Parecia surpreso. Bem, sim, vai, disse ele. Geralmente fica.

De que tamanho?

Ainda não temos como saber. Às vezes fica menos do que imaginamos. Provavelmente ela vai querer fazer um tratamento com um cirurgião plástico. Daqui a algum tempo.

Quer dizer que ela vai ter que viver assim, com essa aparência?

Sim. O médico olhou para a menina. Não tenho como prever quanto tempo vai levar. Ela precisa ficar totalmente curada antes de poderem fazer qualquer outra coisa.

Oh, meu Deus, como eu sou idiota, disse Mary Wells. Que idiota, que estupidez a minha! Ela começou a chorar outra vez, segurou a mão da filha e a levou ao rosto úmido.

As três tiveram de ficar em observação no hospital naquela noite. No final da tarde, um dos patrulheiros que estavam trabalhando na estrada veio ao hospital e deixou uma multa de trânsito, por direção imprudente e risco de vida, informando Mary Wells de que seu carro fora rebocado.

Na manhã seguinte, uma enfermeira as levou de carro para casa. O braço de Mary Wells estava em uma tipoia, e ela e as meninas foram andando com muito cuidado até entrar em casa.

Lá dentro, estava tudo silencioso. Parecia que haviam ficado fora por dias. Por favor, vocês duas. Quero que vocês me ajudem a decidir o que vamos fazer agora. Eu ainda não sei como vai ser. Mas nós precisamos fazer alguma coisa. Elas se sentaram à mesa. A menina mais nova ficou olhando para a mãe, prestando atenção, porém a menina mais velha, Dena, sentou-se com o rosto virado para o outro lado. Ela não parava de tocar o curativo do rosto com a ponta dos dedos, tateando os limites do esparadrapo, e se recusou a olhar para a mãe e não disse nada. Ela já formara uma ideia do que viria pela frente.

37

Quando Raymond e o rapaz voltaram para casa, depois de trabalhar durante toda a tarde naquele sábado, Victoria disse que seria uma boa ideia se eles dois fossem tomar um banho e se lavar antes de sentar para jantar. Estamos fedendo tanto assim?, perguntou Raymond.

Não seria nada mal se vocês se limpassem um pouquinho.

Pode ir primeiro, disse o rapaz. Eu tomo depois de você.

Se é o que precisamos fazer para poder jantar por aqui, disse Raymond. Então, tudo bem.

Ele voltou para o banheiro, tomou banho, se barbeou e saiu com o cabelo escorrido, usando uma calça jeans recém-lavada e uma velha camisa de flanela. Victoria disse que o jantar estava pronto e que eles podiam se sentar à mesa.

Como é que ele pode comer sem tomar banho primeiro?, perguntou Raymond.

Ele não estava tão sujo quanto você. E você demorou tanto no banho que, se não comermos logo, a comida vai queimar.

Ora, por Deus, disse Raymond. Isso não me parece justo. Parece que você tem um favorito aqui, Victoria.

Talvez eu tenha mesmo, disse ela.

Ah.

Eles se sentaram juntos à mesa da cozinha, tal como haviam feito em todas as refeições naquela semana, e mal haviam começado a comer quando uma caminhonete se aproximou e parou na frente da casa.

Raymond foi até a varanda para ver quem era. Maggie Jones e Tom Guthrie estavam entrando pela cerca de arame.

Vocês chegaram na hora certa, disse Raymond. Acabamos de sentar para comer. Entrem.

A gente já comeu, disse Maggie.

Bem. Aconteceu alguma coisa?

Nós viemos visitá-lo. Queríamos conversar com você sobre um assunto.

Entrem. Vou só terminar de comer. Vocês podem esperar?

Sim, claro, respondeu Maggie.

Eles entraram e Victoria trouxe duas cadeiras da sala. Raymond começou a apresentar Maggie e Guthrie a Del Gutierrez, porém Maggie disse que eles se haviam conhecido na noite passada, no cinema.

Então, acho que todos já se conhecem, disse Raymond. Ele se virou para Victoria. Eles falaram que não querem comer. Talvez eles queiram um pouco do seu café.

Victoria serviu uma xícara a cada um, e Raymond se sentou e tornou a comer. Victoria e Maggie conversaram sobre a faculdade e sobre a creche de Katie em Fort Collins. Então, Raymond terminou seu prato e limpou a boca com o guardanapo. O que vocês queriam conversar, afinal? Podemos conversar aqui mesmo, ou é algum assunto para tratarmos na sala?

Podemos falar aqui mesmo, disse Maggie. A gente veio levar você para a cidade, até a Associação dos Veteranos. Vai ter um baile do Corpo de Bombeiros.

Raymond olhou para ela fixamente. Você pode repetir?, pediu ele.

Nós queremos levá-lo ao baile.

Ele olhou para Tom Guthrie. Do que diabos ela está falando?, perguntou ele. Ela bebeu?

Ainda não, disse Guthrie. Mas provavelmente vamos beber daqui a pouco. A gente achou que seria bom te levar para sair à noite.

Ah, vocês acharam?

Sim. Achamos.

Vocês querem me levar ao baile dos bombeiros na Associação dos Veteranos?

Achamos melhor aparecer sem avisar e levar você. De outro modo, você não iria.

Raymond olhou para ele e se virou. Em seguida, olhou para Victoria.

Sim, por que você não vai?, disse ela. Eu quero que você se divirta um pouco.

Achei que vocês dois iriam querer voltar à cidade. É a última noite de vocês aqui. Amanhã você vai voltar para a faculdade.

Nós vamos precisar arrumar as malas e você não tem como nos ajudar com isso. Por que você não vai com eles? Eu quero que você vá.

Ele olhou para o rapaz e para Katie, como se eles pudessem fazer algo para ajudá-lo. Depois não olhou para mais ninguém. Só estou achando que isso é uma maldita conspiração, disse ele. É o que está parecendo.

E é mesmo, disse Maggie. Agora você vá vestir suas roupas de sair para podermos ir logo. O baile já começou.

Talvez eu faça isso mesmo, disse ele. Mas primeiro vou lhe dizer uma coisa. Eu nunca recebi tantas ordens na minha vida inteira. Não sei se estou gostando disso.

Vou te pagar uma bebida, disse Maggie. Isso ajuda?

Vou precisar de mais de uma bebida para engolir tudo isso.

Pode pedir quantas bebidas quiser.

Está bem, disse ele. Pelo visto, eu sou minoria. Não é certo tratar um homem assim em sua própria casa. Em sua própria cozinha, quando ele só quer terminar seu jantar sossegado.

Ele se levantou da mesa, subiu para o quarto, vestiu sua calça preta nova e a camisa azul de lã que Victoria lhe dera e calçou as botas marrons, depois desceu de novo. Deu boa-noite a Victoria, Del e Katie, depois saiu atrás de Maggie Jones e Guthrie. Eles esperavam que ele entrasse na velha caminhonete vermelha de Guthrie, mas Raymond disse que iria dirigindo seu próprio veículo, para poder voltar para casa a hora que quisesse. Pelo menos isso vocês não podem me impedir de fazer, disse ele.

Mas nós iremos atrás de você até a cidade, disse Maggie. Para você não se perder no caminho.

Bem, Maggie, disse Raymond. Estou começando a achar que você tem um elemento de malícia dentro de si. Nunca tinha reparado.

Não sou maliciosa, disse ela. Mas tenho vivido com homens há tempo demais para ter qualquer ilusão.

Você ouviu essa, Tom?

Eu ouvi, disse Guthrie. A melhor coisa a fazer é concordar com ela quando fica assim.

Acho que sim, disse Raymond. Mas vou lhe dizer uma coisa. Se continuar desse jeito, ela vai fazer com que eu me sinta como um cavalo que não quer mais sair da baia.

Eles saíram pelo caminho de cascalho e percorreram a estrada de terra até a rodovia com os faróis de ambas as caminhonetes acesos na noite, uma atrás da outra, iluminando as valas de drenagem. Então chegaram à cidade e tomaram a direção oeste na Highway 34. Havia um acidente diante do mercado e os patrulheiros mandavam desviar. Eles seguiram por dentro da cidade e entraram no estacionamento lotado diante da fachada de estuque branco da Associação dos Veteranos. Desceram e pagaram a entrada a uma mulher sentada em uma banqueta na entrada do bar e do salão de baile. Uma banda country tocava nos fundos. A música estava alta, e o salão comprido e enfumaçado já estava cheio de pessoas em filas de dois ou três, tentando chegar ao balcão e sentadas em reservados ao longo das paredes, e havia ainda mais gente sentada a mesas dobráveis no grande salão ao lado, onde as portas de correr estavam todas abertas. Homens com roupas típicas do oeste e mulheres com vestidos chamativos dançavam sobre a camada fina de serragem da pista diante da banda.

Venha, disse Maggie. Venha comigo.

Ela levou Raymond e Guthrie até um reservado escuro no canto dos fundos, que uma amiga da escola estava guardando para eles. Bem na hora, disse a mulher. Eu não teria como reservar por muito mais tempo.

Chegamos, disse Maggie. Obrigada. Agora vamos assumir.

Eles se sentaram. Raymond olhou calado à sua volta com

fascínio e interesse. Havia outros rancheiros e donos de sítios que ele conhecia, aproveitando a noite de sábado para dançar e festejar, além de muitas outras pessoas da cidade. Ele se virou para ver a banda e as pessoas na pista dançando em grandes rodas. Então, uma garçonete se aproximou e eles pediram bebidas, depois Guthrie e Maggie se levantaram para dançar uma música que ela disse que gostava. Enquanto eles dançavam, a garçonete trouxe a bandeja com as bebidas e Raymond pagou, depois os músicos fizeram uma pausa e desceram do pequeno palco, e Maggie e Guthrie voltaram para a mesa, suados e vermelhos, sentando-se, em seguida, diante dele.

Você pagou essa rodada?, perguntou Guthrie.

Paguei. Está tudo certo.

Eu te devo uma, disse Maggie.

Não vou esquecer.

Ótimo, disse ela. Eu também não.

Maggie tomou um longo gole de seu copo, depois se levantou e disse que voltaria em um minuto. Não deixa ele sumir, disse ela a Guthrie.

Ele não vai a lugar algum, respondeu Guthrie.

Os dois homens começaram a beber e a conversar sobre gado, Guthrie acendeu um cigarro, e Raymond perguntou como estavam os meninos. Em torno deles, o grande salão estava cheio de vida e rumor.

Antes que a banda voltasse a tocar, Maggie voltou à mesa. Junto com ela, havia uma mulher baixa de meia-idade com cabelos castanhos cacheados, que usava um vestido verde brilhante com um padrão floral chamativo e mangas curtas que revelavam seus braços roliços e voluptuosos. Raymond, disse Maggie, quero te apresentar uma pessoa.

Raymond se levantou.

Esta é a minha amiga Rose Tyler, disse Maggie. E Rose, este é o Raymond McPheron. Achei que já era hora de vocês se conhecerem.

Como vai?, cumprimentou Rose.

Senhora, disse Raymond. Eles apertaram as mãos e ela olhou de relance para o reservado. Você gostaria de se juntar a nós?

Obrigada, disse ela. Aceito.

Ela deslizou para dentro do reservado, e Raymond se sentou ao lado dela, na extremidade do assento. Maggie se sentou ao lado de Guthrie, de frente para eles. Raymond pôs as mãos sobre a mesa. Depois retirou as mãos e as deixou no colo. Você gostaria de beber alguma coisa?, perguntou.

Ótima ideia, disse Rose.

O que você quer?

Um whiskey sour.

Ele se virou e procurou em meio à multidão. O que será preciso fazer para que a garçonete volte para cá?, indagou ele.

A banda tocava uma música rápida, e Maggie cutucou Guthrie. Então, eles se levantaram.

Aonde vocês vão?, perguntou Raymond. Vocês não estão indo embora agora, estão?

Oh, a gente já volta, disse Maggie, então foram até a pista, Guthrie a rodopiou e eles começaram a dançar.

Raymond ficou assistindo. Ele se virou para Rose. Talvez fosse melhor eu mudar para o outro lado.

Não precisa, respondeu ela.

Bem. Ele bebeu e engoliu. Perdão, acho que nunca ouvi falar de você, disse ele. Incomoda-se de me falar um pouco sobre você?

Eu moro em Holt há muito tempo, respondeu Rose. Trabalho na assistência social de Holt.

Em um centro de saúde e bem-estar?

Sim. Mas a gente não chama mais assim. Eu cuido das pessoas que precisam de ajuda. Tenho uma série de casos e tento ajudar essas pessoas a resolver suas vidas. Distribuo os cupons de alimentação e consigo fazer com que meus pacientes recebam tratamento médico, esse tipo de coisa.

Deve ser um trabalho duro.

Às vezes. Mas e você?, perguntou Rose. Sei que você mora no campo. A Maggie me disse que você tem um rancho de gado no sul da cidade.

Sim, senhora. Nós temos vários animais.

De que tipo?

Principalmente híbridos de Black Whiteface.

Acho que sei, preto com a cara branca?

Esses mesmos. Você está certa.

Eu já ouvi falar de você, disse ela. De você e de seu irmão. Acho que todo mundo em Holt já ouviu falar dos dois homens que pegaram a menina grávida para viver com eles no rancho.

Acho que foi uma novidade por algum tempo, disse Raymond. Eu mesmo não gostei. Do que andavam falando. Não conseguia entender por que se importavam com aquilo.

Não, disse Rose. Ela olhou para ele e tocou seu braço. Sinto muito pelo seu irmão. Eu também fiquei sabendo. Deve ter sido muito duro.

Sim, senhora. Foi uma coisa horrível.

Ele olhou para a pista de dança, mas não conseguiu avistar Maggie e Guthrie. Enfim, ele disse: Queria saber onde se enfiou aquela garçonete.

Oh, daqui a pouco ela aparece, disse Rose. Você não quer dançar enquanto esperamos?

Perdão?

Eu perguntei se você não gostaria de dançar.

Bem, não, senhora. Eu não sei dançar. Nunca dancei.

Eu sei, disse ela. Posso te ensinar.

Receio que eu vá pisar no seu pé.

Meus pés já foram pisados antes. Você não quer tentar?

Não podemos só ficar aqui sentados?

Eu te ensino.

Dona, eu não sei. Seria uma lástima.

Deixe que eu me preocupe com isso. Vamos tentar.

Bem, disse ele. Então se levantou, ela deslizou para fora do assento, pegou a mão dele e o levou para a pista. As pessoas rodopiavam em uma comoção que pareceu a Raymond violenta e complicada.

A banda terminou a música e recebeu poucos aplausos esparsos, depois começou outra em um ritmo lento, em batidas de quatro. Raymond e Rose Tyler ficaram bem no meio do salão, e ela pôs a mão dele na cintura sedosa de seu vestido e sua própria mão no ombro da camisa de lã dele. Agora é só me acompanhar. Ela segurou a mão livre dele e deu um passo para trás, puxando-o para si. Ele deu um passinho adiante. Não olhe para os seus pés, disse ela.

Para onde devo olhar?

Olhe por cima do meu ombro. Ou você pode ficar olhando para mim.

Ela se moveu para trás e ele a seguiu. Ela tornou a recuar, e ele continuou junto dela, movendo-se lentamente. Você está ouvindo a batida?, perguntou ela.

Não, senhora. Não consigo pensar nisso e evitar pisar nos seus pés ao mesmo tempo.

Escute a música. Tente. Ela começou a contar baixinho, olhando para o rosto dele enquanto o fazia, e ele olhou de volta para ela, observando seus lábios. O rosto dele estava concentrado, quase como se sentisse alguma dor, e ele se mantinha afastado dela, para não encostar demais. Eles foram se movendo lentamente pelo salão entre outros casais, Rose sempre contando. Deram uma volta completa na pista. Então, a música acabou.

Muito bem, obrigado, disse Raymond. Agora acho melhor sentarmos.

Ora, por quê? Você estava indo tão bem... Não estava gostando?

Não sei se gostar é a palavra certa.

Ela sorriu. Você é simpático, disse ela.

Isso, eu já não saberia dizer, retrucou ele.

A banda voltou a tocar. Oh, disse ela. Uma valsa. Agora essa é em três por quatro batidas.

É você quem diz isso.

Ela riu. Sim, essa é.

Eu mal me acostumei com aquele outro ritmo. Não sei nada de valsa. Talvez seja melhor eu me sentar.

Não, nada disso. É só contar. Como antes. Posso te ensinar se você deixar.

Acho que pior eu não fico.
Ponha o braço em volta de mim de novo, por favor.
Como antes?
Sim. Exatamente como antes.
Ele passou o braço em torno da cintura dela, e ela começou a contar em voz alta para ele. Eles foram devagar, um passo, dois passos, deslizando pela pista, misturando-se à multidão. Rose não deixou que parassem.

Depois eles se sentaram novamente no reservado com Maggie Jones e Guthrie, e cada um pediu mais uma bebida e estavam conversando. Então, um homem alto de gravata de cordão e terno marrom típicos do oeste se aproximou e perguntou se Rose gostaria de dançar. Raymond olhou para ela. Está bem, concordou ela. Ele se levantou e ela deslizou para fora do assento, e o homem a levou para a pista. Raymond ficou olhando para eles. O sujeito sabia dançar, e parecia ter pés ligeiros apesar do peso. Então, rodopiando sua parceira, eles desapareceram em meio aos outros casais.
Acho que vou para casa, disse Raymond.
Por que diabos você faria isso?, perguntou Maggie.
Porque eu já sei como isso vai terminar.
Não, nada disso. Ela só está dançando com ele. Ela vai voltar.
Isso, eu já não sei.
Ele tornou a se virar para a pista quando Rose e o homem passaram embalados.
Espere um pouco, disse Maggie. Você vai ver.
Então, a música acabou e o sujeito trouxe Rose de volta ao reservado, agradecendo. Raymond se levantou para ela se sentar e depois sentou outra vez ao lado dela. Havia gotas minúsculas de suor em suas têmporas e seus cabelos estavam úmidos no contorno do rosto, e suas faces pareciam muito vermelhas. Você pode pedir outra bebida para mim, por favor?, perguntou ela.
Acho que isso eu posso fazer, disse Raymond. Ele cruzou o olhar da garçonete e pediu mais uma rodada para todos, e eles retomaram a conversa no ponto em que haviam parado. Algum

tempo depois, o homem parrudo de gravata de cordão voltou para tirar Rose para dançar outra vez, mas ela disse que não queria dançar aquela música, pois ela estava feliz onde estava.

Então Maggie e Guthrie foram até o balcão para encontrar alguns conhecidos. Raymond esperou até vê-los conversando com outras pessoas, então tornou a se virar para Rose. Posso perguntar uma coisa?

Se você quiser, disse Rose.

Nem sei como perguntar.

O que você quer saber?

Bem. Eu só queria que você me dissesse agora se eu tenho alguma chance de encontrá-la de novo. Se você tem alguém em vista, eu gostaria que me dissesse, para eu não fazer papel de bobo.

Ela sorriu. Alguém em vista? Quem?

Qualquer um.

Não tenho ninguém em vista.

Não?

Não. Então, isso quer dizer que você vai me ligar?

Vou, sim, senhora. É exatamente o que isso quer dizer.

Quando?

Que tal na semana que vem? Talvez você me deixe convidá-la para jantar.

Eu adoraria.

Você jura?

Sim, juro.

Então, eu acho que vou ligar mesmo.

Então, eu acho que vou contar com isso.

Dona, eu também vou contar com isso, disse Raymond.

O baile terminou à meia-noite, e as luzes se acenderam no salão. Nesse momento, as pessoas presentes à festa dos bombeiros se levantaram e subiram a escada até o estacionamento. Raymond acompanhou Rose Tyler até o carro dela e lhe deu boa-noite, depois pegou a estrada de volta para casa. No campo, o vento havia parado, e toda a abóbada do céu sem luar estava juncada de estrelas. Quando ele desceu da caminhonete, a casa estava escura, e Victoria, Katie e Del Gutierrez estavam todos dormindo. Na cozinha, ele acendeu a luz, tirou um copo do armário e bebeu um pouco de água, parado diante da janela, olhando para a luz do terreiro que brilhava contra o celeiro escuro, o estábulo e o curral.

Então Victoria veio até a cozinha de camisola e roupão. Parecia sonolenta e com olheiras.

Acordei você?, perguntou ele.

Eu ouvi quando você chegou.

Achei que não tinha feito barulho.

Como foi lá?, perguntou ela. Você se divertiu?

Sim.

O que vocês fizeram?

Bem, eu passei a maior parte da noite com Tom, Maggie e uma mulher chamada Rose Tyler. Você sabe quem ela é?

Acho que não.

É uma mulher bastante simpática.

Como ela é?

Como ela é? Bem, ela tem cabelo castanho. E tem mais ou menos a sua altura, só que não é tão magra.

O que ela estava usando?

Acho que um vestido verde. Tinha um toque de seda. A propósito, ela estava bem bonita.

E você dançou com ela?

Sim, senhora. Fiz papel de bobo na pista. Ela que me conduziu.

Que tipo de música?

Bem, foi uma valsa.

Eu não sei dançar valsa.

Você só precisa contar o ritmo. O tempo da valsa é três por quatro, a Rose disse.

Me mostra.

Agora?

Sim.

Está bem, então. Ele pegou a mão dela e ela pôs sua outra mão no ombro dele.

Pode começar. O que foi?

Estou tentando lembrar. Então, ele começou a contar e eles deram duas voltas na mesa da cozinha, valsando lentamente, o velho com seu cabelo grisalho espetado, sua camisa de lã e a calça escura, e a menina de cabelo preto recém-saída da cama, que viera até a sala de roupão azul.

Obrigada, disse ela quando eles pararam.

Eu me diverti muito esta noite, disse ele.

Fico muito contente com isso.

E eu sei outra coisa. Sei que existe o dedo de uma certa mocinha nessa história.

Talvez eu tenha alguma participação nisso, disse Victoria. Mas eu não sabia desse baile. Eu não sabia dessa história de você e a Rose Tyler.

Ele beijou sua testa. Mas não faça mais nada agora. Quero tentar dar o próximo passo sozinho.

38

Em uma noite no meio da semana, Raymond foi dirigindo sua caminhonete até Holt. Ele havia feito a barba, tomado banho, passado colônia, e naquela noite também usava sua calça escura e a camisa de lã azul, além do chapéu Bailey com a faixa prateada. Depois que Rose o convidou para entrar, ele ficou observando a sala da casa dela, os bons móveis e os abajures e os belos quadros nas paredes. Raymond, como vai?, perguntou ela.

Eu vou bem, respondeu ele.
Podemos ir?
Sim, senhora. Quando você quiser.
Estou pronta.
Onde você quer comer?
Você decide, respondeu Rose.
Bem. O que você acha do Wagon Wheel Café?
Muito bom, disse ela.

Ele a levou até a caminhonete, abriu a porta e ela deslizou no assento segurando a saia. Na temperatura amena daquela noite de primavera, ela usava um vestido leve de algodão cor de pêssego e uma blusa em tom verde-claro.

Você está muito bonita, disse Raymond depois de dar a volta e entrar na cabine. Esse seu vestido é muito bonito. É diferente do da última vez.

É, disse ela. Obrigada. Você também está bonito, Raymond.
Oh, eu não diria isso.
Ora, por que não?
Dona, olhe só para mim.
Eu estou olhando para você, disse Rose.

No Wagon Wheel Café, a leste, na beira da estrada, havia muitos carros e caminhonetes estacionados e, quando eles entraram no café, as pessoas estavam em pé em grupos, esperando uma mesa para sentar. A recepcionista anotou o nome de Raymond na lista e disse que levaria cerca de vinte minutos.

Você não prefere esperar lá fora?, perguntou Rose.

Será que depois ela vai conseguir nos encontrar lá fora?

Com certeza, sim.

Do lado de fora, Rose sentou-se na mureta da floreira do café. Havia mais pessoas chegando do estacionamento.

Eu devia ter feito uma reserva, disse Raymond. Nunca imaginei que viesse tanta gente no meio da semana.

É porque a noite é muito agradável, disse Rose. Finalmente, começou a primavera.

Sim, senhora. Mas, mesmo assim, não achei que houvesse tanta disputa por um lugar.

Um casal de meia-idade parou para falar com Rose, e ela disse:

Vocês conhecem o Raymond McPheron?

Como vai?, cumprimentou o homem.

Eu vou muito bem. Se eu conseguisse pedir alguma coisa para comer, estaria ainda melhor.

Há quanto tempo vocês estão esperando?

A gente acabou de chegar. Mas a mulher disse que já fazia uns vinte minutos.

É melhor que valha a pena tanta espera, não?

Seja como for, estou esperando em boa companhia, disse Raymond.

Meia hora depois, a recepcionista saiu e chamou o nome de Raymond. Então, eles foram atrás dela até uma mesa no segundo salão, Raymond puxou a cadeira para Rose, depois se sentou diante dela. A recepcionista deixou os cardápios na mesa deles. O garçom já vem atendê-los, falou.

Raymond olhou à sua volta, para os salões apinhados. Eu vim aqui com a Victoria no ano passado, disse ele. Com ela e a Katie. Mas nunca mais voltei. Só pensei neste lugar porque foi aqui que ela e o Del vieram jantar na semana passada. Vai saber a que horas seremos atendidos.

Você está com pressa?, perguntou Rose.

Ele olhou para ela do outro lado da mesa e ela estava sorrindo para ele. O cabelo dela brilhava embaixo da iluminação do local, e ela havia tirado o casaco. Você tem razão. É melhor eu parar de falar sobre isso.

Você não está gostando?

Eu não queria estar em nenhum outro lugar agora, disse Raymond. Está um pouco tarde para jantar. Só isso que eu quis dizer. Ele olhou para o relógio. São quase sete e meia da noite.

Você não se daria bem em Nova York ou Paris, não é mesmo?

Eu não me daria bem nem em Fort Morgan, disse ele.

Ela deu uma risada. Vamos relaxar e aproveitar.

Sim, senhora. Essa é a ideia.

Na verdade, a garçonete chegou naquele exato instante, uma mulher jovem cujo rosto estava corado de tanto ir e vir entre os salões lotados. Ela e Rose se conheciam. Você está muito ocupada hoje, disse Rose.

Está uma loucura hoje, para uma quarta-feira, disse ela. Estou quase enlouquecendo. Querem que eu traga as bebidas?

Rose pediu uma taça do vinho da casa, enquanto Raymond pediu uma cerveja, então a garçonete foi embora apressada.

Pelo jeito, você conhece todo mundo por aqui, disse Raymond.

Oh, não, todo mundo, não. Mas um bocado de gente.

Enquanto eles estavam esperando, outro casal parou para falar com Rose, então a garçonete chegou com as bebidas e cada um pediu um filé com batata assada e salada. Rose ergueu sua taça e disse: Saúde.

Muita felicidade, disse Raymond. Então, eles brindaram e beberam, e Rose sorriu para ele.

Muita felicidade para você também, Raymond.

Mais tarde, depois que os filés já haviam sido servidos, um velho que saía do café se aproximou — com um chapéu preto, e Raymond teve a oportunidade de apresentar Rose a alguém a quem ela não conhecia. Este aqui é o Bob Schramm, disse Raymond. Eu quero que você conheça a minha amiga Rose Tyler.

O Bob aqui tem um rancho muito bom ao norte da cidade.

Schramm tirou o chapéu. Não tão bom quanto o dos McPheron, disse. Como vai, Raymond?

Bem, não posso reclamar.

Que bom, senhora, foi um prazer conhecê-la.

Schramm pôs de volta o chapéu e se afastou, e eles voltaram a conversar, pedindo outra rodada de bebidas. Rose explicou a Raymond que tinha um filho já adulto que morava mais para o lado oeste do Colorado. O marido havia morrido vinte anos antes, de ataque cardíaco, aos trinta. Foi muito inesperado, disse ela. Não havia nenhum sinal de doença e ninguém da família tinha problema do coração. Depois, ela criara o filho sozinha, e ele fizera faculdade em Boulder. Agora era arquiteto em Glenwood Springs, casado, e tinha dois meninos. Eu vou visitá-lo sempre que posso, disse ela.

Quer dizer que você já é avó? perguntou ele.

Sim. Não é uma maravilha?

Sim, senhora. Eu também tive essa sorte, disse ele. De ter a Victoria e a Katie na minha vida.

Eu conheci a mãe da Victoria, disse Rose. Ela veio procurar a Assistência Social uma vez, mas não se encaixou no perfil.

Bem, ela veio uma vez em casa também, disse Raymond, pouco depois que a Katie nasceu. Apareceu lá em casa uma tarde sem avisar. Acho que ela queria se reaproximar da Victoria, mas ela e a Victoria não se deram bem. A Victoria não quis mais nada com ela. Eu não dei opinião, coube a ela decidir. Seja como for, acho que a mãe dela voltou para Pueblo, de onde era originalmente. Não tenho nada contra ela. Mas, por algum tempo, era uma vida meio desgraçada que se levava por lá.

Terminaram de jantar, Raymond recebeu a conta da garçonete e pagou.

Deixe que eu pago a gorjeta, disse Rose.

Não precisa.

Eu sei. Mas eu quero.

Eles foram até a caminhonete dele. O estacionamento estava mais vazio agora e soprava uma brisa suave. Raymond abriu a porta para Rose e ela entrou.

Você gostaria de passear um pouco pelo interior?, perguntou ela. A noite está tão bonita.

Se você quiser.

Rose abriu a janela e Raymond dirigiu no sentido leste pela estrada na noite escura, o ar fresco soprando neles com as janelas abertas. Seguiram por pouco mais de quinze quilômetros, então ele parou, manobrou de ré e pegou o caminho de volta. Na cidade, as luzes da Main Street pareciam muito intensas depois que escureceu na estrada plana. Ele se aproximou da casa dela e parou.

Você quer entrar?, ofereceu ela.

Dona, eu não sei. Não sou muito de entrar na casa dos outros.

Venha. Vou fazer um café.

Raymond desligou o motor, deu a volta, abriu a porta para ela, e eles foram caminhando até a casa. Enquanto ela estava na cozinha, ele se sentou em uma grande poltrona estofada na sala e ficou olhando para os quadros dela, tudo muito limpo e cuidadosamente arrumado e em ordem. Rose entrou na sala e disse: Você quer açúcar e leite no café?

Não, obrigado, dona. Preto está bom.

Ela trouxe as xícaras e ofertou uma a ele. Ela se sentou no sofá diante dele.

A sua casa é muito bonita, elogiou ele.

Obrigada.

Eles beberam o café e conversaram mais um pouco. Enfim, Raymond deu um último golinho e se levantou. Acho que está na minha hora de voltar para casa, disse ele.

Você não precisa ir ainda.

Mas é melhor eu ir, disse ele.

Ela depôs a xícara e se aproximou dele. Pegou a mão dele. Eu queria te dar um beijo, disse ela. Você deixa?

Ora, dona, eu...

Você precisa se abaixar. Eu não sou muito alta.

Ele abaixou a cabeça e ela tomou seu rosto nas mãos e o beijou longamente na boca. Ele manteve os braços esticados ao lado do corpo. Depois do beijo, ele ergueu a mão e tocou os próprios lábios com os dedos.

Você não quer ir comigo para o quarto?, perguntou ela.

Ele olhou para ela com a expressão surpresa. Dona, disse ele. Eu sou um velho.

Eu sei quantos anos você tem.

Duvido que eu consiga ajudá-la nesse caso.

Vamos ver.

Ela o levou para o quarto e acendeu um abajur ao lado da cama. Então, parou na frente dele e desabotoou a camisa azul de lã dele, tirando-a pelos ombros. Ele era magro e esguio, com pelos brancos no peito.

Agora você tira a minha?, pediu ela. Ela se virou.

Não sei se consigo fazer isso.

Sim, você consegue. Eu sei que você sabe desabotoar.

Não um vestido.

Tente.

Bem, disse ele. Imagino que seja parecido com contar os passos na valsa, não é?

Ela deu uma risada. Viu? Não é tão ruim. Você acabou de fazer uma piada.

Péssima, aliás, disse ele.

Desajeitadamente, ele começou a desabotoar o vestido cor de pêssego dela. Ela esperou. Demorou bastante. Mas ela não disse nada durante todo esse tempo e, quando ele terminou, ela deslizou para fora do vestido e o deixou nas costas de uma cadeira, depois se virou para ele. Sua anágua também era cor de pêssego, e ela estava muito bonita de anágua. Seus ombros arredondados tinham sardas, seus seios eram fartos e os quadris, largos. O que você acha de tirar a calça e as botas agora?, disse ela.

Já cheguei até aqui mesmo...

Isso. Agora não tem mais volta.

Ele terminou de se despir e se deitou na cama.

Na cama, Raymond ficou surpreso com a sensação de estar

perto dela. Nunca havia sentido uma coisa assim, estar deitado ao lado de uma mulher, ambos nus, seu corpo tão liso, quente e carnudo, e ela mesma tão generosa. Ela se deitou de lado virada para ele, com os braços em volta dele, e ele deslizou a mão pelo osso do quadril, tateando a porção superior da perna. Ela se inclinou mais perto dele e o beijou.

Feche os olhos, disse ela. Tente me beijar de olhos fechados.

Sim, senhora.

Ela tornou a beijá-lo. Não é melhor assim?

Gosto de olhar para o seu rosto também, na verdade. Para você inteira.

Oh, disse ela. Ainda por cima, você é gentil. Acho que vamos nos divertir muito juntos.

Eu já estou adorando, disse Raymond.

É mesmo?

Sim, senhora. Estou adorando.

Ainda tem muito mais, disse ela.

Mais tarde, ela estava deitada com a cabeça no ombro dele e ele disse:

Rose. Você é boa demais para um velho como eu.

Você não é tão velho, disse ela. Nós acabamos de ter uma prova disso.

Assim você me deixa constrangido.

Não há motivo algum para constrangimento. Você simplesmente é um homem saudável. E você também é bom para mim. Não existem muitos homens como você disponíveis em Holt. Eu sei disso, já procurei.

Raymond saiu da casa dela à meia-noite e foi dirigindo para casa na escuridão do asfalto estreito da estrada. Já no descampado plano e sem árvores, ele se considerou mais do que um sujeito de sorte. Victoria e Katie em sua vida, e agora aquilo que ele estava começando com aquela mulher tão boa, Rose Tyler. Ele dirigiu de janelas abertas, e o ar da noite entrou e trouxe consigo aroma de relva verde e de sálvia.

39

Era a primeira noite de sábado de abril. DJ e seu avô estavam no bar da Main Street, e ainda não estava muito tarde, por volta das oito e meia da noite. O pagamento da aposentadoria do velho havia chegado e ele quis fazer sua noitada mensal.

Eles estavam no bar havia uma hora, em uma mesa perto da parede, com os outros velhos. DJ estava sentado atrás do avô, olhando para a garçonete loira que se deslocava pelo ambiente apinhado e enfumaçado. Ela não havia pedido que ele viesse para o balcão fazer sua lição de casa como antes, embora ele tivesse trazido as tarefas da escola especialmente com esse intuito. Essa noite ela parecia indiferente e apenas sorrira para ele ao trazer sua xícara de café puro. Ele se sentou e ficou olhando para ela, enquanto ouvia as histórias dos velhos.

A garçonete não estava usando a blusa decotada dessa vez. Em vez disso, usava uma blusa preta de mangas compridas que a cobria até o pescoço. Mas estava com a mesma calça jeans justa, com um furo deliberado na coxa que mostrava um pedaço de sua pele bronzeada. Enquanto olhava para ela, ele reparou que, sempre que ela passava pelo balcão, um homem se virava na banqueta para olhar para ela e dizia alguma coisa. DJ só fazia uma vaga ideia do que um adulto como aquele estaria dizendo a ela. Ele já vira o sujeito na rua antes, na cidade, mas não sabia mais nada a seu respeito, nem o nome dele. Aparentemente, ele a estava incomodando. A loira parecia cansada e infeliz, e muito irritada com o que ele dizia, e não respondeu nada das duas primeiras vezes que passou; mas simplesmente continuou trabalhando naquele salão barulhento e apinhado.

Na mesa, um dos velhos começou a contar a história de um advogado que morava do outro lado da fronteira, em Gilbert, Nebraska, que recentemente havia desaparecido. Estava devendo duzentos e cinquenta mil dólares ao banco, duas semanas antes tinha voltado para almoçar em casa e dado uma mordida em um sanduíche de carne que a mulher deixara para ele no prato. Então, havia levantado, tinha saído seguido pela mulher e tinha sumido, deixando a casa aberta e o resto do sanduíche mordido. A cafeteira ainda estava na tomada e a cadeira afastada da mesa, como se eles tivessem decidido sair de repente e não pudessem esperar nem mais um minuto sequer. A cidade inteira foi pega de surpresa. Exceto os banqueiros, talvez. Ninguém em Gilbert, Nebraska, nunca mais viu ou ouviu falar deles desde então.

Aposto que eles fugiram para Denver, disse um dos velhos.

Talvez. Mas procuraram por eles em Denver. Procuraram em toda a parte. Procuraram até em Omaha.

Provavelmente eles fugiram para o sul. Provavelmente ele virou um desses recepcionistas que ficam cumprimentando as pessoas na entrada de algum Walmart da vida. Ele era velho?

Bem velho.

Um advogado velho serviria para fazer isso. Seria o emprego perfeito para um velho advogado.

Deveriam procurá-lo em algum Walmart do sul.

O velho continuou conversando e, meia hora depois, DJ se levantou e foi andando pelas mesas até o toalete nos fundos do bar, depois das mesas de sinuca e dos reservados lotados. Ele entrou em uma das cabines, leu as inscrições na parede e usou a privada. Depois, estava lavando as mãos na pia quando o sujeito do balcão entrou. Tinha os olhos vidrados e cambaleava. O que você está fazendo aqui, seu bostinha?

Lavando a mão.

Você não sabe ler a placa na porta? Aqui é o banheiro masculino, não infantil. Dê o fora daqui, caralho.

DJ olhou para ele, voltou para o salão e se sentou atrás do avô. Seu rosto estava quente e vermelho. Ele procurou a loira. Ela estava no salão atendendo uma mesa, de pé, de costas para ele, seu cabelo loiro brilhante sobre a blusa preta. Ele abriu sua pasta da escola e fez uma página do dever de casa. Seu rosto ardia e ele continuava pensando no que devia ter dito ou feito no toalete.

Quando ele tornou a erguer os olhos, quinze minutos depois, viu o homem importunando a garçonete outra vez. Sem pensar no que ia fazer, ele se levantou da cadeira e foi até onde eles estavam no balcão. O homem a segurava pelo pulso e falava baixinho com uma voz cruel.

Chega, disse DJ. Você está machucando a moça.

Como é?, perguntou o homem. Ora, seu pirralho filho de uma puta. Ele deu um tapa em DJ na altura dos olhos e do nariz, derrubando-o de costas sobre uma mesa, quebrando copos e espalhando cinzeiros pelo chão.

Bem, mas que diabos, disse um dos homens da mesa. Hoyt, o que você pensa que está fazendo?

O menino se levantou e correu para cima dele com a cabeça baixa, porém novamente o homem lhe deu um tapa no rosto, ele caiu em uma cadeira vazia e a derrubou.

Ei, berrou o bartender. Raines, seu desgraçado, pare já com isso.

O avô do menino veio correndo e agarrou Hoyt pela camisa. Eu sei como lidar com frangotes como você, disse ele.

Eu vou acabar com você, disse Hoyt Raines. Me solte.

Eles começaram a brigar. Hoyt deu um tapa na cabeça branca do velho e eles rodaram agarrados. De repente, por trás deles, a garçonete loira se aproximou e agarrou um punhado de cabelos de Hoyt. A cabeça de Hoyt pendeu para trás, e seus olhos se reviraram nas órbitas, e ele caiu com o velho ainda agarrado a ele. Em seguida, apertou a mulher pelo pescoço e a atirou contra o balcão. A blusa dela se rasgou, revelando os seios no exíguo sutiã cor-de-rosa, então ela parou de lutar e fechou a blusa. O menino agarrou uma garrafa do balcão e acertou em cheio no rosto de Hoyt Raines. A garrafa se quebrou na têmpora dele e rasgou a orelha e ele caiu de lado, com os joelhos bambos. Depois ele se endireitou e se inclinou para a frente, o rosto sangrando, pingando no chão. O menino esperou para ver o que mais ele iria fazer. Ficou com a garrafa quebrada na mão, como se fosse esfaqueá-lo com ela, caso ele tentasse alguma coisa.

Mas o bartender havia saído correndo de trás do balcão, e então ele e outros dois homens arrastaram Hoyt pelos braços pela porta da frente até a calçada. Quando ele se virou, tentou empurrá-los e entrar de novo, eles o empurraram violentamente e ele caiu em cima do capô de um carro parado na entrada. Ali ficou estatelado. O rosto dele estava cortado e ele sangrava pela orelha, o sangue escorrendo pelo pescoço. Ele se levantou arquejante, cambaleante. Começou a xingá-los.

Dê o fora daqui, disse o bartender. Aqui você não entra mais. Vá embora. Ele empurrou Hoyt.

Vá se foder, disse Hoyt. Ele ficou de pé, olhando furioso para eles tentando manter o equilíbrio. Vão se foder todos vocês.

O bartender tornou a empurrá-lo, e ele cambaleou para trás, tropeçou na calçada e sentou no meio-fio. Ele olhou à sua volta, depois se levantou e foi se arrastando para o sul, em plena Main Street, no meio do trânsito do sábado à noite. Os carros passavam bem próximos a ele, buzinando e roncando o motor, as pessoas dentro dos carros, rapazes dos últimos anos da escola, berrando para ele, assobiando, provocando, e ele também os xingou, xingou todo mundo, gesticulando obscenamente a cada carro que passava. Ele seguiu em frente, claudicante. Então, virou em uma travessa e cambaleou até um beco. No meio do beco, ele parou e se apoiou em uma parede de tijolos nos fundos de uma loja. Uma viatura de polícia passou na Main Street. Ele se agachou atrás de uma lata de lixo. O sangue pingava da orelha dele, o lado ferido do rosto dele estava entorpecido. Aguardou, ofegante, e se agachou no escuro. Conseguiu acender um cigarro e o manteve aceso na concha da mão. Então, ele se levantou e urinou na parede de tijolos da loja, e se afastou na sombra, em direção à rua. Quando viu que a viatura não estava, ele se virou em direção à Detroit Street.

Dentro do bar, a garçonete havia corrido para o toalete, mantendo a blusa fechada, e os homens acudiram o velho, que batera com a cabeça na mesa e estava sentado todo torto no chão. Formara-se um galo acima de sua orelha, e ele estava murmurando alguma coisa. Eles o puseram de pé, e um dos homens fez um carinho no ombro do menino, parabenizando-o pelo que fizera, mas o menino se esquivou da mão do homem.

Deixa a gente em paz!, gritou. Vocês todos, vão embora! Ele ficou parado encarando o círculo de homens. Estava quase às lágrimas. Deixem a gente em paz, seus desgraçados!

Ora, que diabos é isso?, perguntou um dos homens. Seu pirralho desgraçado, a gente estava tentando ajudar vocês dois.

A gente não quer a sua ajuda. Deixe a gente em paz.

Ele segurou o avô pelo braço e o levou de volta à sua mesa. Agora precisamos ir para casa, disse ele. Ele ajudou o velho a vestir o casaco e vestiu também o seu. Então, reuniu seus papéis da escola, e eles foram embora.

Foram caminhando pela calçada diante das fachadas escuras. Os carros passavam por eles na rua. Do outro lado dos trilhos, eles viraram em seu bairro tranquilo, e seguiram em frente até sua casinha às escuras. Ele pôs o avô para dormir no quarto dos fundos, ajudando-o a tirar a jardineira e a camisa xadrez. Então, cobriu-o com a manta. O velho se deitou de ceroulas e fechou os olhos.

Você vai ficar bem agora, vô?

O velho abriu um olho só e olhou para ele. Vou. Pode ir, vá dormir.

DJ apagou a luz e foi para o quarto. Depois de se despir, ele começou a chorar. Deitou-se na cama, socando o travesseiro no escuro. Desgraçado, ele soluçava. Seu desgraçado.

Algum tempo depois, ele se levantou e tornou a se vestir, então foi até o outro quarto para ver como estava o avô, depois saiu e começou a vaguear pelas ruas. Ele atravessou os trilhos e caminhou para o sul de Holt, pelas calçadas sombrias e escuras, diante das casas silenciosas.

40

Estava tarde, mas ainda não era meia-noite, quando Raymond saiu da casa de Rose e entrou em sua caminhonete. Eles haviam voltado ao Wagon Wheel Café para jantar, e o café estava ainda mais apinhado do que na ocasião anterior, mas não teve importância, eles haviam tido uma noite agradável, e depois eles voltaram para a casa de Rose, para beber e fazer amor. Agora ele estava indo para casa. Era uma bela noite de primavera, e ele se sentia pleno de prazer, feliz como nunca. Pensando afetuosamente em Rose, ele deu a partida na caminhonete e chegou a um cruzamento onde um menino estava atravessando a rua. Raymond reduziu e o menino ficou parado embaixo do sinal esperando a caminhonete passar. Ele viu quem era e parou. Filho, é você?

O menino não falou nada.

DJ, é você, não é?

Sim, sou eu.

Ele parou no meio-fio, as mãos dentro dos bolsos do casaco.

O que você está fazendo?, perguntou Raymond. Você está bem?

Estou.

Aonde você vai?

Só saí para dar uma volta.

Bem. Raymond ficou olhando para ele. Por que você não entra aqui e eu levo você para casa? Está tarde para ficar aqui.

Eu não quero voltar ainda.

Bem. Raymond analisou seu semblante. Então por que você não entra simplesmente, e nós vamos passear um pouco?

Você provavelmente tem mais o que fazer.

Filho, não tenho nada para fazer agora. Fico contente de estar na sua companhia. Ora, venha.

O menino ficou parado olhando para ele. Depois desviou os olhos para a rua. Ele continuou olhando para a rua mais um pouco. Raymond aguardou. Então DJ deu a volta pela frente da caminhonete e entrou pelo lado do passageiro.

Você resolveu dar uma volta? Foi isso? Tomar um ar fresco da noite?

Sim, senhor.

Bem, está uma noite boa para isso.

Raymond deu a partida na caminhonete, saiu daquele bairro escuro em direção à Main Street e virou para o sul, passando pelos rapazes mais velhos da escola em seus carros, pelas lojas fechadas e pelo cinema, que já havia fechado àquela hora. Quando eles passaram em frente ao bar, o menino observou a fachada dos prédios, e depois se virou de lado para olhar pela janela de trás. Uma vez na rodovia, Raymond virou na direção oeste e seguiu até a Associação dos Veteranos e o Shattuck's Café, onde as pessoas estavam dentro dos carros embaixo do longo toldo abobadado de zinco, e depois saiu da cidade.

Você prefere passear de carro por aí?, perguntou Raymond. Era isso que você queria?

Sim, senhor.

Por mim, tudo bem. Abaixe o vidro se você quiser um pouco de ar.

O menino desceu o vidro da janela e eles foram em frente. As luzes dos postes das fazendas se espalhavam além dos campos abertos às escuras e, a cada milha, uma via de cascalho passava exatamente nas direções norte e sul, e por todo o trecho na beira da estrada crescia o capim novo da primavera.

Um coelho cruzou o asfalto na frente deles, sumindo no mato, exibindo a cauda branca, em sua fuga em ziguezague.

Raymond olhou de relance para o menino. O que será que o assustou para ele correr assim na estrada?

Não sei.

O menino estava olhando para a frente.

Filho, aconteceu alguma coisa?, perguntou Raymond. Você parece que está meio aborrecido.

Talvez.

Você quer me contar alguma coisa?

Não sei.

Bem, posso ouvir pelo menos. Se você quiser tentar me contar.

O menino se virou para olhar pela janela do lado, os faróis acesos sobre a estrada escura. Então, de repente, ele começou a falar. Ele desabafou tudo de uma só vez, sobre a briga no bar e sobre o homem que machucara a garçonete e seu avô. E começou a chorar. Raymond continuou dirigindo e o menino continuou chorando e falando. Algum tempo depois, ele parou, parecia exaurido. Enxugou o rosto.

Quer dizer que foi isso?, perguntou Raymond. Tem mais alguma coisa que você queira me contar?

Não.

Ele te machucou?

Ele estava machucando a moça. E o meu avô.

Mas eles dois estão bem agora, certo? O que você acha?

Acho que sim.

E quanto ao homem? Ele se machucou?

Ele estava sangrando.

Da garrafada que você deu nele?

Sim, senhor.

Foi grave?

Não sei. O rosto dele estava todo cortado.

Bem. Provavelmente ele vai ficar bem. Você não acha?

Não sei se ele vai ficar bem ou não.

Raymond seguiu dirigindo sem rumo, até que eles voltaram para a cidade. No Shattuck's Café, ele parou embaixo do toldo, sem consultar o menino, pediu um hambúrguer e um café para cada um, e depois se virou para olhar para ele.

Você acha que ele vai tentar fazer mais alguma coisa contra você ou contra o seu avô?

Eu nem sei quem ele é.

Como ele era?

Era meio alto. Cabelo castanho.

Tem muita gente assim.

Chamaram ele de Hoyt alguma coisa.

Oh, disse Raymond. Então é o Hoyt Raines. Eu sei quem é. Bem, fique longe dele.

Não quero que ele bata naquela moça.

Duvido que ele vá tentar fazer isso de novo. Eles o expulsaram do bar?

Expulsaram.

Então provavelmente ele não vai poder mais voltar lá. Mas você me avisa se ele te incomodar de novo. Promete?

Prometo.

Então, tudo bem.

Eles terminaram os hambúrgueres com café, a menina veio e levou a bandeja.

Será que você já está pronto para ir para casa agora?

Estou.

Raymond deu ré na rodovia e seguiu em frente pela cidade. Então, parou na frente da casinha aonde levara o menino e o avô, meses antes. O menino fez menção de sair.

Filho, disse Raymond. Eu estava pensando, será que você não gostaria de me ajudar lá no rancho? Estou precisando de alguém para trabalhar nos finais de semana.

Para fazer o quê?

Para fazer tudo o que for preciso. Serviço geral do rancho.

Acho que eu posso ajudar.

Eu vou te ligar. Que tal no fim de semana que vem? Que tal no sábado?

Por mim, tudo bem.

Você vai precisar acordar cedo.

A que horas?

Cinco e meia. Você acha que consegue?

Sim. Eu sempre acordo cedo.

Está bem. Agora se cuide. Durma um pouco. Na próxima semana eu venho te buscar.

O menino saiu e foi caminhando para casa. Raymond ficou observando até a porta se fechar, depois foi embora. Ele dirigiu para o sul e, quando saiu da estrada e pegou o ramal de cascalho, estava outra vez pensando em Rose Tyler.

41

Bateram forte na porta da frente, e Luther e Betty Wallace logo acordaram. Quem é?, gritou ele.

É a Donna, disse Betty. Ela voltou para casa.

Talvez não seja ela, disse Luther.

Ela saiu da cama e gritou: Donna, estou indo, querida.

Eles foram até o corredor, Luther de cuecas, Betty com sua camisola amarela puída, e, quando Luther abriu a porta, Hoyt Raines o empurrou violentamente e entrou na sala.

Não!, gritou Betty. Você não pode entrar aqui. Vá embora.

Cala a boca, disse Hoyt. Ele ficou parado na frente deles, com o rosto cortado e ensanguentado, a orelha ainda sangrando um pouco, o olhar vítreo. Vocês dois vão me ajudar, queiram vocês ou não. Aqueles filhos da puta no bar...

Dê o fora daqui, ordenou Luther. Simplesmente saia.

Dane-se você, disse Hoyt. Ele deu um soco no peito de Luther, que então, deu um passo atrás e sentou-se imediatamente no sofá. Eu não tenho para onde ir, porra, disse Hoyt.

Aqui você não pode ficar, disse Betty. Eles não vão deixar.

Cala a boca, Hoyt pegou o braço dela e a atirou no sofá ao lado do marido. Fique sentada aí, disse. E mantenha essa maldita boca fechada.

Ele foi até a pia da cozinha e pôs a cabeça embaixo da torneira, molhando os cabelos, o sangue escorrendo pelo rosto sobre a louça suja. Em seguida, levantou a cabeça com os olhos fechados, o cabelo escorrido pingando. Luther e Betty ficaram sentados no sofá, olhando para ele.

Isso, quer dizer que você ouviu o que eu disse. Eu vou ficar aqui hoje à noite.

Você não pode, disse Betty.

Eu mandei você calar a boca. Agora, pelo amor de Deus, cale essa boca. Ele olhou furioso para ela. Não vou demorar. É só esta noite. Talvez duas noites. Ainda não sei. Agora eu quero que vocês dois voltem para o quarto e fiquem quietinhos lá dentro.

O que você vai fazer?, perguntou Luther.

Vou ficar no quarto dos fundos. E vocês ouçam o que eu estou dizendo: Vou matar vocês dois se tentarem chamar alguém. Eu vou ouvir o telefone. Ele olhou para eles. Vocês me ouviram bem?

Eles olharam de volta para ele.

Ouviram ou não?

Você mandou a gente calar a boca, disse Luther. Você mandou a gente não falar nada.

Agora estou dizendo que vocês podem falar. Vocês ouviram o que vai acontecer se chamarem alguém?

Sim.

O que foi que eu falei?

Você falou que vai nos matar.

Lembrem-se disso, disse Hoyt. Agora saiam já daí.

Ele os levou até o quarto e fechou a porta, depois foi pelo corredor até o quarto dos fundos. Quando abriu a porta, Joy Rae estava sentada na cama de camisola, com uma das mãos em concha sobre a boca. Ele atravessou o quarto e a pôs de pé. Quando ela começou a gritar, ele lhe deu um tapa. Pare já com isso, disse ele. Ele a puxou até o corredor e entrou com ela no quarto ao lado, onde Richie estava agachado no chão de pijama, esperando no escuro, como se estivesse preparando para fugir correndo. Mas, ao ver Hoyt com a irmã, ele perdeu o controle de si. A frente do pijama subitamente ficou encharcada.

Seu idiota filho de uma puta, disse Hoyt. Ele empurrou Joy Rae para dentro do quarto e ergueu o menino do chão pelo braço. Olhe só para você. Ele lhe deu um tapa. O menino escorregou da mão dele e caiu no tapete molhado e sujo.

Agora tire essa maldita calça. Tire já.

O menino choramingou e tirou o pijama encharcado. Então, Hoyt tirou o cinto e começou a açoitá-lo. O menino gritou, esperneando desesperadamente no chão, chutando com as pernas finas e nuas, estendendo as mãos para agarrar o cinto. A irmã também começou a gritar, e Hoyt se virou e agarrou a camisola, erguendo-a, e começou a chicotear suas pernas e seus quadris estreitos. Ele parecia ensandecido, chicoteando-os com uma fúria indiscriminada, o rosto contorcido de álcool e raiva, o braço subindo e descendo, açoitando-os, até que Luther apareceu na porta do quarto. Pare já com isso, berrou Luther. Você não pode mais fazer isso, pare já. Hoyt se virou e foi até ele. Então, Luther recuou e ele chicoteou o pescoço de Luther, que ganiu e fugiu gritando pelo corredor. Então, Hoyt tornou a se virar para as crianças e continuou a açoitá-las até ficar suado e ofegante. Enfim, ele bateu a porta e voltou para o quarto de Joy Rae, no final do corredor.

Quando ele saiu, as duas crianças se arrastaram até a cama, chorando e soluçando, mal conseguindo respirar, com as pernas e os traseiros doloridos. As pernas ardiam e latejavam. Algumas feridas estavam sangrando. No breve silêncio entre seus soluços, elas podiam ouvir os pais chorando no quarto, do outro lado do corredor.

Na manhã seguinte, Hoyt mandou Luther, Betty, Joy Rae e Richie se sentarem no sofá da sala. Ele ligou a televisão e fechou as cortinas pesadas. A luz do aparelho bruxuleava no ambiente escurecido.

Ao meio-dia, ele mandou Betty fazer algo para comer e, quando ela esquentou a pizza congelada, ele mandou que se sentassem todos juntos à mesa. Ninguém disse nada, e apenas Hoyt comeu com vontade. Após a refeição silenciosa, ele os obrigou a voltar para a sala, onde pudesse vigiá-los.

A certa altura, naquela longa tarde, um carro se aproximou e parou na Detroit Street, bem em frente. Quando ouviu a porta do carro bater, Hoyt olhou pela fresta da cortina, e um policial se aproximava da porta, então o policial bateu e Hoyt esbravejou entredentes. Ele fez um sinal para Betty e as crianças voltarem para seus quartos e sussurrou para Luther atender a porta. Livre-se dele. E você, desgraçada, é melhor se lembrar do que eu disse.

Luther foi até a varanda e falou, respondeu a algumas perguntas em seu tom lento. Enfim, o policial foi embora, Luther voltou para dentro e fechou a porta. Hoyt saiu do corredor e observou entre as cortinas até o carro se afastar. Depois mandou sentarem de novo no sofá, para ver televisão. Ao anoitecer, ele os obrigou a irem dormir e, assim, se passou a segunda noite no trailer.

Na manhã seguinte, ainda escuro, ele tinha ido embora. Quando saíram dos quartos, descobriram que ele havia desaparecido sem fazer barulho.

Ao raiar do dia, Hoyt atravessou a pé a cidade até a casa de Elton Chatfield. Esperou na calçada ao lado da velha caminhonete de Elton até ele sair de casa, depois pegou uma carona até o curral de engorda, a leste de Holt. No curral, ele entrou no escritório e parou diante da mesa, onde o gerente falava ao telefone com um comprador de gado. O gerente olhou para ele, franziu o cenho e continuou conversando. Algum tempo depois, ele desligou. O que você quer aqui?, perguntou ele. Você devia estar trabalhando no curral.

Eu pedi as contas, disse Hoyt.

Como assim pediu as contas?

Vim buscar meu pagamento.

Não tem pagamento nenhum.

Você me deve duas semanas. Não vou sair daqui sem dinheiro.

O gerente empurrou o chapéu para trás da cabeça. Com você é tudo de última hora, não é? Ele sacou um talão de cheques da gaveta e começou a preencher.

Vou querer em dinheiro, disse Hoyt.

Como assim?

Quero em dinheiro. O que eu vou fazer com um cheque?

Bem, mas que diabos! Você me aparece na segunda de manhã e espera que eu tenha dinheiro vivo?

Isso mesmo.

E se eu não tiver?

Vou levar o que você tiver.

Ele examinou Hoyt mais de perto. Você está fugindo para onde agora, Hoyt?

Não te interessa.

Alguma mulher está atrás de você?, perguntou ele. Ele sacou a carteira e tirou as poucas notas que havia, deixando-as sobre a mesa. Agora dê o fora daqui.

Hoyt enfiou as notas no bolso. Que tal me dar uma carona até a estrada?, sugeriu ele.

Você quer uma carona?

Eu preciso chegar à estrada.

Então é melhor você começar a caminhar. Eu não te daria uma carona nem se você me pagasse. Vá se foder, fora daqui.

Hoyt ficou ali parado por um tempo, olhando para ele, pensando se havia algo que precisaria dizer, então se virou e saiu do escritório e voltou ao pátio cercado. Já estava começando a esquentar, o sol estava alto no céu, um céu completamente limpo e azul. Passou pelos currais, onde os bois gordos comiam das cocheiras das cercas, e seguiu pelo ramal de cascalho, rumo ao sul, em direção à rodovia, a duas milhas dali. Havia milharais de ambos os lados da via, e pequenos passarinhos esvoaçavam das valas, fazendo algazarra à sua passagem. Um faisão cacarejou no milharal. Quando ele chegou à rodovia, parou no acostamento, apoiando-se a uma placa, e esperou uma carona.

Meia hora depois, um homem dirigindo uma caminhonete Ford azul parou no acostamento. O sujeito se inclinou e abriu a janela. Amigo, aonde você vai?

Denver, respondeu Hoyt.

Bem, então entre. Posso te deixar no caminho.

Hoyt entrou na cabine e fechou a porta. Eles seguiram para oeste, em direção à cidade. O sujeito olhou de relance para ele. O que aconteceu com o seu rosto?

Onde?

A sua orelha.

Eu me distraí e bati num galho de árvore.

Entendi. Você precisa cuidar disso aí.

Seguiram viagem, passaram por Holt e continuaram rumo a oeste, pela Highway 34. A estrada se estendia diante deles, margeada de ambos os lados por valas de drenagem rasas. Acima das valas, as cercas de quatro arames envolviam as pastagens no terreno plano e arenoso, e acima das cercas, os postes de cabos telefônicos se erguiam do chão como árvores truncadas amarradas com fios pretos. Hoyt foi de carona com o sujeito até Narke e depois até Brush. Dali, pegou outra carona e seguiu em frente, na direção oeste, numa manhã de segunda-feira, na primavera.

42

Naquela manhã, na escola, as crianças logo foram descobertas. Uma das meninas do quinto ano da classe de Joy Rae, uma das mais novas, que brevemente se interessara por ela mesmo antes de ela vir à escola de batom, foi até a frente da sala na primeira aula e falou com a professora com uma voz que era pouco mais que um sussurro. A professora sentada à mesa disse: Não estou te ouvindo, venha cá. O que você quer?

A menina se inclinou junto à cabeça da mulher e sussurrou em seu ouvido. A professora examinou seu semblante e se virou para a classe à procura de Joy Rae. Joy Rae estava com a cabeça deitada sobre a carteira. Volte para o seu lugar, disse a professora.

A menina voltou para sua carteira no meio da sala, e a professora se levantou e começou a caminhar entre as fileiras de alunos como se fosse uma inspeção de rotina, depois parou ao lado de Joy Rae e levou a mão à boca, prendendo a respiração, mas imediatamente se recompôs e levou Joy Rae para o corredor e correu para a enfermaria.

O garotinho, irmão dela, foi chamado na classe.

Depois, como na outra vez, a enfermeira os examinou contra a vontade deles e apesar dos protestos. A calça do menino foi abaixada, e o vestido da menina foi erguido, e vendo o que vira dessa vez a enfermeira disse, furiosa: Oh, Jesus Cristo, misericórdia, e saiu para chamar o diretor. O diretor deu uma olhada, voltou para sua sala e telefonou para o escritório do xerife no tribunal e, em seguida, para Rose Tyler, da Assistência Social do Condado de Holt.

As crianças foram interrogadas separadamente. Foram fotografadas e suas declarações, gravadas. Ambas contaram a mesma história. Não havia acontecido nada. Elas estavam brincando na rua e arranharam as pernas.

Querida, disse Rose, não precisa mentir agora. Você não precisa mentir para protegê-lo. Ele ameaçou você?

A gente se arranhou nuns arbustos, disse a menina.

O irmãozinho estava esperando no corredor do outro lado da porta, e ela estava de pé diante da maca na enfermaria, as mãos trançadas na altura da cintura de seu vestido leve, os olhos cheios de lágrimas. Seu rosto parecia avermelhado e desesperado. Rose e o policial se sentaram diante dela, e ficaram olhando para ela.

O que ele ameaçou fazer com você?, perguntou o policial.

Ele não fez nada. A menina enxugou os olhos e os encarou com raiva. Foi nos arbustos.

Está bem, querida, disse Rose. Agora não importa. A gente já entendeu. Você não precisa dizer mais nada. Ela envolveu a menina com seu braço. Você não precisa mentir para proteger ninguém.

A menina se desvencilhou do abraço. Você não pode tocar em mim, disse ela.

Querida. Ninguém mais vai te machucar.

Ninguém pode encostar em mim.

O policial olhou para Rose, Rose assentiu, e ele foi até a sala do diretor, telefonou para o juiz que estava atendendo naquele dia e pediu um mandado verbal de custódia de emergência. Depois ele ligou para Luther e Betty. Disse-lhes para permanecer no trailer, pois ele chegaria lá dali alguns minutos. Então voltou à enfermaria, onde Rose estava agora com as duas crianças, sentadas, com os braços em volta delas, conversando baixinho com elas. No corredor, o policial fez sinal para irem até o corredor. Eles saíram e pararam junto aos coloridos trabalhos de arte dos alunos, presos com fita adesiva às paredes azulejadas, e discutiram em voz baixa o que fazer em seguida. Rose levaria as crianças ao hospital para serem examinadas por um médico, enquanto ele iria ao trailer e conversaria com Luther e Betty. Depois disso, eles voltariam a se falar.

O policial dirigiu através da cidade até Detroit Street. Estacionou o carro, saiu e ficou um momento parado, olhando para o trailer. O sol de primavera faiscava contra a lateral desbotada e o teto amassado, a varanda de tábuas, as janelas sujas. No quintal, lilases e bromos haviam começado a brotar na terra cinzenta. Quando ele pisou na varanda, Luther abriu para ele entrar.

Ele se sentou na sala diante do sofá. Luther e Betty ficaram calados, só olhando enquanto ele falava, examinando sua boca, como se ele fosse um pregador proferindo verdades eternas ou o próprio juiz do condado em pessoa pronunciando um veredicto. O policial ficou impaciente. Resolvera ser o mais breve possível naquele caso. Contou-lhes que já sabiam sobre as crianças, o que haviam sofrido e quando e quem fizera aquilo.

O semblante marcado de Betty desmoronou. A gente não queria que ele entrasse, disse ela. A gente disse que ele não podia entrar.

Vocês deviam ter chamado a polícia.

Ele ia matar a gente, argumentou Luther.

Ele disse isso?

Disse, sim, senhor. Foi o que ele disse. Ele não estava brincando.

Mas agora é tarde demais, não é mesmo? Ele já abusou das crianças.

Vocês sabem para onde ele pode ter fugido?

Não, senhora.

Nenhuma ideia?

Ele já tinha ido embora quando a gente acordou hoje cedo.

E em nenhum momento ele disse algo sobre algum lugar para onde pudesse ir?

Ele não nos disse nada sobre o que pretendia fazer.

Só disse que ia nos matar, informou Betty.

O policial olhou para a sala à sua volta por um momento, depois se virou novamente. Ele ainda estava aqui ontem quando o policial veio?

Ele estava ali no corredor, disse Luther. Só esperando e ouvindo.

Ele estava aqui?

Sim, senhor.

Bem, pois nós vamos encontrá-lo. Ele não pode sumir para sempre.

Mas, moço, disse Betty, cadê os nossos filhos?

O policial olhou para ela. Ela estava esparramada no sofá, as mãos no colo sobre o vestido, os olhos vermelhos de lágrimas. A senhora Tyler os levou ao médico, disse ele. Precisamos avaliar a gravidade dos ferimentos provocados por seu tio.

Quando vamos poder ver as crianças?

Isso cabe à senhora Tyler decidir. Mas elas não poderão mais voltar para cá. Vocês entendem, não é? Pelo menos, não para morar aqui. Haverá uma audiência sobre isso, provavelmente na quarta-feira.

Como assim?

Senhora, o juiz emitiu um mandado de custódia de emergência, e os seus filhos serão encaminhados a um abrigo. Haverá uma audiência para decidir isso dentro de quarenta e oito horas.

Betty ficou olhando fixamente para ele. De repente, jogou a cabeça para trás e gemeu. Vocês vão tirar os meus filhos! Eu sabia que isso ia acontecer! Ela começou a arrancar os cabelos e arranhar o rosto. Luther se inclinou para ela e tentou segurar suas mãos, mas ela o empurrou. O policial deu um passo adiante e se aproximou. Chega, disse ele. Ele segurou as duas mãos dela. Agora pare já com isso. Não vai adiantar nada. De que adianta fazer isso?

Betty negou com a cabeça, seus olhos revirados, sem foco, e ela continuo a gemer, no ar rançoso e carregado da sala.

Rose tirou as crianças da escola e as levou em seu carro até o hospital e o médico as examinou no pronto socorro. Os ferimentos eram graves, mas ele não encontrou nenhum osso fraturado.

Ele passou pomada antisséptica nos cortes e lanhos e fez curativos nos piores.

Depois disso, Rose as levou para sua casa e lhes serviu almoço, então as levou consigo para a Assistência Social, no prédio do tribunal de justiça e as sentou diante de uma mesa na sala de reunião, com algumas revistas para folhearem, enquanto ela ia até seu escritório na sala ao lado. Ela ligou para o policial e, após, para três abrigos. Finalmente, encontrou uma vaga em uma casa na zona oeste de Holt que pertencia a uma mulher de cinquenta anos que já cuidava de duas outras crianças. Então, ela voltou para a sala de reunião e disse a Joy Rae e a Richie o que iria acontecer. Primeiro vamos buscar algumas roupas na casa de vocês, explicou ela. Vocês vão poder ficar um pouco com seus pais. Vocês querem?

As crianças olharam para ela com seus olhos graves e não disseram nada. Pareciam alheias, refugiadas em algum lugar inacessível.

Ela as levou a Detroit Street e entrou com elas no trailer. Betty já estava mais calma, mas havia arranhões vermelhos muito visíveis em seu rosto, como escoriações decorrentes do ataque de um animal. As crianças foram até seus quartos e puseram diversas trocas de roupas em uma sacola de compras, e Betty foi atrás delas e as abraçou e sussurrou em seus ouvidos e chorou, enquanto Luther ficou na sala olhando para o corredor, como se tivesse sido atingido por um golpe súbito.

Quando eles saíram em direção ao carro, Betty e Luther foram até a rua atrás deles. No momento em que o carro partiu, Betty trotou ao lado, com o rosto junto ao vidro traseiro, chorando, gemendo e gritando:

A gente se vê daqui a pouco. Amanhã em algum momento.

Mamãe!, gritou Richie.

Joy Rae cobriu o rosto com as mãos e Luther veio cambaleando ao lado de Betty, até que o carro acelerou. E desapareceu, virando a esquina. Eles continuaram ali parados na rua vazia, olhando o carro ir embora, olhando para o vazio.

Era uma casa na zona oeste da cidade. A mulher os deixara entrar. Era alta e magra, usava um avental florido e falava com vivacidade. Tenho que aprender os nomes de vocês, disse. Estou achando que vocês vão gostar daqui. Não? Espero que sim. Vamos tentar pelo menos. Agora, primeiro deixe-me mostrar o lugar a vocês. Sempre acho melhor mostrar o lugar primeiro. As pessoas se sentem melhor assim.

Rose ficou esperando na sala enquanto a senhora mostrava a casa para as crianças, começando pelos quartos onde ficariam, depois o banheiro e os quartos das outras crianças. Depois eles voltaram e Rose disse o que aconteceria nos próximos dias. Ela os abraçou antes de ir embora e disse para ligarem para a casa dela se precisassem de qualquer coisa, e anotou seu número e o do escritório em um pedaço de papel que deu a Joy Rae.

Na terça-feira, houve reuniões e interrogatórios. Luther e Betty ficaram uma hora no tribunal com um advogado indicado pela corte. As duas crianças foram entrevistadas no lar adotivo pelo conselheiro tutelar, um advogado jovem indicado para agir em nome delas e representar seus interesses. Ele ouviu a história delas, fez as devidas anotações e elas não foram à escola naquele dia, ficando na casa da senhora.

O procurador se reuniu com Rose Tyler e o policial na sala de Rose e preencheu a Petição de Negligência e Abandono, que seria levada à corte.

Mas nenhuma das pessoas que se encontraram naquela terça-feira ficaria feliz com as decisões que seriam tomadas.

Na quarta-feira, a audiência sobre a tutela ocorreu no meio da tarde, no terceiro andar do prédio do tribunal, na corte civil, do outro lado do amplo corredor da corte criminal. Era uma sala revestida em madeira escura, de teto alto e grandes janelas com colunas e bancos dispostos em fileiras atrás das duas mesas, à esquerda e à direita, reservadas para o promotor e as outras partes envolvidas. Diante das duas mesas, ficava a cadeira do juiz, erguida sobre um estrado. As crianças não estavam.

Luther e Betty entraram no tribunal naquela tarde vestidos para aqueles procedimentos formais. Betty usava um vestido marrom e uma meia-calça nova, e passara blush no rosto para disfarçar os arranhões. Ela havia lavado e escovado o cabelo recentemente, e o prendera dos lados com um par de presilhas de plástico de Joy Rae. Ela parecia um garotinha. Luther usava sua calça azul e uma camisa xadrez com uma gravata vermelha por baixo do colarinho que estava um pouco frouxa embaixo do queixo, pois o botão do colarinho não fechava. A gravata vinha apenas até metade da barriga. Eles entraram e se sentaram atrás da mesa do lado direito.

O advogado do casal chegou e se sentou no banco atrás deles, do outro lado do corredor do conselheiro tutelar. Algum tempo depois, Rose chegou com o policial. Ele se sentou ao lado do advogado, e Rose se sentou ao lado de Betty e Luther, e ela se inclinou e segurou as mãos deles, dizendo que eles precisavam falar a verdade e fazer o melhor possível.

Rose, o que vai acontecer?, perguntou Betty.

Vamos esperar para ver o que o juiz vai decidir.

Eu não quero perder meus filhos, Rose. Eu não vou suportar.

Sim. Eu sei, querida.

Rose se levantou e foi para o outro lado do corredor. Então, sentou-se à mesa com o promotor, que entrara no tribunal enquanto ela conversava com Luther e Betty. Todos se sentaram e aguardaram. Lá fora do tribunal, o vento soprava, eles podiam ouvi-lo nas árvores. Alguém se aproximou pelo corredor, os passos ecoavam. Aguardaram mais um pouco. Finalmente, o juiz entrou por uma porta lateral e o meirinho disse: Todos de pé, e eles se levantaram. Podem sentar, disse o meirinho, e eles se sentaram novamente.

Só havia um caso civil naquela quarta-feira. O tribunal estava quase vazio, e estava quente e abafado, com um cheiro rançoso de poeira e lustra-móvel velho.

O juiz leu em voz alta o nome do caso da pasta que estava diante dele. Então, o promotor se levantou e falou brevemente. O juiz já havia lido a Petição de Negligência e Abandono, e o promotor começou a revisá-la para os anais. A Petição explicava por que as crianças haviam sido levadas para uma custódia de emergência, descrevendo o que havia sido feito a elas pelo tio materno, e declarava o que a Promotoria e a Assistência Social recomendavam. A Petição estipulava que as crianças permanecessem aos cuidados do Estado até o momento em que o tio fosse preso e levado a julgamento. Até lá, as crianças não deveriam voltar para casa, uma vez que os pais não haviam se mostrado capazes de protegê-las do tio. Os pais teriam direito a visitas regulares às crianças sob a supervisão da Assistência Social, e o caso deveria ser revisto futuramente, em um momento oportuno.

Então, o advogado dos Wallace se levantou e disse tudo o que podia em defesa do casal, contando à corte que Luther e Betty Wallace sempre foram bons pais, naquelas circunstâncias, e sempre fizeram o melhor que podiam.

Os pais estão presentes?, perguntou o juiz.

Sim, meritíssimo. Eles estão aqui.

O advogado fez um sinal para Betty e Luther. Eles se aproximaram e ficaram ao lado dele à mesa.

Vocês estão cientes dos sofrimentos causados a seus filhos, não?, perguntou o juiz.

Sim, senhor, respondeu Luther. Meritíssimo.

Vocês fizeram alguma tentativa de evitar esses sofrimentos a seus filhos?

Ele não deixou a gente fazer nada.

O tio da sua esposa? O senhor está se referindo a ele?

Perdão?

O senhor se refere a Hoyt Raines? O senhor está se referindo ao senhor Raines?

Sim. Ele mesmo.

Vocês foram testemunhas do que o senhor Raines estava fazendo aos seus filhos?

O meu marido, sim, disse Betty. Eu não vi nada. Só depois eu vi o que ele fez.

E o que a senhora fez?

Eu?

Sim.

Eu falei que ele não podia fazer aquilo. Assim que ele entrou em casa, eu falei: Você não pode entrar aqui.

Senhor Wallace. O que o senhor fez?

Eu entrei com ele, disse Luther. Vi que ele estava usando o cinto e falei, Você não pode fazer isso. Você tem que parar com isso já.

O senhor tentou impedi-lo fisicamente?

Bem, como eu disse, entrei com ele. Daí ele veio e me bateu no pescoço. Ainda está doendo. Luther passou a mão no pescoço por baixo do colarinho.

O que o senhor fez depois que ele bateu no senhor com o cinto?

Eu voltei para acudir a minha esposa.

O que ela estava fazendo?

Ela estava esparramada no chão berrando sobre tudo o que estava acontecendo.

Então, de fato, o senhor não fez nada.

Luther olhou para o juiz, depois olhou de relance para Betty, então tornou a olhar para frente. Eu entrei com ele para tentar impedir. Mas ele me bateu com o cinto no pescoço. Com aquele cinto dele.

Sim. Eu já ouvi o que o senhor disse à corte sobre isso. Mas simplesmente entrar no quarto onde ele açoitava os seus filhos não bastou para impedi-lo, não foi? Não foi o bastante.

Ele falou que ia matar a gente.

Como?

Ele falou que ia matar a gente se a gente tentasse fazer alguma coisa.

O senhor Raines disse que mataria vocês?

Sim, senhor. Foi exatamente o que ele disse.

Que ele mataria vocês se vocês tentassem impedi-lo de açoitar os seus filhos?

Sim, senhor.

E se a gente dedurasse ele também, Betty disse. Se a gente telefonasse para alguém.

Isso mesmo, confirmou Luther. Se a gente ligasse para alguém, ele disse que ia escutar o telefone, e que ele ia matar a gente como se fosse cachorro.

Quer dizer que ele ameaçou vocês dois?

Ele ameaçou a gente dentro da nossa própria casa, disse Luther.

O juiz olhou para a pasta em sua mesa por um momento. Então ele ergueu a cabeça. Esta é a segunda vez que isso acontece. Não é mesmo?

Sim, senhor, meritíssimo. Ele já fez isso antes, disse Luther.

Vocês sabem onde ele está agora?

Não.

Onde vocês acham que ele pode estar?

Ele poderia estar em qualquer lugar. Ele poderia estar em Nova York.

Em Nova York? Vocês acham que é onde ele está?

Talvez em Vegas também. Ele sempre falava que queria tentar a sorte em Las Vegas.

O juiz olhou para ele. Bem, obrigado a vocês pelo testemunho. Agora vocês podem se sentar.

O juiz, então, chamou o conselheiro tutelar. O jovem advogado se levantou e se aproximou e relatou sua conversa com as duas crianças. Ele encerrou apresentando sua própria recomendação à corte.

Devo entender pelo que o senhor acaba de informar à corte que o Conselho Tutelar concorda com a recomendação da Promotoria e da Assistência Social? disse o juiz.

Exatamente, meritíssimo.

Obrigado, disse o juiz. Ele ergueu a vista para o tribunal. Em um caso como este, ele disse, devo fazer duas determinações. Primeiro, acatando a Petição de Negligência e Abandono. Segundo, devo determinar sobre a custódia das duas crianças. A corte ouviu as diversas partes envolvidas no caso. Há aqui mais alguém que deseje dizer mais alguma coisa?

Betty se levantou de onde estava sentada à mesa.

Sim?, disse o juiz. A senhora tem algo a dizer, senhora Wallace?

Vocês não vão tirar os meus filhos, não é?, disse Betty. Eu amo os meus filhos.

Sim, senhora. Muito obrigado, disse o juiz. Acredito que a senhora e o seu marido amem seus filhos. Isso não está em questão aqui.

Então não os tire de mim. Por favor.

Mas, senhora Wallace, ficou evidente para esta corte pelos testemunhos que ouvimos hoje, inclusive da senhora mesma, que vocês não têm condições de protegê-los. O seu tio abusou deles duas vezes. Por ora, eles ficarão melhor sob a tutela do Estado.

Mas não tire-os de mim. Por favor, não faça isso.

A corte deve decidir o que é melhor no interesse das crianças. Elas têm que ficar com a mãe e o pai.

Na maioria das vezes, isso é verdade. A corte se empenha ao máximo para manter as crianças com os pais. Mas, neste caso, a decisão desta corte é que elas ficarão melhor sob a tutela do Estado em um lar adotivo. Ao menos por ora. Até o seu tio ser encontrado, senhora Wallace.

Quer que dizer que você vai levar meus filhos embora?

A senhora ainda poderá visitá-los. Com supervisão. Eles não deixarão os limites da cidade. Continuarão no condado de Holt e a senhora poderá visitá-los regularmente.

Oh, não!, exclamou Betty. Oh, não! Não! Não! Então ela gritou algo que não eram bem palavras. Sua voz soou no tribunal e ecoou com estridência contra os painéis escuros das paredes. Ela caiu de costas no banco e bateu a cabeça. Seus olhos se reviraram descontroladamente. Luther tentou ajudá-la, e ela mordeu a mão dele.

O juiz se levantou, surpreso. Alguém ajude essa senhora. Alguém traga um copo d'água para essa mulher.

43

Depois do jantar à base de bife e batata frita, sentado sozinho à mesa de pinho da cozinha, a casa silenciosa e imóvel, apenas com a visão do vento lá fora, ele lavou seu prato insosso na pia e foi para a sala. Pegou o telefone da parede, levou com o fio comprido até a saleta, se sentou em sua velha poltrona reclinável e ligou para Victoria Roubideaux em Fort Collins.

Eu estava indo pegar o telefone para te ligar, disse ela.

É mesmo, querida? Eu acabei de perceber que era minha vez de ligar. Eu estava aqui pensando se você já sabe quando você e a Katie chegam para passar o verão. Espero que vocês venham.

Oh, sim. Nada mudaria isso.

Vou ficar muito contente de vê-la. Vocês duas.

Eu só tenho mais duas semanas de aula, depois provas.

Como vão as aulas?

Tudo bem. Sabe como é. É aula.

Bem. Vai ser bom ter vocês aqui em casa. Como vai a minha pequena Katie?

Oh, ela está bem. Ela fala de você o tempo inteiro. Espera, quer falar com ela?

A garotinha veio ao telefone.

É você, Katie? perguntou ele.

Ela começou imediatamente a falar, e sua voz aguda soou clara e excitada ao mesmo tempo, e ela estava contando a ele alguma coisa sobre a creche e alguma outra garotinha da creche, e ele não conseguiu entender muito bem o que ela estava dizendo, mas ficou satisfeito só de ouvir a voz dela. Então, Victoria pegou o telefone.

Não consegui entender tudo, disse Raymond. Como ela está tagarela, não?

Ela fala sem parar.

Bem, isso é bom.

Seja como for, meu plano é chegar em casa no final de maio, para o Memorial Day, disse ela. Estava pensando em levarmos flores para o cemitério.

Ele iria gostar.

Penso nele praticamente todo dia.

Eu sei. Às vezes me pego falando com ele.

Sobre o que você fala?

Oh, só sobre o trabalho no rancho. Como a gente costumava fazer. Decidindo com ele o que fazer a respeito de uma coisa ou outra. Estou é ficando velho e gagá, eu admito. Alguém deveria me levar para o celeiro e meter uma bala logo.

Eu não me preocuparia com isso. Você não está preocupado com isso, está?

Não. Acho que não, disse ele. Bem. E o Del? Imagino que ele continue na história.

Sim. Ontem à noite, saímos juntos. Levamos a Katie ao cinema no centro. Isso me lembrou de outra coisa — você acha que vai precisar dele para ceifar o feno no verão?

Ele quer ajudar?

Ele me perguntou. Ele queria que eu perguntasse se você acha que ele pode ajudar. Se ele for nos visitar neste verão.

Ora, mas é claro! Ajuda é sempre bom. Ele será bem-vindo.

Está bem. Vou contar a ele, disse ela. Mas e você? Você tem visto a Rose Tyler?

Bem. A gente saiu várias vezes. Fomos jantar.

Você está se divertindo?

Sim, senhora. Acho que posso dizer que sim. Pelo menos, é o que eu acho.

Fico contente. Quero conhecê-la. Eu nem a conheço ainda.

Acho que você vai gostar dela. Ela é uma mulher muito boa para mim. Quero que vocês se conheçam assim que você chegar em casa.

E você tem se cuidado?
Sim. Eu diria que sim.
Você tem se alimentado bem?
Muito bem.
Eu sei que não é verdade. Eu sei que você come mal. Você deveria comer melhor.
A única coisa é que aqui é calmo demais, querida. Você disse que chega no Memorial Day?
Sim. Vou tentar chegar o mais cedo possível.
Vai ser bom, disse ele. Vai ser bom te ver.
Eles desligaram e então Raymond ficou sentado na saleta dos fundos da casa com o telefone no colo, conjecturando e recordando. Pensando em Victoria e Katie e em Rose Tyler, e em seu falecido irmão, morto antes dele, já fazia mais de meio ano.

44

Em um carro emprestado, Mary Wells foi até Greeley, atravessando as altas planícies a oeste de Holt por duas horas, e passou todo aquele dia quente percorrendo diversas agências de emprego em busca de trabalho. Finalmente arranjou um serviço em uma companhia de seguros na parte velha da cidade. Depois foi a uma cabine telefônica e ligou para casa. Ela começou a se sentir mais leve, passou a acreditar que as coisas seriam melhores agora. Ao telefonar, as meninas já haviam chegado da escola, e ela contou a elas que estaria em casa à noitinha e elas jantariam juntas.

Em Holt, ela devolveu o carro à amiga e foi a pé pelas ruas até sua casinha na zona sul da cidade. As ruas estavam todas vazias, todo mundo estava dentro de casa jantando. Em casa, as duas meninas estavam esperando na escada da entrada quando ela chegou. Ficaram preocupadas comigo?, perguntou.

Você demorou demais.

Eu vim o mais depressa que pude. Mas agora está tudo bem. Cheguei em casa.

Entraram e ela preparou o jantar, depois se sentaram na cozinha e ela lhes contou sobre o emprego que conseguira em Greeley, naquela tarde. Lá será melhor. Podemos começar de novo.

Eu não quero me mudar daqui, disse Dena.

Eu sei, querida. Mas, acho que é melhor. Sinto muito. Mas não posso ficar aqui e vocês sabem que eu preciso trabalhar e sustentar a gente. Aqui eu não tenho como fazer isso. Primeiro vamos alugar um apartamento. É o que eu posso pagar no momento. Vou alugar um caminhão por três ou quatro dias para fazer a nossa mudança. E então vamos ficar em um motel e procurar um apartamento. Ela olhou para as duas meninas, seus rostos tão jovens e queridos. Talvez possamos conseguir um com vista para as montanhas. Que tal?

A gente não vai ter nenhuma amiga lá, disse Dena.

Por enquanto, não. Mas vocês vão ter, sim. Faremos novas amizades.

E o DJ?

O que tem o DJ?

Ele vai ficar sozinho. Quando a gente for embora.

Você pode escrever para ele. E são só duas horas daqui, ele pode ir nos visitar. E talvez você também possa voltar para vê-lo.

Não é a mesma coisa.

Oh, querida. A mamãe não consegue resolver tudo, disse ela. Ela olhou para elas e as duas meninas estavam prestes a chorar.

Mas eu comprei uma coisa para vocês, disse ela. Ela foi até a sala e voltou com duas sacolas, colocando-as sobre a mesa. Uma continha um vestido amarelo para Emma, que o experimentou e desfilou para todas verem. A outra era uma caixinha de maquiagem com corretivo. A embalagem dizia: Disfarça completamente. Vou te mostrar como se usa, disse a mãe.

O que é isso?

Vou mostrar.

Ela ficou de pé na frente de Dena, espremeu o tubinho, pegou um pouco da pasta bege no dedo e espalhou sobre a cicatriz ao lado do olho da menina, até ficar uniforme. A cicatriz continuou vermelha e chamativa, e a maquiagem apenas a atenuou um pouco. A menina foi ao banheiro para se ver no espelho e depois voltou.

O que você acha?, perguntou Mary Wells. Ficou melhor assim?

Só que eu ainda consigo ver a marca.

Mas está melhor, querida. Você não achou? Eu achei bem melhor assim.

Tudo bem, mamãe.

Na sexta-feira à tarde, quando Mary Wells e as meninas estavam carregando o caminhão de mudança, DJ veio até a casa delas depois da escola e as ajudou a carregar as últimas coisas. Mary Wells havia decidido que não podia esperar mais. O gerente da seguradora queria que ela começasse a trabalhar no meio da semana seguinte, e ela sabia que, se ela postergasse a mudança, talvez não conseguisse nunca mais sair dali. Duvidava de que ainda teria a força de vontade e a energia para tanto. Colocara a casa para alugar com um corretor, e na escola conversara com o diretor e com as professoras das meninas, e elas poderiam sair com notas suficientes para aprovação, uma vez que faltavam apenas duas semanas de aulas, e ambas se haviam saído satisfatoriamente nos trabalhos ao longo do ano.

Naqueles últimos dias, DJ e Dena foram ao barracão do final da trilha todas as tardes e ficaram sentados à mesa um de frente para o outro na salinha escura e acenderam as velas. Comeram seus lanches, bolachas salgadas com queijo, beberam café frio e conversaram.

A mamãe falou que eu posso te escrever, disse Dena a ele. Você vai me responder?

Acho que sim. Nunca escrevi uma carta antes.

Mas, para mim, você pode escrever. E a mamãe disse que você pode ir nos visitar.

Tudo bem.

Você quer?

Eu disse que tudo bem.

O que você acha do meu rosto?

Do teu rosto?

Da minha cicatriz.

Acho normal. Não sei.

Você achou que essa maquiagem ajudou a disfarçar um pouco?

Para mim, ficou bom. Não me incomodava antes.

Todo mundo fica me olhando. Odeio isso.

Dane-se todo mundo, disse ele. Não se incomode com as outras crianças. Elas não sabem de nada.

Dena ficou olhando fixamente para ele e tocou sua mão, e ele continuou olhando para ela, então ela tirou a mão e ele se virou.

Quer mais bolacha salgada?, perguntou ele.

Você quer?
Quero.
Então eu também quero.

Depois, à tarde, o caminhão estava carregado e a grande porta enrolada no teto da caçamba foi baixada. Elas saíram da casa, e Mary Wells a fechou com a chave pela última vez. DJ estava parado na calçada esperando e ela veio até a rua e de repente o abraçou. Oh, nós vamos sentir saudades de você, DJ, disse ela. Vamos sentir muita saudade de você. Agora, você se cuida. Ela o soltou e ficou olhando para ele. Você vai se cuidar mesmo?
Sim, senhora.
Estou falando sério. Você precisa se cuidar.
Eu vou.
Tudo bem. Precisamos ir. Ela deu a volta e subiu na cabine. As duas meninas ficaram olhando para ele, e Emma já estava chorando. Ela o abraçou rapidamente na altura da cintura, subiu no caminhão e enfiou o rosto no colo da mãe.
Eu vou te escrever, disse Dena. Não esquece.
Não vou esquecer.
Ela deu um passo à frente e o beijou no rosto, depois recuou e olhou para ele, e ele ficou olhando para ela, com as mãos nos bolsos, já com uma expressão abandonada e desolada, e então ela se virou e entrou no caminhão. O caminhão deu a partida e ela se sentou junto à janela, com a mão erguida, acenando levemente, sussurrando adeus a ele, e ele ficou parado na calçada até que elas se afastassem, virassem a esquina e desaparecessem.
Depois que elas foram embora, ele foi até a varanda e olhou pela janela da frente. Tudo estava vazio lá dentro, a casa agora lhe parecia estranha. Ele deu a volta na casa e seguiu pela trilha dos fundos, passou pelas casas das viúvas e pelo terreno baldio e chegou à casa do avô.

O pequeno barracão de madeira estava escuro e cheio de sombras. Ele acendeu uma das velas e se sentou à mesa, olhando à sua volta, para a parede dos fundos e a prateleira às escuras. A luz da vela bruxuleava e dançava nas paredes. Não havia muita coisa para ver. A imagem emoldurada do menino Jesus pendurada na parede. Alguns dos jogos de tabuleiros deles. Velhos pratos e talheres de prata dentro de uma caixa. Não era mais agradável ficar no barracão sem ela. Nada mais era igual. Ele assobiou entre os dentes, suavemente uma canção. Então parou.

    Ele se levantou, apagou a vela, saiu e passou o trinco. Ficou olhando por um longo tempo a velha casa abandonada do outro lado do terreno tomado pelo mato, o velho DeSoto preto enferrujando entre os arbustos. Então entrou outra vez na trilha de cascalho. A noite caía. Ele precisaria ir para casa e preparar o jantar. O avô estaria esperando. Estava quase passando da hora em que o avô costumava jantar.

45

Em uma tarde amena e sem vento, Rose Tyler parou diante do trailer na Detroit Street, buzinou e aguardou, algum tempo depois Luther e Betty Wallace saíram na varanda. Luther ergueu a mão para proteger os olhos da luz, depois tirou um trapo do bolso da calça de moletom e enxugou os olhos. Em seguida, guardou o trapo, pegou Betty pelo braço e a ajudou nos degraus da varanda e pelo caminho de terra até o carro no limite do mato. Eles entraram e Rose os levou para a cidade. Vai dar tudo certo, disse ela. Tentem não se preocupar.

A mulher usava um avental quando abriu a porta para eles entrarem. Olá, disse Rose. Chegamos.

Entrem, disse a mulher.

Estes são o senhor e a senhora Wallace.

Eu estava esperando por vocês. Como vão?

Como vai a senhora?, cumprimentou Luther. Ele apertou a mão dela. Betty também a cumprimentou, mas não disse nada.

Por favor, entrem. Vou chamar a Joy Rae e o Richie.

Os Wallace entraram na casa dela como se estivessem entrando em algum lugar solene, no qual a circunspecção era a norma. Sentaram-se juntos no sofá. A casa dela é muito boa, não?, observou Luther. Realmente boa.

Rose se sentou diante deles, e logo a senhora trouxe as crianças do quarto dos fundos. Elas ficaram ao lado da senhora e olharam de relance, timidamente, para os pais, depois desviaram os olhos. Suas roupas pareciam ter sido recentemente lavadas e passadas, e a franja de Joy Rae estava cortada reta na testa.

Vocês podem se sentar aqui com sua mãe e seu pai, disse a senhora. Ela os empurrou suavemente.

As crianças se sentaram no sofá ao lado de Betty. Não disseram nada. Pareciam constrangidas demais naquelas circunstâncias. Betty pegou a mão de Joy Rae e a puxou para perto, beijando o rosto da filha. Em seguida, se inclinou e beijou Richie. Ambos continuaram sentados com os semblantes impassíveis olhando para a sala.

A senhora pediu licença e foi até a cozinha, Rose se levantou. Vou deixá-los a sós por um momento. Vocês devem ter muito o que conversar, não é mesmo? Então, ela foi atrás da senhora até a cozinha.

Você está linda, querida, disse Betty a Joy Rae. Você cortou o cabelo?

Sim.

Ficou lindo. Ela cortou para você?

Ela cortou na semana passada.

Bem, ficou muito bem em você. E como você está, Richie?

Tudo bem.

O que você tem feito aqui?

Fico lendo.

Livro da escola?

Não, da igreja. Eles falaram que eu podia ficar com o livro.

E eu imagino que vocês têm brincado com outras crianças?

Às vezes, sim.

Então a porta da frente se abriu. Duas meninas de vestidos coloridos entraram, pararam e ficaram olhando para a família Wallace e, em seguida, foram para os fundos da casa.

Quem são elas?, sussurrou Betty.

As outras.

Outras que ela adotou?

A gente não encontra muito com elas, disse Joy Rae. Elas não querem nada com a gente.

Rose voltou para a sala, a senhora veio atrás com um prato de biscoitos e deixou o prato na mesa de canto.

Joy Rae, disse a senhora, por que você não pergunta se seus pais querem biscoito. E Richie, por favor, dê guardanapos a todos.

As crianças se levantaram e fizeram o que lhes pediram.

Vocês querem chá?, perguntou a senhora.

Oh, não, obrigado, dona, respondeu Luther. Estamos bem assim.

Eles se sentaram, comeram os biscoitos e tentaram pensar em algo para dizer.

Enfim, Luther se inclinou para a frente no sofá, em direção à senhora.

Meus olhos estão ardendo um pouco, disse ele. Acho que estou com alguma infecção nos olhos. Talvez seja conjuntivite. Não sei o que é. Ele deu uma mordida no biscoito e deixou o resto no guardanapo aberto no braço do sofá, sacou o trapo do bolso e enxugou os olhos marejados. E a minha esposa, disse ele, é o estômago dela que está atacando de novo. Não é, meu bem? Atacando feio.

Está me atacando feio mesmo, disse Betty. Ela pôs a mão sobre o estômago e massageou um ponto abaixo dos seios.

Vamos marcar médico para vocês dois, disse Rose. Está na hora outra vez, não é?

Quando você acha que vai ser?, indagou Luther.

Assim que eu conseguir marcar. Vou telefonar ainda hoje.

Não quero aquele médico da última vez, disse Betty. Não quero ver nunca mais a cara dele.

Ele não ajudou você em nada, não foi?, observou Luther.

Ele me deu aquelas pílulas. Foi só isso que ele fez.

Vamos ver, disse Rose. Vou tentar encaixar você com o doutor Martin. Você vai gostar dele.

Então voltaram àquele silêncio constrangedor.

Joy Rae, disse a senhora, por que você não oferece outro biscoito aos seus pais?

Eu aceitaria mais um, disse Luther. E você, meu bem?

Se não me pesar no estômago, disse Betty.

Joy Rae parou na frente de cada um deles oferecendo o prato com os biscoitos, depois o deixou sobre a mesa, voltou ao sofá ao lado do irmão e pôs o braço em volta dele. O garotinho se aproximou dela e pôs a cabeça no ombro da irmã, como se, naquela situação, não houvesse mais nada a fazer.

46

Ela ligou para Raymond no final da tarde, e ele ainda não tinha voltado para casa. Ligou de novo uma hora depois e ele havia chegado do estábulo naquele exato instante, com o sol da tarde baixando, e atendeu. Estou pensando em jantar fora, disse ela.

Quando?

Agora. Hoje à noite. Quero que você me leve para jantar agora mesmo.

Será um prazer, disse ele. Mas agora preciso tomar banho.

Vou ficar te esperando, disse Rose, e desligou.

Ele tomou banho, vestiu suas roupas de ir à cidade e foi de caminhonete até Holt. Ainda estava claro, e ainda continuaria claro, agora que o horário de verão havia começado, por mais duas horas.

Chegou à porta da casa de Rose exatamente no mesmo instante em que ela estava saindo, e Raymond a acompanhou até a caminhonete. Ela parecia perturbada com alguma coisa. Eles foram ao Wagon Wheel Café à margem da rodovia como antes, e durante o jantar ela contou que levara os Wallace para visitar os filhos no lar adotivo da zona oeste da cidade. Ele fez perguntas quando precisou, mas ficou a maior parte do tempo só ouvindo, e depois a levou de volta para casa.

Você quer entrar um pouco?, ofereceu ela. Por favor.

É claro. Se você quiser.

Eles entraram e ela disse: Por que você não senta e eu vou fazer um café?

Obrigado, disse ele. Ele se sentou na poltrona de costume e ficou olhando à sua volta, examinando a pintura dela de que mais gostava, a aquarela de um arvoredo totalmente desfolhado, apenas os troncos e galhos nus, um quebra-vento em uma colina e a relva marrom da colina contra um céu de inverno.

Havia outros quadros nas paredes, mas eram coloridos demais para o gosto dele. Ele podia ouvi-la na cozinha. Quer ajuda?, perguntou em voz alta.

Não, respondeu ela. Já estou indo.

Ela veio, pôs a xícara na mesa ao lado da poltrona dele, sentou-se no sofá e pôs sua xícara na mesa de centro, bem na sua frente. Então, sem aviso, caiu no choro.

Raymond depôs a xícara e olhou para ela. Rose. O que foi? Eu fiz alguma coisa errada?

Não, disse ela. Ela enxugou os olhos com o dorso das mãos. Não é você. Você não fez nada de errado. Eu só fiquei triste durante toda a tarde. Desde que a gente chegou ao lar adotivo. Foi tudo bem, na verdade, mas eu achei triste.

Não havia mais nada que você pudesse fazer, não é?, perguntou ele.

Não. Mas eu fiquei com vontade de chorar a tarde inteira. Eu disse a eles que daria tudo certo. Foi uma mentira. Eu não contei a verdade. Esse caso não é prioridade para a polícia. A polícia não vai encontrar o tio dela, e eles não terão os filhos de volta. Essas crianças vão ficar em lares adotivos até os dezoito anos ou até que simplesmente fujam de casa. Não vai dar tudo certo.

Provavelmente não, concordou Raymond.

Os olhos dela tornaram a se encher de lágrimas e ela pegou um lenço, Raymond ficou olhando para ela, então se levantou, foi até o sofá, sentou ao lado dela e pôs o braço em seu ombro.

Ela enxugou as lágrimas e se virou para ele. Eu já fiz esse tipo de coisas tantas vezes, disse ela. E hoje eles só falaram das próprias doenças. Eu não os culpo. É a única coisa sobre a qual eles sabem falar. Então, liguei para o médico e marquei hora para eles. Mas de que adianta médico?

Não é o suficiente, disse Raymond. O médico também não pôde fazer nada no caso do meu irmão.

Ela olhou para ele. O cabelo grisalho ferroso estava muito

espetado na cabeça dele, seu rosto muito vermelho de todos aqueles anos de exposição ao tempo inclemente. Ainda assim, ela podia ver gentileza nele. Ela se aninhou no ombro dele. Desculpa por eu continuar com isso, disse ela. Obrigada por me ouvir. E por ficar aqui do meu lado sem eu precisar pedir. Isso significa muito para mim, Raymond. Você é muito importante para mim.

Bem, disse Raymond. Ele a puxou para mais perto. Eu sinto o mesmo, Rose.

Então, ela começou a chorar de novo, colada ao ombro dele, enquanto ele a abraçava. Ficaram assim por um longo tempo, sem se mexer, sem falar.

Enquanto isso, do lado de fora da casa, fora da sala silenciosa em que eles estavam sentados, a escuridão começou a descer sobre a rua.

E logo as luzes dos postes se acenderiam, bruxuleantes e trêmulas, para iluminar todas as esquinas de Holt.

E mais longe dali, fora da cidade, nas altas planícies, haveria o brilho azulado dos altos postes dos terrenos dos sítios e dos ranchos isolados em toda aquela região plana e sem árvores, e então o vento sopraria, ventando pelos descampados abertos, viajando sem obstáculos pelos vastos campos de trigo de inverno e pelas antigas pastagens e pelas estradas de terra, levando consigo uma poeira clara, à medida que a escuridão ia se aproximando e a noite descendo.

E eles continuavam sentados juntos na sala, em silêncio e imóveis, o velho com o braço em volta daquela mulher gentil, à espera do que viria pela frente.

Este livro foi composto pela Rádio Londres em Palatino
e impresso pela Stamppa em ofsete sobre papel
Pólen Soft 80g/m².